文
景

Horizon

社科新知　文艺新潮

Kitty Genovese

The Murder, the Bystanders, the Crime that Changed America

旁观者

一桩美国凶杀案的现代启示

Kevin Cook

[美] 凯文 · 库克 著
汪洋 周长天 译

上海人民出版社

谨以本书纪念凯瑟琳·吉诺维斯，

2014年她本可庆祝自己第79个生日。

有一个律法师起来试探耶稣说:“夫子!我该作什么才可以承受永生?”

耶稣对他说:“律法上写的是什么?你念的是怎样呢?”

他回答说:“你要尽心、尽性、尽力、尽意爱主你的神;又要爱邻舍如同自己。”

耶稣说:“你回答的是;你这样行,就必得永生。”

那人要显明自己有理,就对耶稣说:“谁是我的邻舍呢?”

——《路加福音》10:25—29

目录

序　章

你听到女人的叫声。或许你听不清她在喊些什么，但那声音真的很大："天啊，他捅了我！救命！"不过你正在熟睡之中。因为天气寒冷，窗户也关上了。再怎么说，这已经是凌晨3点了。但那叫声是如此凄厉，你绝不会什么都听不到。她的呼喊足够把住在街道两边的人们唤醒。所以，或许你也起来了，摸黑走到窗户边上，看看为什么有人在奥斯汀大街上喊救命。

那么，你打电话报警了吗？跟警察说有个女的在街上大喊大叫。他们只会笑笑了事——很有可能不过是情侣吵架罢了。谁的太太或者女朋友被打了吧，这不是什么好事，但也绝对不算稀奇。要知道，这可是邱园一带最破的房子，而百利酒吧才刚刚打烊了没多久。

只不过这不是普通的酒后闹事。这是真切的惊恐。

"救命！"

奥斯汀书店门外的人行道上，有一个男人朝一个姑娘弯下腰去。看到他了没？那个姑娘跪着，正在……做什么来着？哦，她努力想站起来。透过模糊的窗玻璃与道路两旁针栎和悬铃木光秃秃的枝丫，其实很难看个究竟。

有人叫道："放开那个女孩儿！"楼上楼下有更多的灯亮起来了。那个姑娘和攻击她的男人（如果真是这样一回事的话）头顶恰有一盏路灯，那个地方正对着街这边九层楼高的莫布雷公寓和另一边仿都铎风格的两层公寓，住在这两栋楼里睡眼惺忪的人们都能看得到他们。这会儿一定已经有人报警了。看，那个男人走开了，融入黑暗。没人再缠着那个姑娘了。她站起来了。她不再叫喊了。她站起来，走过了关着门的电器店，橱窗里的灯箱广告上写着：超低价！ 45转唱片只要39美分。她走得很慢，但看起来不像喝醉了的样子，更像是在梦游。脚步有些摇晃，好像还没从梦中醒来。她一直走，走过都铎公寓边，经过药店的招牌，然后转过街角，消失不见了。

周围安静下来。一分钟过去了。街道两边亮起的灯重又暗去。除了人行道上有一些深色的斑点，好像什么事都没有发生过的样子——也可能从前就有这些印记了。又过了五分钟。一切都已过去，再没什么可看的了。

然后，那个男人回来了。是同一个人吗？现在的这个男人戴着顶软呢帽，帽檐上还插着一根羽毛。他悠悠闲闲地经过火车站，朝着都铎公寓那边走去，经过时还向着大门里望望，好像忘了什么东西一样。他跟着那个姑娘走过了街角，手里还提着什么东西。他是在找她吗？真的看不太清。

电话就在手边，你，可报了警？

她不仅是个名字

这是一场永无止境的犯罪。深更半夜被一个从黑暗中突然出现的人影袭击，这或许是人类最原始的噩梦。对于被害人而言，这个过程一定漫长如永夜。事件就发生在长岛火车站的隔壁，用车站的时钟计算，这场犯罪共持续了33分钟，那就是1980秒——相同的时间里，人类的心脏差不多也能跳那么多下，呼吸的次数会少一些。但换一种算法，尽管发生在大约50年前，这件案子其实到如今都还没有落幕。是有过一次开庭、一次裁决和一次宣判，但至今还有人在谈论它、解读它，给予它更多的审视，也引发更多的曲解。罪犯已经进了监狱，但那些对受害者的呼喊充耳不闻的邻居呢？他们也有罪吗？人们对于案件的描述不尽相同。在流传最广的说法中，这样的邻居有38位。也有人说是37位。后来有人说，其实相关的邻居不过两三个。还有人将原因推给了摩登生活本身——案件发生在凌晨3：19到3：52之间，这是一个星期五，1964年的3月13日。

时间从一开始就对这个案件至关重要。起初几乎没有人关注这件事，但两个星期之后，它却成了头条新闻。为什么？

这个案件被称为基蒂·吉诺维斯事件，它的传播速度极快，而方式相当“1960年代”：报纸—杂志—电视和广播评论—星期日的布道—晚餐会的谈话—校园里的流言—后院中的谣传。基蒂·吉诺维斯事件在发生之后的几个月里拷问着当地人，进而是全国人民的灵魂。在后来的几年里，它出现在几千所高中和大学的心理学课堂上，但其实课堂上所讨论的、几乎所有人都以为就是事实的情形，恰恰并非真相。但也可能就是因此人们才愿意一而再、再而三地推敲和讨论它吧——复杂的基蒂·吉诺维斯事件被浓缩为一个简单的问题：那些人怎么可以对发生在自己眼皮底下的暴行视而不见、袖手旁观？

而任何讨论最终总会让人扪心自问：我应该会帮帮她的吧……我应该会的吧？

本书不打算复述1964年那晚在基蒂·吉诺维斯身上究竟发生了什么，而是尝试阐述完整的真相。我想要讲的是一个从未有人讲述的故事。我想要解释这起发生在皇后区邱园一个寒冷夜晚的事件为什么被人误解了50年。与之同样重要的是，我想要让大家看到，基蒂·吉诺维斯不仅仅是报纸上的一个名字而已。她是一个坚定、大方的人，她喜欢冒险、麻烦多多却仍保持着乐观的心态，工作上很勤奋，爱开快车——她也曾是一个活生生的人。我想要说，在她人生的最后一夜，她并没有被她的邻居们抛弃，至少不是全部的邻居。我想要告诉大家基蒂小时候的样子，她的爱好，她对人生的期望，她说话的样子，她工作的样子，她恋爱的样子，她玩耍的样子，还有，50年前的那一晚，她怎么会一个人走在邱园的火车站对面。

* * *

让我们从这里开始吧：站在我们眼前的是个准备第一次领圣餐的小姑娘。这是1943年的春天，战火正浓。布鲁克林的道路上硝烟弥漫，除了来来往往的汽车和电车，街上还有主妇，老妪，男孩和女孩，也有年轻的女子，但几乎没有年轻的男人——大部分的年轻男人都去欧洲和希特勒开战或者到南太平洋对抗东条英机了。他们的父母每晚都收听战报和罗斯福总统的炉边讲话，祈祷千万不要收到由西联电报传送的坏消息——这是每一个士兵家里最害怕的事情。尽管如此，在这片充斥着音乐、烟火气息、说笑、交杂的口音以及拼搏的移民后代，却被叫作"教会自治市"的土地上，女人们还是会穿上好裙子、戴着与帽子相配的手套去教堂，而她们的丈夫们为了"进城"——到对面的曼哈顿去——会穿上好外套、打上领结。在夏季，他们会带孩子去科尼岛的游乐场过周末。

整个布鲁克林有300万人口，差不多可以和芝加哥比肩。如果说纽约是个大熔炉，那么布鲁克林只能算作例外：在这里，星罗棋布的各色种族分别占据了一隅之地，谁也"熔"不了谁。布鲁克林高地的住户主要是白人和新教徒。贝德福德—斯泰弗森特成了黑人聚集地，这里的黑人越来越多，这让周边那些爱尔兰人、意大利人和犹太人社区中的一些居民有点儿担心。点缀其间的还有一小撮一小撮的希腊、波兰街坊以及北欧人聚居区。公园坡那带是工人阶级的地盘，从意大利和爱尔兰来的大家庭们都会去圣奥古斯丁教堂祈祷。这幢位于布鲁克林第六大道，由褐色砂石堆砌而成的巨大堡垒建于1888年到1892年，呈十字形。在上午的阳光下，高耸的钟楼可以一直投影到两个街区之外的沥青屋顶上。沃尔特·惠特曼曾经供职的《布鲁克林每日鹰报》称赞这座教堂为“全美最精妙的哥特式建筑之一”。晨辉透过巨大的彩色玻璃让受难像仿佛浸润在圣光之中，继而向着石板地面投射出七彩的光线。教堂里两层楼高的管风琴有1674根音管，浑厚的声音绕着花岗岩石柱，向着教堂正厅的穹顶冉冉上升。作为一个孩子，站在如此恢宏的穹顶下，一定会打心底里感受到自己的渺小。

每年春天的某个星期天，圣奥古斯丁教堂会专门举行一场弥撒，让教区里的二年级小学生第一次领受圣餐。孩子们提前好几个星期就要开始排练：跪姿，画十字的手势，如何把舌头伸出来接受圣饼（修女们说了，要“恭恭敬敬地，可不准翻白眼”）。孩子们还得了解圣饼是很薄的，放到舌上就会如同白糖一般轻盈地融化（修女们说了，“不准嚼”，啃咬基督的身体是有罪的）。还有，别指望真正的圣饼和平时“练习用的圣饼”尝起来有多大的差别，不过到了正日子，落在他们舌尖上的将会是真正的“主的身体”。把这些都装进孩子们已经满满当当的小脑袋里可不容易——要知道，对手可是棍球、滚球、弹子球，是跳房子和跳长绳，是展望剧院上映的战争片，还有莫里斯糖果店那些玻璃柜台里装的口香糖和柠檬水果糖。

就要第一次领受圣餐的那天，基蒂静静地站着，让妈妈把蕾丝面纱固定在她的头发上。她家也在一幢褐色的石头房子里。基蒂跨出门，走上一段留着不少斑驳的口香糖印记的人行道。鸽子们摇晃着让出路来，穿着雪白圣餐服的小姑娘看起来就像个小小新娘。那时候，她七岁。

凯瑟琳·苏珊·吉诺维斯是家中长女。她的父亲文森特·安德罗内勒·吉诺维斯经营着贝瑞吉罩衣和围裙供应公司，专做餐饮业人士的围裙生意。她的母亲蕾切尔婚前姓彼得罗利，是个家庭主妇。有些亲戚仍按老家那边的发音将他们称作詹诺维塞，但文森特一家虽为自己的出身而骄傲，却更因成为地地道道的美国人而自豪，所以他们自己更中意美式发音吉诺维斯。这一家人住在圣约翰广场一幢四层楼高、由四户人家分享的公寓楼里，离圣奥古斯丁教堂不过一个半街区。在那个年代，布鲁克林的展望公园可不是今天这般有红酒吧和价值300万美金石头房子的时髦地方。不过就算在今天，吉诺维斯一家所住的旧街区仍属于公园坡那带租金相对低廉的区域——沿街稀稀拉拉地开着几间卖酒的铺子、投币洗衣房和美甲沙龙，还散落着一些凯伊食品超市淘汰不要了的小推车。吉诺维斯夫妇就在这里的一栋排屋里养育了他们的五个孩子。圣约翰广场29号从外观上看实在毫无亮点——对面那些再普通不过的褐色石头房子前面好歹也有几道弧形楼梯，大门上还安了雕花玻璃呢。圣约翰广场29号的入口没有楼梯，只有几根铁栏杆围起一个小小的门廊。整个街区的住户基本都是爱尔兰人和意大利人，墨菲一家和奥康纳一家就住在这条街上再过去一些的地方，而29号里住着吉诺维斯一家、马耶拉一家、马斯特罗罗科一家以及鲁沃洛一家。走进大门，昏暗的前厅连着铺有地毯的逼仄楼梯。屋顶上有扇天窗，但只有非常细碎的光线能够落到底楼。四套公寓都不算小，但在夏天总让人闷得透不过气来，到了冬天就得忍受暖气片的杂音和水汽，幸而频繁的人声、忙碌的生活和对未来的信心让这一切显出生机勃勃的热闹样子。

吉诺维斯家共有五个孩子：大女儿凯瑟琳——大家喜欢叫她基蒂，同样取名为文森特的大儿子，二女儿苏珊，二儿子威廉，还有最小的弗朗西斯。基蒂相当健谈，眼睛亮亮的，总是充满活力的样子。她在学校也受欢迎，不过成绩只能算是平平，在她喜欢的英文课和音乐课上能得A或者B，其他科目就不行了。到八年级的时候，她的样貌已经受到男孩子的瞩目了。少女时代的基蒂·吉诺维斯谈不上是伊丽莎白·泰勒或者伊迪丝·玛伦娜那样出众的美女——后者还是基蒂同校的前辈，进军好莱坞以后改名为苏珊·海沃德的那个。基蒂的发型一看就没经过精心打理，还有她的眉毛，在她学会自己修剪之前，因为太过浓密而让促狭的小孩忍不住开口嘲笑。尽管如此，基蒂仍旧给所有认识她的人留下了深刻的印象。用她的老朋友安吉洛·兰佐内的话来说："基蒂很迷人，但她的内在比相貌更让人着迷。应该这么说：她是个有魅力的人。"

从1949年到1953年，基蒂在展望高地女子高中读书，这栋方方正正的砂石建筑占据了整个街区，如今里面有四所高中。从这里出发，穿过华盛顿大街就是布鲁克林植物园和展望公园。在4月、5月和6月，如果恰逢顺风，基蒂和她的同学们能听到从南边的弗拉特布什传来的阵阵欢呼，那是因为六个街区外的埃贝茨球场里有布鲁克林道奇队的吉尔·哈吉斯、杰基·罗宾森和杜克·斯奈德这些明星球员。一整个夏天，球迷们都疯狂不已，这股劲头大概可以一直延续到季后赛，然后在世界大赛期间崩落成无尽的悲伤。在1949年、1952年和1953年连续拿下国家联盟的锦旗之后，每次世界大赛，道奇队总是输给洋基队。1951年，巨人队的博比·汤姆森更是用他那“响彻世界的一击”沉重地打击了道奇队。球场附近总是闹哄哄的，所谓的“布鲁克林口音”本身就够聒噪的了，好多球迷又是大嗓门，大概只有在他们亲爱的道奇队输球的时候，球迷们才能安静那么一会儿。用当时发表在报纸上的一首诗来形容，“布鲁克林酒吧里寂寞的男人们啊/星光熠熠又如何/夜风凄凉啊”——那位诗人一定是洋基队的球迷。然而弗拉特布什永远充满着希望，每年10月的惨败之后，总有道奇队的球迷大喊着“明年再来”。

17岁的基蒂穿着漆皮皮鞋，大概有1米55那么高。她身上的裙子打着规矩的褶皱，白衬衫熨得平平整整，汇入展望高地女子高中大厅拥挤的人潮中，身边的女孩子也大多是类似的打扮。从学校留存的照片上能看到当时基蒂蓬松的头发剪得短短的，眉毛很浓，表情严肃，但也有一张照片上，她的笑容无比灿烂，好像刚刚是存心逗你一样。1953年，展望高中712班的毕业生里有23位获得了各种“班级明星”称号，其中就有基蒂·吉诺维斯——“捣蛋女王”。

1953年，报纸上往往称其为“充满变化的一年”。这年1月，艾森豪威尔接替杜鲁门成为美国总统。3月，斯大林逝世了，苏联历史上重要的一页就此翻过。6月，英王乔治六世驾崩，他时年27岁的女儿在西敏寺加冕成为伊丽莎白二世女王，这也是第一次经过电视转播的加冕典礼。两周之后，24岁的牧师马丁·路德·金和26岁的柯丽塔·斯科特在亚拉巴马州马里昂斯科特母亲家门前的草坪上结婚了。第二天，被指控为国际间谍的朱利叶斯·罗森博格和埃塞尔·罗森博格夫妇在纽约州奥西宁兴格监狱坐上了电椅"老火花"[1]，丈夫朱利叶斯一下就死了，但妻子埃塞尔经过三次两千伏特的电击却仍顽强地活着——这可相当于大约20倍家用电器插座放射出的电流。埃塞尔的头上冒烟了，将她固定在电椅上的皮带也冒烟了，但她的心脏还在跳动。最后行刑人员不得不再对她来了三下才算完事。

又过了六天，1953年6月25日，基蒂·吉诺维斯从高中毕业了。

她还差两星期就满18岁。当时的她一定流露出了对犯罪和惩罚的兴趣，因为她所在高中的1953年年鉴"红皮书"里有这样一段别出心裁的预言：请看市政厅前的台阶上，伊夫琳·凡蒂警官即将为基蒂·吉诺维斯巡警和菲莉斯·特林博利巡警授予嘉奖，她们两人多年来忠实的付出为我们的城市减少了犯罪行为。

随着各个种族聚居的街区纷纷扩张和冲突，布鲁克林在不断地改变。战后的繁荣给文森特·吉诺维斯这样的人带来了跻身更上层社会的机遇，但也有很多人因为本地工厂纷纷倒闭或者搬去别处而失业。黑人家庭从贝德福德—斯泰弗森特搬进了传统白

1　美国部分州，如纽约州、弗吉尼亚州将电椅昵称为"Old Spark"，而其他一部分州，如新泽西等，则将其称为"Old Smokey"。——译者注（下同，不再一一说明）

人社区，这里种族各异而且互相鲜有交集的租户之间，可能唯一的共同点就是他们统统不相信黑人——除非那个黑人是大球星杰基·罗宾森或者罗伊·坎帕内拉。在1950年到1957年间，有超过135000个原本住在布鲁克林的居民迁去了长岛或者韦斯特切斯特县的郊区。就连道奇队也在1957年抛弃了布鲁克林，到洛杉矶去发展了。犯罪率在1950年代也有小幅增长。基蒂还没怎么和男孩子约会过——她的人生正在经历转折，为此她焦虑不安，也充满了热切的憧憬。正在此时，她的母亲蕾切尔·吉诺维斯亲历了一场发生在街头的谋杀案，她就这样直直地走进了枪击现场，近得能看到被害人的血沿着人行道的缝隙汩汩流淌。吉诺维斯一家都觉得再也受不了城市犯罪问题了。文森特一直都很努力地工作，也攒了些钱，够他为家人在约80公里以北的康涅狄格州新迦南买下一个农场。“那里更安全。人不错。”他这样说着，心里想着或许基蒂还能在那里嫁个好人家。

但基蒂不愿意。“我不去。”她不能想象自己住在乡下，“纽约让我感觉自在，在这儿我才觉得自己活着。”她告诉父母自己会去安全的街区找个工作，答应经常给家里打电话，而且会定期坐火车回新迦南去。她说服了他们，留在了纽约。起先，她借住了祖父公寓的一间空房。后来她到一家保险公司当了秘书，挣来的钱足够自己租一间公寓。那是1954年，电视上播着军方对峙麦卡锡的听证会，广播里放着“比尔·哈利和他的彗星”乐队的《昼夜摇滚》。基蒂起先是秘书，然后做了女招待，接下来去了一家意大利餐厅做了领班。再后来，她在皇后区霍利斯的一家酒吧尝试做起了酒保，那边的酒吧整年都会挂着圣诞彩灯。做酒保的收入不错，而且不用缴税。基蒂开始交朋友了。没过多久，她就成了酒吧经理，经常一天要轮两次班。她在皇后区住了下来，从统计数据上看，这是纽约全部五个区中最安全的一个了。自然而然地，她开始恋爱了。

“异性”

“那真是个风云年代，能活在那样的时代真的很值得。”玛丽安·杰隆科这样说道。

1963年的春天，玛丽安24岁。她有着一头金发，容貌娇美，头脑敏捷，还洋溢出电视和广播广告最中意的青春活力，难怪人们都说她看起来就像个电影明星。而且她确实还很聪明。玛丽安在一场面试中脱颖而出，成了西联电报的电传电报打字员，每天将简短的、全大写字母的公文和消息通过一个隆隆作响，看起来又像打字机，又像传真机雏形的控制台发送出去。过去的那个冬天，经她手的很多条消息中都有肯尼迪、赫鲁晓夫或者危机这样的字眼。1962年10月，苏联将核武器运送到了古巴，而肯尼迪总统通过实行海上封锁对赫鲁晓夫进行了反击。有两个星期之久，全世界都战战兢兢地等待着落入赫鲁晓夫所说的“全球性核战争的深渊”。八个月之前，美国人仰望天空，希望能一睹宇航员约翰·格伦所搭乘的水星探测飞船友谊七号。如今他们如惊弓之鸟，每一颗流星或每一架经过的飞机都可能终结人类。玛丽安说："当时我们认定世界随时可能被炸成碎片，今天的人们一定觉得是我们反应过度了吧。但这些人并没有经历过那一切，不是吗？"

那个年代的曼哈顿下城阴沉晦暗、弥漫着海水味道，和今天光彩熠熠的闹市很不一样。当时的华盛顿市场就在今天的特里贝卡，老辈们兜售着蔬果、猪肉和山鹑，并沿用最传统的英制报价进行交易，1先令等于12.5美分。再往南走，在布鲁克林大桥下，是海鸥成群的富尔顿鱼市。生意好的时候这里一天可以卖出500吨各种水产——那是超过45万公斤海湾虾、缅因龙虾、阿拉斯加帝王蟹、新斯科舍的鲟鱼和鳕鱼——每天在这个市场里进进出出的有20种不同的贝类水产、35种淡水鱼和超过130种海鱼。每天晚上市场关门之后，无数的海鸥、老鼠、鸽子和流浪猫狗在这里争抢鱼贩子们丢弃的鱼皮、鱼头和鱼内脏。

距离鱼市20个街区的地方，24岁的玛丽安朝着设在赫德森大街一幢砖头房子里的西联总部走去，一路上经过很多地下室和地铁站，入口处都有黑黄两色的标牌：防核尘避难所。一天又一天，世界并没有毁灭，她也更加安心一些。古巴导弹危机过后，能在顷刻间灭绝人类的热核武器让位给了"冷战"，这是一个虽持久，但程度远不如前的威胁，给人的感觉就和天气预报一样稀松平常：局部地区多云，出现原子弹袭击概率较小。

生活的节奏在加快。你问有什么发展？1963年的时候，就连小孩子都知道氢弹是利用原子同位素制成的，纽约爱迪生联合电气公司还打算在皇后区的正中间建一座百万千瓦级别的核能发电厂。为了翻新麦迪逊广场花园，市政府不惜拆掉宾夕法尼亚车站。最新型的电视机甚至能播放彩色节目！文化圈更是多姿多彩。乔治·C.斯科特在制片人约瑟夫·帕普一手创办的“公园里的莎士比亚”户外表演中扮演威尼斯商人夏洛克，泽罗·莫斯苔主演的《春光满古城》让百老汇的观众笑翻了天，出身布鲁克林、年仅20岁的芭芭拉·史翠珊刚刚在百老汇音乐剧《华裳霓影》中首度亮相，就又发表了第一张流行唱片。安迪·沃霍尔使用丝网印刷的金宝汤罐头广告问世，同时他位于四十七街、前身是爱迪生联合电气公司供气站的工作室“工厂”也整修完毕，成为名人聚集地。出没那里的有田纳西·威廉斯、诺曼·梅勒、丽兹·泰勒和玛丽莲·梦露，“工厂”的“超级明星”（安迪本人创造了这个称呼）“紫外线”[1]和泰勒·米德接连出演了《手淫》《口交》等电影，以及一部起名为《泰勒·米德之臀》的长篇作品。两个街区外，五十九街上新开业的花花公子俱乐部里，葛罗莉亚·斯坦能[2]戴上绸缎质地的兔耳朵，装扮成“兔女郎”的样子筹划为她供稿的杂志撰写一篇叫作“我是花花公子兔女郎”的揭露报道，为此不得不忍受着漫漫长夜中别人时不时对她屁股后面的兔尾巴动手动脚。

花花公子俱乐部往南50个街区，玛丽安眼前是一片不一样的风景。她回忆道：“格林尼治村是唯一一个让我有了归属感的地方。”自从玛丽安某天在新罕布什尔州梅里马克的一家书店

---

1 伊莎贝尔·科利纳·迪弗雷纳（Isabelle Collin Dufresne）的艺名。

2 葛罗莉亚·斯坦能（Gloria Steinem，1934—　），美国女权主义者、记者、社会政治活动家，因在1960年代和1970年代领导了美国的女权运动而知名。

中无意翻开了一本平装小说之后，这个美国波希米亚的中心就对她产生了巨大的吸引力。当时的玛丽安只有15岁，那本书是《盐的代价》[1]，帕特里夏·海史密斯所写的一部女同性恋爱情小说，印在书上的是她的笔名“克莱尔·摩根”。《盐的代价》让玛丽安知道了还有和她一样的人：喜欢女生的女生。她继续读了更多讲述女生之间罗曼司的通俗小书。《女营房》《第三性》，还有《没有亚当的夏娃》。那个年代的通俗小说作者们为了躲避政府的审查，都会给书中的女同性恋主人公一个严厉的教训，她们或者变得“正常”了，或者疯了，或者干脆死了。这些小说都有自己忠实的拥趸——虽然最终总得“付出代价”，但此前的原罪足以让读者们兴奋和战栗。15岁的时候，玛丽安就知道自己不会甘心做个家庭主妇。“在人群中的我显得格格不入，至少在新罕布什尔是这样子。”通俗小说让她得以瞥见一个所在，按她最喜欢的通俗小说作家安·班农所描述的，那里是“翡翠之城、奇迹之地、歌舞之乡，在这里，同性的爱人们可以手拉手走在蜿蜒的街道上”。班农小说中能干的女主人公比伯·布林克尔这样告诉一个新来的人：“这就是我们的村子，亲爱的。一出戏连着一出戏，一出比一出更加疯狂，周而复始，永无止境。在这里，玛丽爱简，简爱乔安，乔安爱琼，琼爱比伯……无休无止。”

16岁的时候，玛丽安离开新罕布什尔去了格林尼治村，“我

1 *The Price of Salt*。1990年，帕特里夏·海史密斯以本名重新发表了这部作品，并将之更名为《卡罗尔》。

的离去让我的母亲很是高兴”。她找了份当文秘的活，而且从一开始就爱上了纽约。曼哈顿的街区充满活力：交通和交警，行人和游行，甚至偶尔有马戏团路过也没人关注。即使有20头马戏团大象在第六大道上踟蹰而行，也几乎没有哪个纽约客会停下来多看两眼——这时候你就知道，你已身在纽约。这真是一道风景：一些游客对着大象目不转睛、指指点点，而其他的路人依旧行色匆匆。唯一好像注意到第六大道上这一奇景的本地人恐怕就是那些对着大象猛按喇叭的出租车司机了。

纽约的大部分地区都被办公楼和公寓大楼占据了，但笼罩在薄雾之中、闪耀着点点霓虹的格林尼治村是个例外。这份不同归因于曼哈顿岛的地理环境。据说在曼哈顿岛的中部和下城，古老的基岩几乎和路面齐平。这种闪闪发光的、被叫作曼哈顿片岩的云母片岩非常坚固，能够承载得了摩天大楼，不少甚至已经破土而出，几乎在全城各处都能看得到。小孩子们在中央公园里费力地爬上爬下的黑色石头就是这种基岩。但据说从市中心到坚尼街一带却找不到这样的片岩，基岩埋在地下更深的地方。基岩之上、地表之下，是纽约人民几百年来一层一层抛在这里的煤灰煤渣、残羹剩菜、牡蛎壳和蛤蜊壳、陶器砖块和玻璃、鱼骨头和死猫死狗死耗子、马的骨架、没用的木片瓦块、破鞋烂报纸，还有无数种属于曼哈顿的生活垃圾。这种垃圾填埋场当然没法建高楼。这片由城市的既往生活堆积起来的土地踏上去咯吱作响，就连格林尼治村那些低矮的砖头房子也未必支撑得住——当时人们就是这样想的。直到半个世纪后，一位罗格斯大学的教授取了地心样本，才证明了所谓的“曼哈顿基岩之谜”不过是个都市传说，听起来像模像样，也让人牢记许久，却并不真实。坚固的岩层好好地躺在坚尼街和市中心街区的地下。最有可能让这片地区变成曼哈顿天际线上一个缺口的还是经济原因：建筑商不认为格林尼治村及其周边地区需要办公楼。毕竟这里曾经是肮脏暴力的"五角地"贫民窟，后来成了苏豪区的工厂聚集地，再后来，那些披头士、民谣歌手和"性取向偏离常规"的人使格林尼治村成了一个在玛丽安看来能找到"志同道合的人，有和我一样的女生、有喜欢我的女生"的地方。

从法律角度看，她们都是罪犯。直到1963年，除了伊利诺伊州，其他各州仍旧有鸡奸法，同性恋是非法行为。即使在伊利诺伊州，同性恋男女仍旧冒着被以行为不当或者公开淫乱的罪名逮捕的风险维护着恋爱权利。旧金山警察热衷搜查卡斯特罗大街上的同性恋酒吧。纽约的扫黄队简直把突击搜查麦克杜格尔大街上那些例如"摇摆约会"这样聚集了很多女孩子的俱乐部变成了习惯。警察们把这样的地方叫作女生酒吧，或者女同酒吧。有时还有更难听的说法。在玛丽安看来，"那其实并不是同性恋酒吧，因为我们并非出柜的'女同性恋'。假如你喜欢女生，那么你是女同性恋。如果你真的承认了这一点，那么你绝对不会自豪地到处宣扬，你会很小心。因为假如被某些人知道了，你可能会挨打"。

"摇摆约会"是坐落在麦克杜格尔大街117号的一家地下俱乐部。这里的木质吧台很长，上面刻着的各种名字缩写，比小学里那些饱经风霜的课桌还多。唱片机接上了扩音器，彩色的轻纱包裹住头顶的灯泡，各种体型的女性相拥在舞池。来这里跳舞的人身上飘出娇兰的“一千零一夜”、朗雯的“光韵”、考迪的“吸引”这些高级法国香水的气息。她们随着琵雅芙、朱迪·嘉兰以及史翠珊的《泪流成河》跳着慢波舞。甚至有时候音乐已经切换，其他人都开始扭动或者转圈的时候，她们仍旧是那么轻轻地、慢慢地。这天晚上，玛丽安穿过香气缭绕的人群朝吧台走去，一个从没见过的女孩子恰巧经过她的身边。她是个有着深褐色头发的迷人女孩，穿着锥形裤、松垮的衬衫，头发蓬松。她问玛丽安：“我们以前见过吗？”

要说搭讪，这可算不上什么好台词。玛丽安说：“我想没有吧。”

基蒂·吉诺维斯笑了，“我觉得我好像认识你。我叫基蒂。”

她们一起跳了舞，漂亮的金发姑娘和她的新搭档一起吸引了不少艳羡的目光。玛丽安回忆道：“基蒂舞跳得好。人们都关注她。”一曲舞毕，她们站在吧台聊天，玛丽安小口地喝着瓶装的滚石啤酒，基蒂要了鸡尾酒。其他的姑娘注视着基蒂，而基蒂眼里只有玛丽安，直到后来基蒂融入了人群中。玛丽安说：“她大概去了卫生间什么的，我就再也看不见她了。”玛丽安这才意识到自己并不知道基蒂姓什么。也没有问她要过电话号码。她有没有告诉过基蒂自己的名字？或者有没有告诉她自己住在哪儿？玛丽安不太确定：“那时候我以为我再也不会见到她了。”

玛丽安往上城方向搭跨区地铁线，到七十二街和百老汇大道的路口下车。她在七十四街的一幢寄宿公寓里租了一间房，每周付出20美金，得到的是一张床、一个衣柜和一扇望出去只有一堵砖墙的窗户。没有电话，不包膳食，不能养宠物。三天三夜过去了，没有基蒂的消息。然后，圣帕特里克节到了。

1963年3月17日：战斗番号69的纽约步兵团和它的爱尔兰猎犬队走在最前面，身后是一排一排身穿苏格兰短裙的风笛手，警察和消防员部门的行军乐队随后，然后是载着包括市长罗伯特·瓦格纳在内的诸位要人的敞篷车，整个队伍行驶过了圣帕特里克大教堂门前。游行的音乐向着西北方向一直传到了玛丽安租住的寄宿公寓，她刚下班回到家，发现门上贴着张纸条。

我7点给你打电话。街对面的公用电话。

玛丽安说："当时我就知道，是她。"

七十四街和百老汇大道交会处的西北角有一个公用电话亭，就在安索尼亚大酒店的后面。玛丽安有个有钱的姨妈，就曾经住在宏伟壮观、墙壁上装饰着怪兽滴水口的安索尼亚大酒店里。在玛丽安搬进对面寒酸的住宿公寓之后，这个姨妈曾经请她过去喝过一次茶——就一次。安索尼亚大酒店，就和玛丽安的姨妈一样，已经不复其"咆哮的20年代"时的盛景。35年前，酒店大堂的喷水池里真的有海豹在戏水，男高音恩里科·卡鲁索在他楼上的套间里练习发声。同为住户的歌剧爱好者、全垒打王贝比·鲁斯则专挑伟大的卡鲁索吊嗓子的时候把棒球滚下楼去。安索尼亚大酒店还有一个屋顶农场，为住户和访客们提供新鲜鸡蛋。贝比·鲁斯开着斯图兹的敞篷跑车朝过路行人猛按喇叭——他有时候干脆在人行道上开车，然后为那些拦下他的警察签名留念。据说有一次，塔卢拉·班克黑德走出安索尼亚大酒店，微微敞开自己的毛皮大衣——里面什么也没穿，而她就凭这个动作招到一辆出租车。1963年，玛丽安对交通的影响看来截然相反，满街的道奇、福特、大众甚至笨重的黄色出租车无一减速，她好不容易才穿过百老汇大道，来到一个已经响起的付费电话边上。

“你好?”

“是我，”电话中传来了基蒂的呼吸声，“我们在哪儿见?”

“‘七级台阶’，你知道那个地方吗?”玛丽安问道。

“我会找到那儿的。”

“七级台阶”是一个地下酒吧，欢迎任何性别的同性恋者。它“暗地里很出名”，一个当年的顾客在很多年之后曾回忆道：“埃罗尔·弗林时不时会来。他喜欢嗑药，随身总会带点儿什么。奥黛丽·赫本来过。肯尼迪夫妇也来过，当时肯尼迪还只是马萨诸塞州的议员。”那个晚上，玛丽安走进“七级台阶”，朝酒保米奇点点头。米奇是个女人，大约30岁，有1米8那么高。她够强悍，敢跟扫黄队的警察叫板，敢把偶尔走进来色眯眯地到处看的游客赶出去，还曾经打跑了一个在她关店的时候冲进来抢劫的歹徒。大约一年之后，米奇就死了，躺在一个楼梯井里，身上盖着件沾了血的大衣。但在那个晚上，米奇穿着西服，打着黑色领带，看起来很精神。她做酒保时穿的这套衣服其实也属犯罪：穿异性的服装是违法的。她轻巧地推给玛丽安一瓶滚石——绿色瓶子的，呼应圣帕特里克节。“你好呀。”

“你有没有看见……?”

米奇知道她的意思。“还没来。”

玛丽安小口喝着啤酒，眼睛看着大门。她喝完了第一瓶，又要了一瓶。终于，基蒂走了进来。她在周围大多比她高出半个头的跳舞人群中穿行，好像完全没有发现玛丽安，直到与玛丽安近得触手可及，然后直直看向她。

50年过去了，玛丽安仍旧将这视为自己一生中最美好的时刻。“有时候当你遇见那个对的人，你会知道的。”

“嗨。”基蒂打了声招呼，听起来好像递出了一个邀请。

她们又分别要了饮料，寒暄起来。因为音乐太响，她们俩凑得很近。玛丽安说：“基蒂是意大利裔的美国人，我的祖先来自波兰。她信天主教，我是不可知论者。她是那么地……魅力四射，而我就比较文静。性格上说，我们是‘异性’相吸，对吧？”

她们直到午夜以后才回去，寄宿公寓一片漆黑。爱管闲事的房东太太已经上床睡觉了。玛丽安带基蒂去了她的房间。这是她们共处的第一夜，她们一共只拥有360个这样的夜晚。第二天早上，她们决定开始同居。

基蒂27岁。玛丽安24岁。基蒂当时在离曼哈顿以东20分钟路程的皇后区管着一个酒吧。两人在酒吧附近一个汽车旅馆里度过了快乐的两个星期，但在玛丽安看来，“那不是现实的生活方式。基蒂很高兴，但我很紧张。我觉得那儿不安全。正经人哪有住在汽车旅馆里的？”她们翻找出租公寓的广告，最终在邱园的奥斯汀大街租到一间只有一个卧室的小公寓，就在长岛火车站隔壁。

这是一栋二层的小公寓，纽约人叫作“廉租房”。一栋二层小楼里共有14个与基蒂和玛丽安的房间类似的套间。这种从刷白的外墙能够看到横梁、木瓦屋顶上戳出烟囱管的仿都铎风格的房子在这个街区非常典型。底楼沿街开店，二楼作为公寓住宅。高大的悬铃木遮蔽了人行道，司机在奥斯汀大街沿街抢占合适的停车位。车位总是不够。有两部车的商务精英会把外套和衬衫送去“好方法法式干洗店”，虽然店门口的招牌写着那里现在也开始提供自助洗衣，年轻的母亲们排着队使用闪闪发亮的白色投币式洗衣机和烘干机。隔壁的奥斯汀书店既卖诸如《奇幻核子战》《五月里的七天》之类的“冷战”恐怖小说，也卖詹姆斯·鲍德温的《下一次将是烈火》，蕾切尔·卡森的《寂静的春天》，还有斯坦贝克的《斯坦贝克携犬横越美国》；你甚至能在这里找到最新的查理·布朗漫画书《幸福是一只温暖的小狗》。瑞吉酒行隔壁的电器店里，十几岁的孩子们翻着唱片，寻找天台合唱团的《走进来》或者海滩男孩的《冲浪美国》。弗兰肯药店在街角上，你能在那里买到薄荷脑药膏、防晒霜、泻盐、几分钱的便宜雪糕，还有漫威漫画书——那个星期恰巧发行了《超凡蜘蛛侠》系列的第一本（封面上写着定价12美分，它在2014年价值40000美元）。

房子的东南角、药店对面就是百利酒吧，它一般都会开到凌晨4点。街坊们不怎么喜欢百利酒吧，音乐声和深更半夜的争吵声有时会一直穿透两道大门，吵醒楼里的住户和街对面整个邱园最高建筑莫布雷公寓里的居民。百利酒吧周围发生的争执大抵是夫妻口角。其中绝大多数停留在比赛谁的喉咙响这个级别，但偶尔也有几次会动上手。街坊们早学会了视而不见。在他们看来，即使你觉得一个男人打女人是不对的，但你试试拉架吧，准保两个人齐心协力冲着你来，倒把你追得满街跑。

除了百利酒吧之外，邱园是个安宁的地方。这个街区已经好多年没有发生过凶杀案了。屋主们几乎不怎么锁门。天黑以后父母们也放心让女儿独自出门去卖女童子军饼干。根据当时巡警的记录，“这是治安比较好的街区之一，犯罪比较少。一般也就是些男孩子淘气或者垃圾桶被打翻了之类的投诉”。

托尼·科拉多在奥斯汀大街上开着一家家具店。1963年3月，一个活泼的棕发女子叩响了他的店门。科拉多回忆道：“那是我第一次见到基蒂。”她请他给一张二手沙发床翻新套子。活儿做完了之后，科拉多和他的儿子比利帮基蒂把沙发床搬上了二楼。

“对对，就从这儿进。”她一边说，一边带着他们从都铎公寓后面朝着铁路那边的门走。基蒂并不是从科拉多店里买的沙发床，翻新的活儿只需要几块钱。但科拉多很乐意能帮上基蒂的忙，他的儿子比利·科拉多回忆道：“基蒂就是能给人这样的影响力。她非常客气，见谁都微笑。”人们即使是为了看见她的笑颜也会乐意帮助她的。当时还只有十几岁的比利长大了想要当牧师。他帮着基蒂把沙发床拖上了二楼，努力不去注意这是个漂亮姑娘。他估摸着附近的男孩子们一定会追在这个新来的姑娘后面。

在托尼看来，基蒂和她的金发室友给整个街区带来了几分活力。他回忆道：“我以为她们是空姐。我当时就说，‘你看吧，这里以后可有得热闹了。’”邱园恰好地处纽约的拉瓜迪亚和艾德怀尔德两大机场之间，这里住着好几个空姐，甚至还有几个飞行员。但科拉多还是告诉基蒂附近这一带“挺无聊的”，因为“好像从来没发生过什么大事儿”。

基蒂和玛丽安开始布置公寓了。基蒂喜欢温馨的环境，玛丽安的品位要更加不羁一些。最终她们的公寓取了个折中点：有简单的厨具、小地毯和花架，足够让基蒂感受到家的味道，也有几分玛丽安喜欢的摩登色彩。五边形的起居室，形状就像半个停车标志，里面放了沙发床，一张咖啡桌，摆满了唱片和书的书架，一台立体声唱片机，一台摆在窗台上的收音机，窗边光线最好的地方还有一个画架。玛丽安正在跟着邱园的一个艺术家学习作画。她把自己的一幅油画——画了一个裸体女人——挂在起居室的墙壁上。

两人都没什么兴趣养花，所以花架上也堆着唱片和书。玛丽安喜欢小说和诗歌，从哈特·克兰、詹姆斯·艾吉、T.S.艾略特到她成长岁月中的那些讲女同性恋的通俗小说；基蒂喜欢纪实文学，她读肯尼迪总统的《当仁不让》，也读贝蒂·弗里丹的《女性的奥秘》，书中古怪地融合了女权主义和恐同心理。弗里丹提出女性同胞们即使不必脱下胸衣，也应该挣脱锁住自我的镣铐，但她笔下的"新女性"可以是医生、律师甚至总裁，却不应该是一位同性恋者。弗里丹将女同性恋描述为"紫色威胁"。

不管怎么说，基蒂读了弗里丹的书。她告诉玛丽安："我喜欢真实的东西。"纪实文学就是真实，报纸上登的消息就是真实。

玛丽安认为，小说也有真实的一面。这其中的区别就好比绘画和照片，究竟哪个更加真实一些？玛丽安不知道，但她更喜欢绘画。她告诉基蒂自己想给她画肖像，但不确定自己是否准备好了——不确定自己的技术是不是到家。基蒂听了很欢喜，不仅仅因为玛丽安想给自己画画，她更愿意得知玛丽安想先更上一层楼再给自己的爱人画像。

她们讨论艺术、音乐、电影、占星术。玛丽安说："我们都是巨蟹座。"基蒂在报纸上读到的星座运程上说这让她们很般配：

“巨蟹和巨蟹，非常浪漫的结合……”

玛丽安说：“那就是在说我们了。”

“……感情炽热，欲望强烈。嫉妒心旺盛！”

玛丽安并不想吃醋，但她无法不注意到别人看基蒂时的眼神。托尼·科拉多简直迫不及待地帮她把沙发床搬上楼。基蒂的某个前女友在她们分手好几个月之后还经常过来，那个女孩说着“只想继续做朋友”，一边朝基蒂挤眉弄眼。相比玛丽安，基蒂更会挑逗，更会交际，而且还有几分卖弄风情，眼睛扑闪扑闪的，被她看着的人会巴不得请她喝一杯。玛丽安提醒她：“你这是存心勾引别人。”

基蒂说她不过是表现得友好些罢了。“不管怎么说，你没什么可担心的。和我一起回家的是你。”

玛丽安厌倦了往返于她们在皇后区的公寓和曼哈顿的西联电报大楼。她想有更多的时间和基蒂待在一起。她说：“我打算辞职了。”

“好吧，”基蒂说，“你还有什么能做的吗？”

玛丽安答道：“我很擅长和数字打交道。不过我更愿意画画。”

基蒂翻了个白眼，“真是好本事”。她四处打探了一下，最后帮玛丽安在距离她们公寓十分钟的克里斯俱乐部找了个酒保的活儿。基蒂拍胸脯保证自己的“朋友”是个调酒高手。

“我从来没试过站在吧台后面招待别人，也从来没调过一杯马天尼。”玛丽安回忆道，“但我对自己说，‘那又能难到哪儿去呢？’”

邱园近郊

基蒂在皇后区霍利斯的牙买加大道上管着一家小酒馆，名字叫作“伊芙的最后一刻”。如果有人问基蒂干什么工作，她总是用“我是酒馆的女招待”搪塞。但实际上，她聪明可靠，没过多久就代替老板管理整个酒馆——轮两个班次，一连工作12—15个小时，还要帮上夜班的酒保一起关门，然后在凌晨3点过后开车回家。从“伊芙”开车到邱园她和玛丽安的公寓大概要十分钟。大部分时候，到了这个点，附近三个街区内的停车位都已经被占满了，所以基蒂会把车停在长岛火车站的空地上，虽然那里立着一块“禁止停车”的牌子。但，管他呢，警察从来不在长岛火车站的地盘上开罚单。那个时候，奥斯汀大街上那些商店已经关门好久了。只有街区尽头的百利酒吧可能还开着，自动点唱机传出的靡靡之音一般要到3:30或4点才停止，除非有时候生意太过清淡，老板会提前一些关门。这样一来，路上就一个人也没有了，整个街区如此安静，基蒂甚至听得到自己的脚步声。

3:30左右，有一辆公交车会经过奥斯汀大街和莱弗茨大道的路口：那是Q-10路公交车，基本上不会有乘客，洒一路昏黄的光线。

基蒂走过“中场”咖啡馆，从后门进入公寓楼。她自己开门，然后爬上一段狭窄的楼梯。二楼一片宁静。她们对门的邻居法勒夫妇都是早早睡觉的人：约翰尼·卡森的谈话节目还没结束，他们已经上床了。那些日子里，假如听到基蒂和玛丽安的电话铃声，索菲·法勒会推开她们并不上锁的房门，帮她们接电话并写下留言。这个街区的风气就是如此。邻居们会互相帮忙。索菲和丈夫乔·法勒再过三个半小时就要起床了。乔从门口探出头来取晨报，索菲煮咖啡。有时候，基蒂如果睡不着就干脆不睡了，等着和索菲一起喝咖啡，然后开车送法勒家的孩子们去上学。

基蒂回到公寓，她自己开门、关门，只发出轻轻的一声响，以免吵醒玛丽安。房间里弥漫着颜料和松节油的气味。玛丽安把整个房间漆成了棕黄色。基蒂脱下工作时穿的衣服，钻进床里，躺在玛丽安的身边。此时的邱园很安静，直到下一班火车隆隆而过，让窗户和墙壁都咯咯作响。

* * *

她们现在住的皇后区这一带原本一直是农田，直到火车轨道一路向西挺进了近14公里，将它和曼哈顿连接在了一起。在19世纪中期，从曼哈顿前往如今的邱园一带大约需要经过两三个小时的艰苦跋涉：先是搭乘轮渡穿过东河，然后坐在马车里穿过一片片的玉米地、洋葱地、葡萄园和苹果园，一路颠簸着跑完尘土飞扬、让车轴咯吱作响的14公里路。当地农民还养山羊、鸡、火鸡、鸭子、鸽子、羊毛绵密的科茨沃尔德羊、猪和蜜蜂。正是这些农民，给向着市区驶去的马车装上苹果、肉和鸡蛋，帮助恐慌的纽约市民在艰苦的内战中生存下来。曼哈顿越来越寸土寸金，下城区开始禁止将土地用于殡葬。于是，布鲁克林和皇后区的公墓行业越来越兴旺。布鲁克林占地达1.6平方千米的格林伍德公墓已经成了旅游景点，这里有湖，有山，有纪念碑，也有长眠着名人的双层豪华陵墓（有些甚至装了蒂芙尼出品的彩绘玻璃窗），其中包括路易斯·康福特·蒂芙尼本人的陵墓。1866年的《纽约时报》曾经刊登过这样的话："每个地道的纽约客都希望能在第五大道上生活，在中央公园兜风，死后则能和自己的祖先一道长眠在格林伍德公墓。"塞缪尔·F.B.莫尔斯就葬在格林伍德公墓，还有缝纫机的发明者伊莱亚斯·豪，玩具大王F.A.O.施瓦茨，和其他20多万人。其中也不乏臭名昭著者，如绰号"老板"的威廉·特威德——1875年，这个坦慕尼协会的首脑因诈骗和盗用公款被囚禁，之后越狱，一路逃亡至西班牙，还在当地做起了水手——或许是西班牙国王阿方索十三世手下的商船队里块头最大、脸色最好的水手，体重达136公斤。要不是西班牙报纸的读者们在托马斯·纳斯特出名的政治漫画里认出了"老板"特威德，或许他会一直这样幸福地生活下去。结果，他被指认给美国来的水手们，然后美国佬一拥而上把特威德绑回了老家。经历了约1.1万公里的旅程之后，他最终死在牢里，葬在格林伍德公墓——又一个曼哈顿人葬在了土地相对便宜的东河对面。

皇后郡的卡尔瓦里公墓规模更是庞大，生意也比格林伍德公墓更为繁忙。这是一座天主教公墓，1848年建成之初就有过这样的说法："每天要埋50个人，其中一半是七岁以下、穷困潦倒的爱尔兰小孩。"到了1900年，卡尔瓦里公墓已经是全美埋葬人数最多的公墓，在这里总共安息着70万人。到了今天，公墓里住着超过300万"居民"，卡尔瓦里公墓仍旧保持着自己全美第一的名号。

再往东边去有梅普尔格罗夫公墓，和卡尔瓦里相比，不过是一个小小的乡下教会墓地，但也刺激了周边村庄的发展，形成了后来的邱园一带。19世纪70年代这里就有超过八万块小坟墓，在此长眠的人数几乎十倍于周围村庄的总人口。到了1875年，长岛铁路在皇后郡的中央建了一座车站，专门用来接待乘坐蒸汽动力列车前往梅普尔格罗夫公墓的送葬者。这个车站被称为霍普代尔。20年后，霍普代尔进行了大翻新，当时的纽约市警察总局长西奥多·罗斯福主持了新车站的揭幕仪式。车站的主建筑前饰以当时缀有44颗星的美国国旗，戴着眼镜的未来总统站在旗下宣布他对于皇后郡的未来充满信心，并邀请纽约客们多来皇后郡安宁的农田和新近铺就了鹅卵石的林荫大道走走。

三年之后的1898年，皇后郡和曼哈顿、布鲁克林、布朗克斯以及斯塔滕岛一道组成了新纽约市的五个行政区。由此，纽约市也跃升为西半球人口最多的城市。即使在全世界范围内，也只有伦敦能以600万人口超越纽约的310万人口。当时，里士满山乡村俱乐部的高尔夫球场占据了皇后区的中心，山顶上庄重优雅的俱乐部会所俯瞰着充满了温泉水的水晶湖。会所海拔高度52米，由建造了百老汇剧院以及布鲁克林音乐学院的亨利·博蒙特·赫茨和休·塔兰特设计，是当时皇后区的制高点。从俱乐部会所的屋顶可以望见曼哈顿最新的"摩天大楼"——22层楼高的熨斗大厦，就在西边16公里的地方。这个景点一直维持到了1910年，之后俱乐部会所就被搬到了山脚下。也是这一年里，长岛铁路对宾夕法尼亚站开出的主线进行了电气化改造。突然之间，从曼哈顿前往皇后区中心区域不再需要两个小时，甚至半小时也不用：20世纪的子弹头列车只需要行驶16分钟就够了。从宾夕法尼亚车站出发，到皇后区的中心地带和到市政厅或者哈莱姆区的时间是差不多的。几乎一夜之间，长岛火车站附近的土地变得无比珍贵，可不能再浪费在球道或者网球场上了。工人们拆掉了俱乐部会所，将各部分一片片地搬到山下，最终把赫茨和塔兰特的设计结晶在距离原址805米的地方重新造了起来。工程师们堵上了形成水晶湖的地下温泉，抽干了湖水。马队和骡子队将附近肥沃的土壤拉来填补河床，在填平的土地上建起了一座新的火车站：邱园站。这是铁路公司高层决定的名字，希望能够让人联想到伦敦附近那个鲜花围绕、安宁静谧、享誉全英的邱园植物园。商人最是无耻。也只有他们会把湖水抽干，铺上砂砾和电线，造起一座火车站，最终还将它命名为花园。

* * *

当年，邱园是皇后区最小的镇，如今仍是如此。这座近郊的村镇如同楔子一般嵌在福里斯特希尔和里士满山之间，南北向七个街区，东西向八个街区，统共也就56个方块，总占地面积不足2.6平方千米。基蒂事件发生以后，在很多美国人的想象中，邱园恐怕和纽约臭名昭著的“地狱厨房”[1]一带最糟糕的时候差不多，满眼望去都是防火梯，巷子里堆满垃圾。但真实的邱园是一片绿意盎然的中产社区，这里的住户大多是机械技师、护士、中小学教师、裁缝、家具商、铁路员工、餐饮行业工作人员、屠夫、理发师、酒保之类，偶尔会有一些音乐人住在这里，搭乘列车前往百老汇或者卡耐基音乐厅。即使是陌生人，相遇时也会互相道一声“早上好”或者“你好”。

曼哈顿的居民在前往长岛度假区的途中会快速经过邱园通勤列车的站点，F.司各特·菲茨杰拉德就在其中。朝北边望去，他和其他乘客一样看见了堆积如山的垃圾和焚烧以后的灰烬，那就是当时的科洛纳。工人们一车一车地把从全纽约拉来的煤灰、成吨的垃圾、马的排泄物、动物的尸体倾倒在这里，日复一日，年复一年，直到这里的垃圾堆仿佛一个和周围环境格格不入的阴森巨怪。在《了不起的盖茨比》里，菲茨杰拉德将这片地方命名为“灰谷”，“一个离奇古怪的农场，在这里，灰烬像麦子一样生长，长成小山小丘，还有奇形怪状的园子；在这里，灰沙筑成了房屋、烟囱和袅袅的炊烟”。这是横亘在霓虹闪烁的曼哈顿和纸醉金迷的西卵之间的荒地，这片肮脏的罪恶之地注定了盖茨比的悲惨结局，黛西·布坎南就是在这儿开车撞死了自己丈夫的情

1　Hell’s Kitchen，20世纪70年代前，曾为曼哈顿著名贫民窟。

妇，甚至都没有停下来看一眼。但也有人将视线越过科洛纳的垃圾堆，一直望向未来。

在皇后区历史学家巴里·刘易斯看来，邱园火车站附近这片葱茏的社区特别吸引那些“四海为家的人，既想享受城市的文化和机遇，也想尽可能避免都市生活中让人神经紧张的各种刺激以及对私人空间的侵犯”。邱园一带就是所谓“郊区之父”威廉·莱维特眼中“理想的花园式郊区”。再往东一点儿的村子没有那么美，但也被叫作乌托邦村。40年后，莱维特在长岛之外24公里的地方建造了不拘一格的莱维特镇。

“咆哮的20年代”期间，在那些制片人将大部分工作室搬去南加州之前，皇后区曾经是东海岸的电影之都。查理·卓别林就曾住在邱园，从其“美工小屋”搭乘火车前往阿斯托利亚工作室。他的小屋就离40年后基蒂·吉诺维斯停车的火车站空地两个街区之遥。威尔·罗杰斯和他的妻子贝蒂在附近的平房里养育了四个孩子。还有多萝西·帕克、阿娜伊斯·尼恩和乔治·格什温也同样搭火车往返于曼哈顿和他们在邱园的家。格什温的口哨声有时候会惹其他的乘客不高兴。他还是个网球爱好者，为音乐剧《双圆争辉》和过两段叫作《网球高手》和《小情郎》的成韵小曲，闲暇时间也在邱园附近的球场练习。到了冬天，球场引水成冰，摇身一变就成了溜冰场，格什温甚至能溜出“8”字形。再过些年，冰上还活跃着附近年轻人的身影，其中有伯特·巴哈拉赫、保罗·西蒙以及杰里·斯普林格。到了那时候，菲茨杰拉德笔下的灰谷已然被城市规划师罗伯特·摩西清理、填平，原本的科洛纳垃圾堆在1939—1940年间是纽约世界博览会的主场馆所在。未来，那里还将建起美国国家网球中心和大都会花旗球场。不过在基蒂那个年代，科洛纳这边虽然是花园市郊，但已经略显颓势。名人们一个个搬走了，他们的大宅和豪华套房被分割成一套套小复式和一居室、两居室的小套间，而住客呢，勤奋的普通市民而已，比如家具商托尼·科拉多，铁路工人乔·法勒，以及在世人眼中“格格不入”的基蒂和玛丽安。邱园在变。

火车站还是邱园的枢纽，奥斯汀大街上的莫布雷公寓仍旧是邱园的“摩天大楼”。这幢30多米高、已有些年头的大厦在1924年第一次拉开了它闪闪发亮的黄铜玻璃大门，这是皇后区的安索尼亚大酒店。那些“咆哮的20年代”租客享受着女佣、客房服务、屋顶花园以及有空调的跳舞厅。这一切到了1963年已经成了褪色的回忆。经历了40年的风雨，鸽子的粪便侵蚀了拱形的岩石窗框，曾经辉煌的公寓里更是油漆斑驳，房租一降再降。

从宾夕法尼亚站搭上朝东边开去的火车，穿过东河进入皇后区以后便天日重见，轨道从地下转为地上，经过一排排的仓库及配备露天防火楼梯和洗衣房的公寓楼，在疾驰了15分钟左右之后，列车就会缓缓靠站，停在基蒂和玛丽安租住的都铎公寓背后，对面就是奥斯汀大街的莫布雷公寓。走上站台环顾四周，你或许不会觉得周围的环境有多美好，但也绝不会有所担心。你不需要小心地四处张望一番，然后把钱包移到胸前的口袋里去。

雅各布·科恩就在玛丽安和基蒂于1963年入住的这幢都铎公寓里长大。在他的回忆里，“这可不算治安糟糕的街区”。小时候的雅各布曾经从街角的杂货店里顺走一两颗糖果，也曾经在不到喝酒年龄的时候溜进过百利酒吧，更多的夜晚则是在自己的房间里枕着铁路的隆隆声睡去。出事的那一年，年轻的雅各布已经搬走了，但整个街区并没有改变太多。18岁那年，雅各布注意到邱园站附近的出租车很少，尤其是夜间。因此，他会把自己的破福特停在那儿，等待从东面宾夕法尼亚站开来的列车，“我招徕想要搭车的客人，我告诉他们‘只用付给我你觉得公道的价钱就行了’”。科恩的夜间生意能帮他的母亲付上房租。最终，他闯出了这个街区，一路开到卡茨基尔山当了单口喜剧演员，并且将自己的名字从雅各布·科恩改成了罗德尼·丹杰菲尔德。他曾经在舞台上自嘲过在邱园度过的儿时光阴。

丹杰菲尔德说：“这可不算治安糟糕的街区。怎么讲呢，有天晚上，一个男人掏出把刀指着我。但那个老兄实在不够专业——他拿着的是把黄油刀。”

在邱园发生用刀捅人的事件实在太不可能了，听起来只像个笑话。

老虎和蚂蚁

坐在酒吧角落里的那个瘦高个儿一杯啤酒能喝上一个小时。基蒂或者玛丽安都可能招待过他几次，但都没有留心这个专注于啤酒杯的男人。他是黑人，但肤色比较浅，眼距较宽，眼神警觉，瘦削的脸上五官分明，留着稀疏的山羊胡子，下巴颏儿很尖。有人说他长得像只猫。

1963年，温斯顿·莫斯利28岁，和基蒂一样的年纪。一年后他参加过智力测试，智商高达135。他在雷格莱姆公司工作，这是一家商业机器公司，坐落在布朗克斯区北边不远处的弗农山镇。温斯顿的工作内容是给公司第一代雷明顿兰德计算机制作数据穿孔卡片。下班之后，他开车回到位于皇后区南奥兹公园的家，家里有他的妻子贝蒂、他们的两个男孩以及五条德国牧羊犬。这片地方正嵌在雅佳特赛马场和艾德怀尔德机场之间。随着皇后区的总人口数接近200万，这里成了发展最快的地区。假设皇后区能成为一座独立城市，那么它将是仅次于费城的全美第五大城市，甚至比底特律都大。南奥兹公园的街道一片和谐，孩子们跳绳、骑车，做父母的开着割草机，打理整洁草坪上的花坛。附近有海鸥翱翔，更有美国东方航空DC-8型飞机和环球航空以及泛美航空波音707型飞机在机场跑道上起起落落。虽然莫斯利这幢有四间卧室的房子位于苏特大街，离机场还有十分钟的路程，但有时候飞机起飞或者降落仍旧能够震动到莫斯利家的屋顶，就好像铁路震动着邱园的都铎公寓一样。

如果路况正常，下班的莫斯利在6点或6:15就能回到家，但他有时候会中途找个酒吧喝上一两杯啤酒。为什么要赶时间呢？贝蒂可以喂饱狗和孩子们。一杯啤酒能够让莫斯利收获些许惬意，而他正需要放松。那就晚一些回家吧。不然，这可能又是一个不眠之夜，这些失眠的晚上，他只得半夜两三点钟悄悄下床开车出去兜风。

如今能够坐在酒吧的高脚凳上，莫斯利不是没经历过坎坷。1935年冬天将尽的时候，温斯顿在哈莱姆区医院呱呱落地。他的母亲范妮和父亲阿方索住在西一四七街的二楼公寓里，温斯顿是家中独子。在这间公寓中，他的父母夏天忙着灭跳蚤，而夏天以外的其他时候则和蟑螂、老鼠以及彼此斗个不停。范妮·莫斯利来自密歇根的弗林特，她能说会道，嘴皮子比搞拍卖的还利索。她经常欺负自己的丈夫阿方索——他形容猥琐，老家在亚拉巴马州的塞尔玛，自早年间偷偷开走了别人的福特T型汽车以后，就将小偷小摸当成了自己的职业。阿方索在一所男孩感化院里学会了弹吉他。他加入过一个舞蹈团，在中西部进行巡演，在弗林特演出时，他结识了范妮。尽管阿方索一直怀疑范妮还有其他男人，但两人还是在1934年结了婚。他们搬去了纽约，阿方索找到了一份在地铁里看更衣室的活儿。两人的独子温斯顿就在1935年3月2日出生了。用范妮的话来说，温斯顿的童年时期可谓“无比快乐”。作为母亲，她关注着儿子每一次的肠道蠕动，夸口说温斯顿在四个月大的时候就学会主动要求上厕所了。他上学前就能自己看书。范妮放任着温斯顿对于绘画、诗歌和音乐的兴趣，甚至让他学习吹奏长笛。但在阿方索要上晚班的那些日子，范妮会撇下儿子，整夜在外边和男人鬼混。

有一天，范妮对当时九岁的温斯顿说，她肚子里长了东西。但那不是温斯顿的弟弟或者妹妹。她对温斯顿说：“是一个肿瘤。这叫癌症。医生会帮我把它切掉。”范妮于是去了医院，一去不返。她并没有死在手术台上。后来，温斯顿才了解到他母亲得的病其实叫作厌倦：厌倦了自己的丈夫，厌倦了哈莱姆区的生活，厌倦了要和阿方索以及温斯顿住在一起。她确实去了医院，但离开医院时回的是密歇根的老家。

阿方索要在地铁里上夜班，自己照顾不了温斯顿。于是他把温斯顿送到了外婆家，密歇根州霍利镇的一个农场，那个地方距底特律大概一个小时的路程。在城里玩惯了棍球、坐惯了地铁的温斯顿突然发现自己周围只有一片片的玉米地和豆子地。他捡鸡蛋，学会了挤牛奶，看羊和猪如何出生又如何被屠宰。还有，他发现了底特律老虎队。

在一垒手汉克·格林伯格的带领下，老虎队在1945年的夏季和秋季一直与华盛顿参议员队争夺美国联盟的锦旗。身材魁梧但眼神忧郁的格林伯格因为参军的关系，已经错过了四个半赛季。

他是所有联盟选手中被“二战”耽搁了最长时间的一个。但他在复出后的首战即击出一个全垒打。到了8月，在艾诺拉·盖号B-29轰炸机往广岛扔了一颗原子弹的那个周末，他又一次击出全垒打，并且在赛季的最后一天稳步跨上本垒，拿到了胜利的锦旗。在对阵圣路易斯布朗队的时候，老虎队在第九局以2∶3落后。所有的垒上都站着人，太阳已经落到了看台的后面，球迷眯起眼睛想要看清场上的一举一动。圣路易斯的运动家公园球场里没有灯，裁判员乔治·比格拉说：“对不住了汉克，我得叫停比赛了。我都看不清球在哪儿了。”

而格林伯格的回答是：“没事儿，乔治，我看得很清楚。”他以一次重击拿下了接下来的一局，锁定了胜利，也达成了当年的大满贯。老虎队在1945年的世界大赛中对抗芝加哥小熊队，那个赛季的精彩程度更胜往年，令粉丝欣喜若狂，也击中了那个第一次孤独地在密歇根度过秋日的十岁男孩。

来年夏天，格林伯格和1946年的老虎队紧咬着泰德·威廉斯带领的波士顿红袜队。当时的杰基·罗宾森仍在小联盟中效力，大联盟的球场上要再过一年才会迎来这第一位黑人球星。即便如此，有着“希伯来铁锤”绰号的汉克·格林伯格仍旧深深地吸引了温斯顿这样的业余球迷。格林伯格出生在纽约，原本希望能够为洋基队效力，但洋基队已经有了一垒手卢·格里克。最后格林伯格加入了底特律老虎队，心中却不免想家、想着自己住在布朗克斯区的母亲。

17年之后，就着一杯泡沫丰富、卖50美分的啤酒，温斯顿·莫斯利终于能安安心心地回顾自己在密歇根度过的日子。除了伟大的汉克·格林伯格，还有其他值得玩味的事情。在外婆的农场里，温斯顿学习了很多有关家畜和昆虫的知识。猪狗鸡鸭的交配习惯令他着迷（交配时的公鸭可能会将母鸭子摁在水里淹死）。他小学期间的一篇作文里曾写着："我想要成为一个科学家。我想要在大学里学习很久。如果我不能成为科学家，那么我想要做一个联邦调查局特工。或许有一天我会出名呢。"当时的他最欣赏乌鸦的狡猾和蚂蚁任劳任怨的团队合作。他读一切能够找到的关于动物的书，尤其是关于昆虫的。他知道很多人将昆虫看作"虫子"，但其实只有少数几种拥有刺吸式口器的才真正算得上是虫子。他还知道不属于虫子的蟑螂最喜欢一群一群地爬进狭窄的小空间里，背部和腹部互相摩擦，感受着彼此的身体，就像地毯里的虫子一样蜷缩在一起。蟑螂们在这样做的时候觉得自己更加安全。别人可能觉得很难想象昆虫的生活，因为昆虫和我们实在太不一样了。但这恰是温斯顿喜欢昆虫的地方。它们和我们人类不一样。它们就好像一架架精密的小机器，义无反顾地扑向光、扑向热、扑向某种气味。温斯顿很想知道身为一只蚂蚁会是什么样的感受。

温斯顿十岁的时候，阿方索搬到了底特律，准备将他接回来自己照顾。阿方索对温斯顿说："孩子，我爱你。"他把一个二手鱼缸的侧板换成一栏一栏的透明塑料，给温斯顿造了他的第一个蚂蚁农场。红色的工蚁们挖掘通道、分享食物、给大腹便便的蚁后喂食和帮助它清理身体、一同照顾后代，温斯顿可以一直看上好几个小时。他也喜欢其他昆虫：看蚱蜢一跃而起跳过人行道，看蜜蜂忙忙碌碌直到累死，看萤火虫的腹部闪着黄绿色冷光来吸引交配对象——这种微光来自一种叫作荧光素的化学物质。但他的最爱一直是蚂蚁。蚂蚁们那种孜孜不倦地时而工作、间或打斗的精神吸引着温斯顿。他从来没有忘记过自己的第一个蚂蚁农场。那些红色的小家伙在自己挖出的隧道里进进出出，好像流动的红色血液。温斯顿给它们投食，有糖、面包屑、土豆片和活蟑螂，蚂蚁们会一拥而上，将一切食物解体。

有一天，阿方索突然对他说："温斯顿，我有话想跟你说。我想告诉你事情的真相。"

温斯顿抬起头，他知道该来的终究还是来了。他抬起手，捂住自己的耳朵。

阿方索说："我不是你的父亲。我是说，真正的父亲。"

温斯顿仍旧捂着耳朵："爸爸，不要说。"

"你妈妈和另一个男人搞在一起过。"

温斯顿只是说："爸爸，爸爸，我们讲点儿别的吧。"

* * *

温斯顿在16岁的时候初涉性事，对象是他的一个姑妈，厌倦了丈夫的已婚妇女。又一个偷情的女人。温斯顿和她断断续续地相处了两年。他喜欢性，但两具躯体的纠缠和气味让他觉得恶心。

1953年，温斯顿认识了保利娜·西斯科。她17岁，他19岁。两人在1955年结婚，小夫妻搬去布鲁克林，租下了一个酒吧楼上的二层公寓。很快，保利娜就和楼下酒吧的酒保搞在了一起。温斯顿从金贝尔斯百货商店买了一把步枪，意大利进口的短筒卡宾枪，威胁说要一枪崩了那个酒保。很多年以后，保利娜回忆道："我们吵架了。"她年轻的丈夫用卡宾枪指着她，她夺过枪，瞄准了他。

她问："被枪指着的感觉如何？"

温斯顿耸耸肩："想杀就杀好了，我不在乎。"

保利娜松开了扳机。这个决定在接下来的15年里改变了很多人的生活。

1957年，温斯顿向法院提出离婚，指认保利娜有通奸行为。纽约的某个法官批准了离婚。之后，温斯顿跟着阿方索来到了皇后区。阿方索在原本的灰谷科洛纳开了一家修理电视机和收音机的小店。照他的话说，电视机，尤其是彩色电视机，就是未来，修理电视机的费用基本要比修理收音机的费用高出一倍有余。

晚上温斯顿就挤在阿方索位于科洛纳的小公寓里，白天搭公共交通去弗农山镇的雷格莱姆上班。几年下来，这个礼貌、守时的操作工已经深得公司老板亚伯拉罕·蔡德曼的信任。蔡德曼和汉克·格林伯格一样是犹太人，温斯顿和他相处得不错。有一天，蔡德曼对他说："莫斯利，你是个好样的工人。我决定给你加薪到90美元一周。"算起来，温斯顿一年能挣到超过4500美元，相当于在2014年年薪34000美元。

在某个休息的日子，温斯顿在一家唱片店里和一位女孩子聊了起来。20岁的贝蒂·格兰特是护理专业的学生，她对这个有着羞涩笑容的年轻男子颇有好感。她回忆道："他看起来很冷静，有礼貌。"温斯顿对音乐懂得很多，他收藏了好几百张节奏布鲁斯、摇滚以及古典音乐的唱片，藏品还在不断增多，而且他甚至能记得住这些唱片封套上的说明文字。温斯顿也喜欢歌剧，在约会的时候带贝蒂去看了好几次歌剧演出。在贝蒂的回忆中，“他从不说脏话，甚至带些不尊重意味的词也不会用”。他们两人在1961年结了婚。第二年，贝蒂就生了个男孩，取名马克。温斯顿的收入再加上贝蒂作为执业护士每个星期挣的80美元，让两人能在南奥兹公园以600美元的首付买下一幢总价16000美元、四居室的洋房，每月还款125美元。在自己的家里，温斯顿渐渐养成了独自听唱片的习惯。有时候他几乎不和贝蒂说话，另外一些时候他似乎在刻意为自己的沉默做出弥补，他会亲吻贝蒂，不停地说她有多么“完美”，或者不断地拥抱和亲吻马克，让小人儿不安地扭来扭去想要挣脱他的怀抱。有些傍晚，下了班的温斯顿一直到晚饭时间以后才回家，他或是去酒吧停留一会儿，或是顺路去阿方索的店里坐坐。再之后，他会窝在起居室里他最喜欢的椅子上，一直看一台阿方索修好的带天线的二手电视机，或者是《佩里·梅森探案集》，或者是重播的《神犬历险记》。动物爱好者温斯顿还在厨房里搭了一座蚂蚁农场。他很宠爱自己养的五条德国牧羊犬，其中一条取名沃尔飞的还被准许睡在温斯顿和贝蒂的床下。

他的情绪问题让贝蒂很担心。但她又能说什么呢？从很多方面来讲，温斯顿都堪称模范丈夫。莫斯利一家的社会地位今非昔比。有多少黑人能拥有自己的房子？十个里也不过一个吧。1963年，蔡德曼又给温斯顿加了一次薪，如今他每周能挣100美元了。当蔡德曼需要人开车送他十几岁的女儿回家时，他也会把这个任务交给自己信任的人。他知道温斯顿·莫斯利是绝对不敢动他女儿一根小指头的。

蔡德曼后来说："冒着丢掉工作的风险？不可能。温斯顿才不敢呢。"

村里的人

弗雷德里克·克赖斯特·特朗普杀虫的费用很低。这位房产开发商的名字组合了他父母姓氏克赖斯特和德鲁姆夫的变体。他经常给自己所有的公寓楼灭虫，其中包括位于科尼岛上的23层公寓，他将那里命名为特朗普村。节俭的特朗普会一层一层、一间一间地喷洒他自制的杀虫药水。他付钱给一个化学家，让他分析市面上名牌杀虫水的成分，然后用更加便宜的原料自行调配。特朗普很喜欢谈起他在布鲁克林和皇后区的投资，这些投资的回报相当丰厚，让他能够将儿子唐纳德送去昂贵的私立基尤森林学校。学校就在邱园和福里斯特希尔的中间，距离基蒂和玛丽安租住的都铎公寓不到1.6公里。

1963年，弗雷德里克·特朗普每天都会经过学校北边一片大约0.97平方千米被强行清理出来的空地。4月，英迪拉·甘地身穿绿色的绸缎纱丽，头戴安全帽，在这儿为罗伯特·摩西的最新项目，也就是即将在1964—1965年举行的世界博览会场馆，铲起少许土来作为动工的象征。甘地夫人那天晚些时候准备返回印度时，乘坐的轿车经过了基尤森林学校，也经过了位于邱园奥斯汀大街82-70号，基蒂和玛丽安的住处。

基蒂和玛丽安又是粉刷，又是添置家具，她们很喜欢这套新居。她们各自在酒吧工作很长的时间，因此两人都不用去上班的星期一就成了她们的小周末。虽然星期天也休息，但在玛丽安看来，“在星期一，我们更像是住在市郊的普通人”。假如天气暖和，她们会打开窗户，城市的声音一拥而入：车声、鸟鸣、狗叫、行人的交谈、电钻的声音，还有“软心先生”雪糕车发出的叮叮当当的钢琴曲调。家具商的儿子比利·科拉多会和乔·法勒家的儿子麦克在都铎公寓后的一片泥地上互相投掷棒球玩，他们身后是隆隆开过的通勤列车。基蒂对麦克·法勒说，看见他就会想起自己的弟弟们。她经常穿男式裤子，一旦买了新的就会把旧的送去给麦克的妈妈索菲，于是麦克也就有新裤子穿了——基蒂传给他的。假如麦克在玩球的时候把裤子磨破了，索菲是会责骂他的。如果棒球不幸落进了茂密的玫瑰花丛，那么两个男孩子会假装自己是棒球大明星米奇·曼托和怀提·福特，一边爬进去捡球，一边因为不断地被带刺的玫瑰刮伤而像小女孩一样吱哇乱叫。比利和麦克都认为基蒂和玛丽安是全邱园地区，甚至整个皇后区长得最好看的一对同居室友。尤其是基蒂，真让人一见难忘。人们赞叹她的精神头是多么地旺盛，总是飞快地露出灿烂的笑容，然后习惯性地拉起身边朋友的手，就这样在人行道边跳上几步舞。看着基蒂走上她的二层公寓甚至让比利·科拉多第一次对于今后是否真的要当牧师产生了些许犹疑。

有时候，基蒂和玛丽安会光顾她们公寓一楼的“中场咖啡馆”，抗议歌手菲尔·奥克斯偶尔会在周末带领全体顾客大合唱。流行音乐大师艾尔·库珀也在那里演出。当时19岁的库珀在霍利斯长大，老家就在基蒂工作的那家街角酒吧附近。他很早就登上了“中场咖啡馆”的舞台，曾在那里与人一起为加里·刘易斯和“花花公子”乐队写了当时妇孺皆知的流行歌《这钻石戒指》，还给鲍勃·迪伦的《像一块滚石》演奏了管风琴，更参与创建了“血、汗和泪”乐队[1]以及制作了林纳·史金纳乐队的《亚拉巴马甜蜜的家》。但基蒂和玛丽安却错过了库珀在“中场”的大多数表演。用玛丽安的话说，“我们没法去听是因为我们周末也得工作——假如你把星期一当作星期六来过，你肯定会错过所有的好演出。”

有些星期一，她们会开车去康涅狄格州，和基蒂的家人一起吃上一顿意大利家常菜。也不是没有尴尬，比如基蒂的父母就会问起她是否有男朋友：“你有没有和谁约会呀？”有些星期一，基蒂和玛丽安会待在皇后区打保龄球。玛丽安是她们在邱园的朋友圈子里最会打球的，轻松就能打出120多甚至130多的高分。而笑嘻嘻的基蒂勉勉强强也就凑出80分而已。玛丽安回忆道：“保龄球馆里那些喝着啤酒的男人会朝我们吹口哨，有时候甚至更过分。你得尽量习惯这样的事。”所有人都将她们俩看作待字闺中的同居密友。玛丽安回忆道：“我们在外边并不表现得特别亲昵。我们不会公开地亲吻。当然了，我们的朋友都知道我们的关系。

1 Blood，Sweat & Tears，又称“BS&T”，1967年在美国成立的爵士摇滚乐队。

我估计有些邻居也怀疑过，因为我们俩总是在一起。但即使他们心里已经想到了，也从来没有人把‘同性恋’之类的词说出口过。基蒂的父母肯定是知道的，不过他们是虔诚的天主教徒。他们知道，但并不想要去了解。这件事让他们觉得不舒服。确切地说，我让他们觉得不舒服。但他们还是努力地对我好，我为此而非常喜欢他们。”

在她看来，最美好的是那些“我们在村里度过的星期一”。从都铎公寓的后门出发到格林尼治村不过半小时路程。她们会在邱园消磨半日，然后搭上火车，只要20分钟就能到宾夕法尼亚车站，再转乘五站市中心的跨区地铁快线，她们就站在世界的中心了。

1963年，旅行大巴已经开始一车一车地将外省游客拉到格林尼治村的大街小巷。导游们会让游客注意看街上的民谣歌手和奇装异服的“垮掉的一代”，这两群人水火不容，都认定自己才是反传统文化的先驱斗士。在“垮掉派”眼里，村里那么多的俱乐部、咖啡馆，甚至小石子路，都应该变成诗朗诵的舞台——可不是随便唱唱歌的地方。而在“民谣派”的眼中，“垮掉的一代”无非是艾森豪威尔时代的遗物罢了。当然了，两派人的对立也不过就是弹吉他还是作诗的问题，并不至于发生任何形式的肢体冲突。尽管认定只有自己才领悟了60年代精神之真谛，但说到底他们都是反战的，而且总还有咖啡因和大麻来帮他们调整情绪。

“热尔德民谣城”是一家破破烂烂的夜间俱乐部，位于默瑟街和西四街的路口，隔壁就是村子里诸多工厂中的一家：全美锡罐公司。“民谣城”因为每周一晚上歌迷们集体在脏兮兮的地板跺着脚跳舞的“民谣合唱会”而出名。据说，皮特·西格和伍迪·格思里用抛硬币的方法为他们的聚会取名，在两个阿巴拉契语民谣合唱会和狂欢会中做出选择。西格胜出。用“民谣城”的常客琼·贝兹的说法，“‘民谣合唱会’就是民谣歌手的盛会，热闹程度不亚于爵士乐手遇到了需要即兴发挥的演奏会”。当时20岁的贝兹就在民谣城遇到了来自明尼苏达州的鲍勃·齐默曼。他时年19岁，纤瘦细长。1961年，鲍勃作为职业歌手的首次亮相是为约翰·李·胡克做暖场演出。当时他已经改名为鲍勃·迪伦了，迪伦这个姓氏取自1953年在1600多米之外赫德森大街上的白马客栈酗酒而死的一位威尔士诗人。在村子里，身份可以换来换去，莱昂那多·斯奈德和艾伦·柯尼斯伯格站在舞台上让单口喜剧大放异彩的时候用的名字就是莱尼·布鲁斯和伍迪·艾伦。

迪伦和他十几岁的女友苏西·罗图洛合住在一间没有装修完的店铺里，离民谣城只有几个街区。在1962年的一个“民谣合唱会”里，他第一次演唱了《答案在风中飘扬》。他的歌声启发了两个年轻人，他们坐着通勤列车从皇后区的邱园站来到格林尼治村，当年晚些时候，在村里首次登台，但当时没人注意到这两个名叫保罗·西蒙和阿特·加芬克尔的小伙子。大家关注的是彼得、保罗和玛丽组合的大卖专辑《答案在风中飘扬》，这首歌被一位学者称为开启了“全国性新音乐运动”的颂歌。

玛丽安说：“基蒂喜欢格林尼治村。她喜欢那里的音乐，那里的人，还有那里的市井生活。”布里克街的人行道上有关在笼子里养的鸡，叽叽喳喳地叫，店主卖鸡，也卖鸡蛋。在格林尼治大道上的女子拘留所，被监禁着的女人们透过铁窗呼唤着路过的罗密欧，竟然还未必落空。苏西·罗图洛回忆道：“那些女人的情郎、皮条客，还有她们的朋友、家人可能会在一天里的任何时候跑到格林尼治村的店门前排起长队来和铁窗里的女人们大声说话。”每当基蒂和玛丽安经过女子监狱，经过那些发生在那里的悲哀呼唤和应答时，铁窗里的女人总会对着她们轻佻地吹起口哨，但她们俩总是假装没听见。即使在格林尼治村里，走在被地下通风口中飘出的蒸汽弄得雾蒙蒙的大街上，她们也不会公开地手拉手。用罗图洛的话来说，“即使再奔放不羁的所在也总有不能公开的秘密”。

附近的工厂厂房在太阳落山的时候就差不多偃旗息鼓了，与此同时，民谣城的灯光亮起来了。因为巴结不上让当地形势一落千丈的暴力团伙，民谣城的老板麦克·波尔科并没有拿到卖酒的执照。但他还是有本事给他手下的音乐家们开出高薪（佼佼者一周可以拿到200美元），因为他用闻所未闻的高价售卖咖啡：2.5美元一杯。基蒂和玛丽安习惯坐舞台边的桌子，喝着咖啡或者可乐，在红格子台布的掩饰下拉拉手。说是舞台，其实也就是胡乱搭了个台，而且小得可怜，一个四人乐团随时可能被挤得只剩下三重奏。有时候，吉他手或者弹班卓琴的乐手仅仅是往后退了一步，就从台上跌了下来，然后再被欢呼的听众们举回台上去。

戴维·范洛克是民谣城舞台上的常客。他是麦克杜格尔大街的民间老大。这个宽肩膀、络腮胡子、两眼亮晶晶的前商船海员牙尖嘴利，愤世嫉俗。他在距离邱园不过几个街区的里士满山长大，26岁时就擅长演奏老派的布鲁斯音乐了。他拒绝加入彼得·亚罗和玛丽·特拉弗斯，组成本该叫“彼得、戴维和玛丽”的三重唱组合。总之，后来的戴维成了村子里新人们的灵魂导师，其中就有刚刚从明尼苏达州希宾镇来的迪伦——说话口齿不清，志向却超越所有人。起初范洛克看不上这个贼眉鼠眼的年轻人，尤其是他软弱无力、敷衍了事的握手，但他喜欢迪伦的风格。据范洛克回忆，有一个晚上，鲍勃·迪伦花了整整一个小时在一间叫“苏”的俱乐部里教在场的所有人手语，“我挺确定他只是随手编出来的”。迪伦并没能一夜成名，但他的音乐是未来的大势所趋，而他也确实在1963—1964年间逐渐红起来了。范洛克从没体验过迪伦那样被当作大明星的感觉，不过，看着自己的门生在成名路上所遇到的一次挫折倒是让他从中收获颇多乐趣：1962年，迪伦在自己的首张专辑中翻唱了范洛克的民谣经典《日升之屋》，结果范洛克经常被人指责剽窃了迪伦的歌。“听众们纷纷要求我唱‘那首迪伦的歌，写新奥尔良的那首’。”这事儿让范洛克很生气，直到埃里克·伯登和动物乐队也翻唱了同一首曲子，而且大卖了一百多万张唱片之后，听众们开始要求听“那首动物乐队的歌，写新奥尔良的那首”。迪伦被说烦了，把这首歌从演出曲目中撤掉了。

范洛克最出名的时候是1963年。迪伦曾说：“在格林尼治村，范洛克的地位好比国王。当时我以为自己顶多也就是能变成范洛克那样而已。”玛丽安和基蒂在民谣城里手拉着手，感觉自己好像土生土长的“村里人”，跟着范洛克一起哼唱《可卡因布鲁斯》《魔法猛男》《老臭虫布鲁斯》，还有煽动意味极强的《暗刀麦克》。比起迪伦、贝兹、奥克斯或者其他人，她们都更加喜欢范洛克，民谣也是她们最中意的音乐形式。她们和其他大约一万到两万“村里人”一样，认为这个世界大概正在变得越来越好。

以格林尼治村为基础的民谣运动一路从加利福尼亚传到了纽约，最终在1963年8月28日的华盛顿林肯纪念堂前达到顶峰。在那一天，华盛顿大游行挤掉了各档常规节目，占据三大电视网。基蒂和“伊芙”的熟客们也通过吧台后的电视机关注着发生的一切：彼得、保罗和玛丽，还有迪伦，还有贝兹，还有20万民权斗士，他们忍受着暮夏的酷暑，等待聆听牧师马丁·路德·金博士的讲话。

其他的演讲者一个个登上讲坛。比如约翰·刘易斯，他是佃农的儿子，原本有口吃的毛病，但通过对他父母在亚拉巴马州农场里养的鸡布道而治好了，后来，他还给那些鸡施洗了。在集会上，他呼吁听众们不要再用“黑鬼”或者“有色人种”之类的词汇来称呼自己了。他们是黑人，而且应该为自己的黑色皮肤感到自豪。刘易斯的一席话原本可以就此改变这个国家的词汇构成，但接下来金博士17分钟长的演讲“我有一个梦想”让之前的一切都如过眼云烟般消散在记忆中。其实这个著名的演讲有一多半是即兴的，因为金博士搞不清自己究竟说到演讲稿的哪儿了。天气太热了，听众中有人晕倒，红十字的义工在派发冰块。金博士颇有顾虑。这时候，刚刚唱完了圣歌《我曾被苛责，我曾被蔑视》的马哈里亚·杰克逊大声喊道：“跟他们说说那些梦想，马丁，跟他们说说那些梦想！”

在“伊芙”的电视上能看到金博士的眼睛凝望着更高的地方，一直望向屏幕的顶端。他大声呼喊着“让自由之声响彻密西西比州的每一座山峰和土丘”，向往着有朝一日“上帝所有的孩子，黑人和白人，犹太教徒和非犹太教徒，耶稣教徒和天主教徒，将能携手同唱那首古老的黑人圣歌，‘终于自由了！终于自由了！感谢全能的上帝，我们终于自由了！’”。

在基蒂身边，并非所有客人都向往着这一天的到来。基蒂喜欢谈论政治，但她知道有些话题对于酒吧来说太过沉重。她会保持微笑，殷勤地添酒，但不多透露自己的民权观点。

争取同性恋权益的行动也只是少数人的想法。其中的活跃分子有提倡男同性恋权益的马太辛协会和纽约同性恋联盟，有代表了几百个美国女同性恋者的“比丽媞斯的女儿”，但绝大多数的同性恋者仍旧隐匿自己的身份，毕竟“石墙事件”还要再过五年才发生。当然时不时地会有人出柜，尤其在纽约、旧金山以及其他一些大城市里。在格林尼治村布里克街和第三街之间的街区里，夜幕之下有如此之多的站街男妓，这块地方都被戏称为“拍卖区”了。村里有超过一打的夜间俱乐部基本专门为同性恋服务——当然，全是非法的。依照纽约的法律，向一个同性恋者出售一杯酒（法律条款里写的是“性取向偏离常规者”）就会让这个俱乐部或者餐厅成为“妨碍治安的所在”，必须施以罚款或者吊销卖酒的执照。两个女人一起跳舞，两个男人互相亲吻，或者任何人穿着异性服装，这些都已构成了扰乱社会秩序的行为。如此法律其实倒是带来了种种好处：犯罪集团开起了利润丰厚的地下同性恋酒吧，警察网开一面当然也有贿赂可拿。1960年代初，格林尼治村一带是同性恋酒吧的大本营，有专门服务男同性恋的“金色甲壳虫”，有专门招待女同性恋的“摇摆约会”以及“邦尼和克莱德”，也有一些两个人群都欢迎的。玛丽安最喜欢其中一家叫作“王牌俱乐部”的。那是一个女同性恋酒吧，音乐轻柔，窃窃私语也能听得真切。有家叫作“巴格黛拉”的，音乐就要硬核、刺激得多，基蒂更喜欢那家。据诗人艾德勒·罗德说，烟雾弥漫的“巴格黛拉”让人想起“啤酒和很多好看的年轻女人”。被昵称为“巴格”的酒吧里出没的女人或者身着线条优美的裙装，或者身材高大、用宽绷带压平胸部、穿西装、打领带，还戴着男式的软呢帽，这样的两个人贴身慢舞，“男式皮带摩擦着耻骨，屁股对着屁股”。

那个时代，没有一个店主能够公开销售性玩具，即使在格林尼治村里也不行。于是有人取了拐杖顶端用来保护使用者腋窝的绿色橡胶软垫来做成阴茎的样子。即使穿着最宽松的裤子，这种临时替代品都能够形成明显的突起。有时候，使用者还会再戴上一个避孕套让它更有真实感——这样的东西被叫作“青蜂侠”。“巴格黛拉”是少数几个基蒂觉得可以随意触碰自己的搭档并且尽情舞蹈的酒吧，在这里，时而会有某人的“青蜂侠”顺着裤腿儿滑落到地上，然后被踢来踢去，整个舞池就开始了即兴足球游戏，这样的场景会让基蒂哈哈大笑。

玛丽安回忆道：“灯光变成红色是一种信号，表示所有人立即停止跳舞，警察就要来了。有人已经暗中通报过经理了。”等警察们闯进来，他们只会看到一屋子站着聊天的女人。也有不在说话的，她们就这样静静地看着这些纽约警察如何进行他们的勾当。一般总是两个或者三个把生气挂在脸上的警官，他们背靠背挨在一起，就好像房间里有某种传染病似的。确认了没有进行中的性交易之后，他们就会移步经理的办公室。女人们抽着烟，小声地交谈着，排队上洗手间，或者找个地方坐下来，等待着这出插曲结束。刺眼的灯光照亮了地上的口香糖渍和天花板上的水印，还有周围所有倦怠的舞者们脸上和手上的皱纹——灯光亮起来之前她们明明看起来更年轻一些的。

有某一类扫黄警特别喜欢突击搜查女同性恋俱乐部。这样的人即使拿了贿赂也不会马上离开，而是想要从女人们身上找点儿乐子。这种警察会挥舞着自己的警徽或者警棍，宣称他们只是为了执行城市法律、禁止包括异装在内的公开淫乱行为。这种警察可能会检查所有顾客的身份证明（曾有一个女人因为害怕身份暴露，吃掉了自己的驾照）。这种警察也可能会选中某个女人，拉出去脱光了检查。当时的法律要求女性必须穿着一定数量的女性服装——某条法令中特别提到要身穿至少三件符合自己性别的服装。有些警察喜欢猛地伸手去摸异装者的裤底，边摸边说："你以为你是男人吗？看看你那儿有些什么啊。"假如真的有"青蜂侠"，那就得当场没收作为证据了。

玛丽安很害怕扫黄警的突击搜查。想到有些色眯眯的警察可能会拉开基蒂松垮的裤子检查她是否穿了内裤——这种念头就让她受不了，但她说："我们是恨警察，可我们更怕那些同性恋猎人。"据说有成群结队的年轻人，深夜徘徊在格林尼治村的街道上找别人的麻烦。"其中有些是退伍兵，但大多数是意大利人，若是发现了同性恋就冲上去狠狠地打。我们有个朋友巴妮，她只是穿了男装，就被这伙人用自行车链条鞭打。"米奇，那个身高1米8的酒保，直接被打死了。巴妮活了下来。但，"即使在村子里，或者毋宁说尤其是在村子里，身为同性恋是不可能有安全感的”。无论基蒂和玛丽安如何享受她们周一晚上在曼哈顿的小小冒险，只有在邱园火车站下车以后，离自家门前只有90多米的时候，她们才觉得安全一些。

* * *

1963年最大卖的唱片是一张喜剧专辑。出生于波士顿、在格林尼治村成名的喜剧演员沃罕·米德尔在《第一家庭》中几乎完美地模仿了肯尼迪总统。在这张几乎是史上卖得最快的专辑中，米德尔拖长语气演绎“我们要全力向前进”时和肯尼迪出乎意料地相像，总统本人不得不在新闻发布会上自嘲道：“今晚沃罕·米德尔没空，所以我就自个儿跑来了。”肯尼迪更喜欢另一张畅销专辑——大热的百老汇戏剧《卡美洛》原声音乐，卡美洛所代表的勇气和正义正是他执政的基调。在为纽约世博会场地奠基时，他一边模仿着理查德·波顿（“不要遗忘……”），一边挖起一铲土。

然后就到了11月22日那个星期五的下午。玛丽安回忆道：“我们都在上班，电视上突然插播新闻，说总统被枪击了。”枪击事件发生70分钟之后，达拉斯警方逮捕了前海军陆战队士兵李·哈维·奥斯瓦尔德。全美范围内，市政府在开会，家长教师联合会也在召集会议，足球赛、篮球赛都被取消了。后来，那个星期五被看作是纯真年代和一个更加黑暗的时代之间的分水岭。玛丽安当时只觉得浑身发冷。“也可能是那一天，再加上之前一年导弹危机的影响，让人觉得每天早上起床、去上班都有些不一样了，好像有什么不好的事情就要发生一样。”

莱尼·布鲁斯也同意这个世界变得不一样了。肯尼迪遇刺的当晚，布鲁斯如约来到格林尼治村。如常准备好要出言不逊的布鲁斯走到聚光灯下，悲伤地摇了摇头，谈起了避不开的话题。他说："伙计们，沃罕·米德尔是被搞惨了啊。"

一个月之后，在和基蒂共享的扔满了书的起居室里，玛丽安站在画架前，给画中一座乡村教堂的屋顶添上雪景。每当外面有火车开过，她就不得不停下来等着震颤的画布重归静止。她说："那是我们一同度过的唯一一个圣诞节。我画了些画，然后我们开车去康涅狄格州看基蒂的家人。"这对小情侣在基蒂的1963年产菲亚特里装了些礼物，走哈琴森河公园大道，经过布朗克斯那些褐色的砖头房子，然后驶入森林间的梅里特观光道，在小雪中开了一个小时就到了新迦南。基蒂开的车。车在基蒂父母位于"江岸宅邸"住所的车道边停了下来，这是一幢牧场别墅，窗上装点着圣诞节彩灯。基蒂带路，两人走向门廊。

基蒂的父母当时五十几岁。文森特的头发开始白了，但蕾切尔看起来可没有白头发，这得归功于"伊卡璐小姐"染发剂，电视广告里也说了，"她究竟是有……还是没有……呢？只有她的美发师知道"。

"孩子们回来了！"蕾切尔喊着，拥抱基蒂，然后引着两人到起居室去。基蒂的四个弟妹像迎接大明星一样欢迎大姐回家。25岁的小文森特或许还有些扭捏地假装不在乎，但17岁的苏珊、15岁的比尔和12岁的弗兰克都紧紧围在基蒂身边，指着圣诞树下的礼物要基蒂猜猜他们都给她买了什么。在玛丽安看来，"那真是个阖家团圆的圣诞节”。

朱迪·嘉兰是肯尼迪在好莱坞的好朋友之一。她想要取消原本准备在哥伦比亚广播公司录制的圣诞特别节目。这么黑暗的日子里，谁想唱“铃儿响叮当”呀。但电视台抓住她的爱国心不放，表示现在美国人最需要的就是好好地振奋一下精神。于是，吉诺维斯家起居室的电视机里正在播出由长红香烟（“您可以点燃两端中的任一端。如此杰出……而且如此温和”）和康泰克（“小小胶囊倒转时间”）赞助播出的《朱迪·嘉兰圣诞特别节目》。嘉兰和自己十几岁的女儿丽萨一起演唱了圣诞颂歌，节目的最后则唱了一曲悲恸的《飞越彩虹》。

有人放了一张高保真唱片。安迪·威廉斯的《圣诞专辑》，里面有这位情歌王子翻唱的《白色圣诞》和新创作的《这是一年中最美妙的时光》，歌词诙谐，唱到了“最最快乐的季节”和“朋友们的来访多么欢乐”。这对波希米亚风情的女同性恋在小饼干和蛋酒之间彼此交换着小眼神，基蒂和玛丽安都觉得无论在哪里，“只要两个人在一起”，就是最最快乐的。玛丽安还记得基蒂的父母也在交换眼神。他们是虔诚的天主教徒，在他们眼中同性恋无疑是罪恶的。文森特和蕾切尔肯定希望自己的女儿从来没有遇到过玛丽安，他们一定觉得是玛丽安这个妖女将基蒂拖下了水。他们根本就不愿意去想象基蒂会和其他女人一起生活，就好比玛丽安也不愿去想象扫黄警来搜基蒂的身。文森特有时候会开车去邱园找基蒂出去吃饭。但他拒绝走进她们的小公寓。同性恋的小公寓。他会坐在车里等着基蒂走下楼来。玛丽安说：“我很确定他们认为我们是要下地狱的。至少我是肯定要下地狱的。”在基蒂父母的房子里，玛丽安和基蒂是分房睡的。

圣诞节的早晨，她们交换了礼物。基蒂送给玛丽安一个黑色的皮夹，玛丽安回赠基蒂一个同款的棕色皮夹。吉诺维斯全家去参加圣诞弥撒了，基蒂和玛丽安则开车回城去。

“她爱着你”

1964年第一期的《时代》周刊选择了马丁·路德·金作为封面人物。1月6日，这位《时代》周刊年度人物坐在华盛顿特区高级法院里旁听“《纽约时报》诉沙利文案”，这件有关“新闻自由”的官司原本可能让他坐牢。当晚，金回到华盛顿维拉德大酒店，殊不知联邦调查局局长J.埃德加·胡佛已经下令监听他的房间。特工们听到了金以及其他一些朋友和女人们寻欢作乐的声音，而这些女人并非他们的妻子。其中一个特工兴高采烈地说：“这足够毁掉那个装腔作势的家伙了。”他随即告知林登·约翰逊总统，《时代》周刊评出来的那个一副圣人样子的年度人物是“一只格外堕落、只想着偷腥的猫”。然而谣传，做出如此评价的特工本人是个没有出柜的异装癖好者。人人似乎都有想要隐藏的事情。

1964年是充满变动的一年。《芝加哥论坛报》的乔恩·马格里斯写道：“1月1日，即使对过去的一切充满无比阴暗想法的观察者也不会预见到这样一个国家，在这里，学生站起来反对年长的前辈，城市居民点火焚烧邻居的房屋，妇女开始怀疑男人们是否压迫她们。”基蒂要轮两次班，因此大部分下午都是玛丽安一个人在公寓里度过。她已经把那幅落雪的教堂放到一边，换上了新的画布，这次是一幅肖像，画的是坐在公园长凳上的基蒂，风吹着她的头发。

基蒂对于要在“伊芙”工作那么久并没有抱怨。她开朗的性格让她很适应这份工作。玛丽安的评价是“她那么能说会道”，而话题遍地都是。比如，约翰逊总统正在努力让肯尼迪留下的人权项目得以通过。基蒂不忌讳说起她认为约翰逊总统干得好。又比如，美国公共卫生署第一次宣称吸烟有害——这对于基蒂、玛丽安以及其他8000万美国烟民来说实在是个坏消息。再比如，人们都在谈论着备受好评的大众甲壳虫小轿车（基蒂信赖自己那部比甲壳虫还要迷你的菲亚特）、电视上最热播的连续剧《比弗利山人》中克兰佩特家那些滑稽的人、一系列演绎时代变迁的喜剧电影、花里胡哨的俗气电影《疯狂世界》以及斯坦利·库布里克反思古巴导弹危机的《奇爱博士》。广播里，博比·维顿那多愁善感的《我又说了一遍》是当时最流行的歌，它还有另一个特殊之处：这是最后一首能在披头士占领流行歌曲排行榜之前爬到榜首的歌。

此前一年，45岁的纽约音乐制作人希德·伯恩斯坦想要开拓自己的眼界，他跑到纽约的新学院去参加马克思·勒纳的新闻学课程。在阅读英国来的报纸时，伯恩斯坦不断看到一个利物浦新乐队的名字。他回忆道：“每一周，报道他们时用的字体都会放大一些。”从没有听过他们唱歌的伯恩斯坦着手安排披头士乐队前来纽约。他说服了卡耐基音乐厅传奇的订票部经理尤阿娜·萨特斯库相信披头士值得她网开一面。伯恩斯坦回忆道："我对她说，'萨特斯库女士，这是一个了不起的乐队！'她大概以为我说的是一个室内乐团或者弦乐四重奏之类的。"最后，他花了3000美元——差不多是他全部的积蓄了——预订了卡耐基音乐厅。1964年2月7日，约翰·列侬、保罗·麦卡特尼、乔治·哈里森还有林戈·斯塔尔从伦敦搭乘泛美航空101号航班来到了皇后区。5000名尖叫的粉丝和110位警官在新命名的约翰·F.肯尼迪机场迎接了他们。基蒂和她的顾客们也在伊芙酒吧的电视机上追踪着这群蘑菇头在美国的行程。就在那个星期天的晚上，几乎半个美国的观众都把电视机调到《埃德·苏利文秀》，苏利文在节目里宣布披头士的男孩子们刚刚收到了来自猫王埃尔维斯·普莱斯利的电报，祝他们好运。哈里森冷不丁地问："埃尔维斯是谁？"披头士唱了五首歌，打头第一首是《我全部的爱》，最后用《我想握住你的手》作为收尾。三个月之内，世界第二次被彻底改变了。上过苏利文的节目之后，四个男孩子跑到薄荷舞厅通宵跳舞去了。2月24日，《新闻周刊》——第一本将披头士放上封面的美国杂志，刊载了如下抨击："他们看起来就是一场噩梦……从音乐角度来说，差不多是次灾难。他们的歌词（时不时地因为疯狂大叫'耶耶耶'而被打断）就是彻头彻尾的悲剧。"当时披头士已经登上过卡耐基音乐厅的舞台，负责预订事务的萨特斯库阴郁地看了希德·伯恩斯坦一眼，然后对他说："再也不要来了。"

基蒂和玛丽安喜欢披头士。他们或许不如范洛克那么出名，不过乐队的男孩子们都很可爱，他们那些两分钟长的旋律也很可人。到了2月底，披头士的《我想握住你的手》和《她爱着你》已经在流行歌曲排行榜上名列第一和第二。这时候，基蒂宣布，她想要多去跳跳舞。她说："我们比以前跳得少了。我们可以一起去学跳萨尔萨舞。"玛丽安喜欢待在家里，画画自己爱人的肖像或者读读书都好。但她还是同意了多出去跳舞。她一直觉得她和基蒂正是因为彼此的不同才能够更长久地相处："我想让她开心一些。相对基蒂，我对于自己的身份更少顾忌。毕竟她出生在天主教家庭，她自己也受过洗。但她已经比原本开朗了不少，越来越有活力了，开始做她真正想要成为的那类人。"

偶尔，两人会在对门的法勒家过个下午，在索菲的餐桌旁喝咖啡。金红色头发的索菲个头娇小，身高大概1米5还不到——她是极少数需要"仰望"1米55高的基蒂的人之一。在邻居比利·科拉多的记忆中，索菲是"一位劲头十足的女性。她的丈夫乔在铁路上工作。他是个大个子，他太太恐怕只到他肩膀那么高"。索菲也是天主教徒，虔诚得甚至有些古板——星期五晚上必得吃鱼的那种。她有两个孩子，这一切都让基蒂想起自己的母亲。或许这也是为什么基蒂告诉了索菲一个秘密。这是两人某次喝咖啡时谈起的。基蒂告诉索菲，1959年的时候她曾在康涅狄格州的教堂里和一个军人举行过婚礼。这件事让基蒂的父母很开心。但好景不长，基蒂的婚姻显然有名无实，婚礼之后两个月就被宣布无效。在教会眼中，这件事压根就不算发生过。

这就是基蒂向索菲吐露的秘密。她一直自视是个女同性恋，也不为自己的身份感到羞愧。她说自己很开心，但有时候她也无比羡慕索菲所拥有的“正常的”生活。“你的家庭，这样的环境，”她环顾着法勒家到处胡乱扔着玩具的公寓说，“我想，我也想要这样的生活”。基蒂并非不爱玛丽安了，事实上，说到羡慕，她其实非常羡慕玛丽安能够诚实、清楚地认识自己的性倾向。但有一样东西是她和玛丽安永远无法拥有的。“孩子，”基蒂告诉索菲，“我也想要有自己的孩子”。问题是，和男人发生关系对于基蒂来说在生理上太过痛苦。这也是为什么她之前的婚姻会失败。有个医生曾告诉她手术可能会有帮助，很简单的手术。她还年轻，还可以怀上孩子。尽管手术让基蒂有些担心，但她确实在考虑这件事。她说：“或许我真的可以像你一样当上妈妈。”

索菲和她全家对基蒂的这些话守口如瓶足足有50年。

* * *

玛丽安在两人中属于更加实际的那一个。她希望两个人作为一个家庭，各种开支都能预先计划好。基蒂其实是会做账的：她在酒吧就管着账本。但在家，基蒂对于未雨绸缪的概念大致上停留在为将来她想要开的意大利小餐馆而努力——那会是一个很浪漫的地方，铺着白色的桌布，柳条筐里装着意大利红酒，菜单上列的都是意大利家常菜。有一天，她说：“我想去意大利。”

玛丽安问她：“为什么？”

“我就想去看看。”

“那要花多少钱？”

“这有什么关系？”

两人的朋友安吉洛·兰佐内回忆道，一旦基蒂和玛丽安发生争执，“经常是因为钱。说是经常……其实大概是一直吧”。兰佐内在机场工作，主业是为泛美航空开叉车，同时热衷于给朋友们提供有关本地赛马的小道消息。基蒂当班的时候他会到“伊芙”小坐片刻。在他印象里，“基蒂对酒吧里的人很大方，愿意借给别人五块十块，甚至20美元也行，她不怎么在乎”。要知道，当时的20美元差不多是基蒂上半天班的工资。“她喜欢大家，也很少真的从别人那儿收回钱来。玛丽安经常跟她说不要再这样做了。”兰佐内有时会和基蒂还有玛丽安一起到一家挺古老的德国餐厅“豪夫堡”吃晚饭，这家店曾经受到过梅·韦斯特、贝比·鲁斯的青睐，1912年的时候，流行歌曲作家奥尔科特就是在这里写出了《当爱尔兰的明眸微笑时》。兰佐内回忆道：“有一次，我们刚坐下，那两人就开始为了钱争吵起来。基蒂很快就站起来气呼呼地走了。玛丽安和我留下来继续用餐。吃完之后，当我去付账时，餐厅老板跟我说我们有三位客人。我说：‘不，只有两个人。’他坚持说有三个人。我断然拒付三个人的费用，然后他竟然把我们赶了出来，还补上一句‘再也不要来了！’。女孩子们为钱拌嘴的结果就是我再也不能去豪夫堡吃饭了！”

索菲和乔的儿子，当时12岁的麦克·法勒还记得曾看到过基蒂和玛丽安在公寓外的楼梯上“互相叫嚷，互相撕扯，两人都滚下楼梯去了”。但她们后来总会和好如初。发生了豪夫堡的事情之后，基蒂不但道了歉，还送了礼物：她从卡尔·罗斯那里买了一只黑色的卷毛狗送给玛丽安。卡尔·罗斯也是都铎公寓的住客，他开着一家犬类美容院。

玛丽安回忆道："基蒂对我说她很抱歉，然后给了我那只小狗——我们给它取名安德鲁，我们都很喜欢它。它就是我们这个小家庭的一员。房子里有了条狗以后，让人感觉这里更像是家的样子了。"

她还记得那个犬类美容师邻居罗斯，那是个"非常紧张、很胆小的人"。他很瘦，秃顶，31岁。"我们都知道他是同性恋，但他一直试图隐藏身份。"罗斯家离基蒂和玛丽安的房间仅有两扇门之隔。"他在附近开了家店，但他实在是非常害羞的人，他的生活几乎就在自己家和店之间两点一线。"罗斯喜欢喝酒，当他知道了自己住的楼里还有像基蒂和玛丽安这样能搭上话的同类，便主动来串门，有时候带着酒瓶子。如果没有人应门，他可能会自顾自地开门进去，就好像索菲来帮基蒂和玛丽安接电话时那样。罗斯是一位受欢迎的客人，是卷毛狗安德鲁最好的狗保姆。如果基蒂恰好在家，她会给罗斯调杯酒，然后陪着他说说约翰逊总统、人权问题、狗以及邻居之间的八卦新闻，窗台上的收音机还咿咿呀呀地响着。基蒂一直不怎么能喝，她可能会给自己倒上一小杯掺水的伏特加，然后小口地抿上一个小时，罗斯就直接对着瓶子喝。或者她可能会给自己倒一杯朗姆可口可乐，其中95%都是可乐。之后，当家里只有她和玛丽安，两人谈起一天都做了些什么的时候，会说到可怜的卡尔·罗斯，简直连自己的影子也会让他吓一大跳，只好拼命喝酒壮胆。她们是把罗斯当作需要自己保护的小可怜看待的。

奥兹公园

1960年到1961年初，当两人还在交往时，温斯顿·莫斯利会带贝蒂去参加些聚会。有时候，贝蒂会说动温斯顿一起去跳舞。偶尔他会和其他年轻人一起玩玩扑克——五张牌的梭哈，或者掷骰子，也聊聊篮球。但在贝蒂的回忆中，“我们一个朋友也没有”。两人结婚之后，更是每晚都待在家里。温斯顿享受安静。他会坐在沙发上或者餐桌旁，线条硬朗的五官没有任何感情，显得一片模糊。贝蒂问起他在做什么时，温斯顿说：“只是想想事情。”

他从广播里听了马尔科姆·X关于白人魔鬼和种族战争的演讲。他也知道马丁·路德·金鼓吹以德报怨。温斯顿是个能够从两方面考虑事情的人。他是和平主义者，甚至显得有些懦弱，但他不是没有脾气。有一天晚上，他恰好撞见有个小鬼和阿方索在打架。那个男孩子手里有刀，他正要去划阿方索的脸。平时，哪怕只是走来一个面相不善的人，温斯顿都会绕道去对面的马路。

但看见这个小鬼攻击阿方索，仿佛点燃了温斯顿心里那根导火线。他抓起一个百事可乐的玻璃瓶砸在那个男孩子的脸上。男孩瞎了一只眼睛。假如受伤的是白人，温斯顿肯定要坐牢的。但争执双方都是黑人，因此大陪审团裁定无人有罪。温斯顿的勇气让他赢得了仍旧被他称为父亲的阿方索的拥抱，但没过多久，范妮回来了，而且因为家务事和阿方索吵个不停。阿方索简直无法相信温斯顿让他母亲在自己的房子里过夜。那是一幢疯狂的房子，阿方索一直这么说。有老婆，有孩子，有狗，有蚂蚁，如今还添上个老妖婆！温斯顿怎么可以接纳范妮踏进他的家门？难道不是范妮欺骗了阿方索，还抛弃了自己的丈夫和儿子吗？

温斯顿只是耸耸肩。

他享受一个人待着，也不讨厌狗的陪伴。他可以花上一整个小时给他的狗梳妆打扮，然后继续整理自己的仪容。温斯顿是个整洁的怪人。有时候，他会在洗净、擦干双手之后再洗一遍。他花很长时间修剪双手、双脚的指甲并把指甲缝也弄干净，修剪自己细长的山羊胡子，梳理头发，让自己看起来清爽整齐。他说，作为男人必须得干净利落才行。黑人尤其如此。

温斯顿一直勤勉养家。对他母亲来说，还有一点很重要：他是个好公民。范妮说："他心地善良，举止绅士。"20年前把去医院当成离家出走借口的范妮如今身体康健。她的儿子原谅了她。温斯顿甚至邀请范妮搬去南奥兹公园的房子——不是偶尔待一晚，而是过去长住。这事儿让贝蒂很心烦。

温斯顿和贝蒂一岁大的儿子马克在那年冬天开始学走路了。他们又收留了一个叫克里的婴儿，孩子的母亲只有14岁，是温斯顿的表亲。他们准备正式收养这个婴儿，这不仅是件善事，也对孩子好，而且温斯顿的亲戚都会对他们感恩戴德。温斯顿就要过30岁生日了，从各方面来说他都已经站稳了脚跟，是个成功的年轻人、靠得住的好公民。他还是很喜欢自己的那些蚂蚁和五条纯种德国牧羊犬。他最喜欢的那条狗叫沃尔飞，就睡在他和贝蒂床底下。沃尔飞咬过上门来的客人，包括阿方索。温斯顿仍旧时不时去他开在科洛纳的电视机修理店里转转。阿方索被狗咬了却没有大吵大闹。大概是因为温斯顿每次去他的店里都会带上一两台来路不明的电视机或者收音机给他卖，两人很有默契。

温斯顿还帮了老爹一个忙。有段时间，阿方索在社区附近开着车跟踪范妮，胡乱挥舞着一把手枪，威胁说要“给那个婊子吃颗子弹”。温斯顿对他说别干傻事。他不想阿方索惹上警察。

温斯顿说：“把枪给我，爸爸。我来干。我会帮你朝妈妈开一枪的。”

阿方索把枪给他了。他不确定温斯顿是真有这个打算，还是只不过不想让阿方索惹出乱子来。因为温斯顿自己已经至少有一把枪了，或许他是真心不想让阿方索进监狱。温斯顿有数不清的机会可以朝他的母亲开枪，因为很懂得顺应生活的范妮如今就跷着脚坐在他靠近机场、通风良好的房子里，但温斯顿从未在她面前掏出过枪。

莫斯利一家足额缴税，修剪草坪，放假的日子里也举家前往洛科威海滩或者科尼岛度假，一切都和无数普通人家一样。温斯顿给家里所有木头家具打了蜡，直到它们几乎能反光为止。他在院子周围做了篱笆，确保邻居家的小孩和他的狗能够相安无事。

但贝蒂还是因为自己的丈夫而烦恼。

温斯顿一直都很羞涩。他甚至无法在自己的妻子面前脱衣服。他会关上灯，或者躲去卫生间里脱。在1963—1964年的那个冬天，他的生理状况似乎更严重了。他和贝蒂几乎不再做爱。她也想要多去体谅，毕竟温斯顿在雷格莱姆上白班而贝蒂自己在埃莫赫斯特医院上夜班。每周要上班的日子，莫斯利家前门会粘上一张拒绝访客的便条：*上夜班。白天需要睡觉。如无必要请勿打扰*。到了周末，两人终于有一点儿空暇，但都已经累坏了。刚结婚那几年，在贝蒂看来他们的性生活十分正常，但如今，她的丈夫经常不举。他会帮她口交来努力激起自己的欲望，贝蒂默许了，但期望能更进一步。24岁的贝蒂是注册护士，她自认对于性比较开明，但忍不住有些担心。后来她曾在法官和陪审团面前作证，称他们的性关系“从正常性交逐渐演变成只有他给我口交”。

两人难得的一次性接触之后，贝蒂半夜醒来，发现温斯顿不在床上。第二天早上，他说自己开车出去兜风了。也有一些晚上，他会深更半夜在房子里敲敲打打，摆弄电器。有时候，厨柜上会凭空多出来一台从没见过的烤面包机或者电视机。“那是给爸爸的”，温斯顿说。好像这就足够解释它们的存在一样。

他对自己仪表的注重也在减退。一丝不苟，甚至有些挑剔的温斯顿，从来没有一根乱发的温斯顿，有时候竟然不肯洗澡了。他好像从来也不睡觉。

贝蒂问他：“你想去看医生吗？”

他问：“为什么？比我恶心的人要多少有多少。”

并不是只有贝蒂觉得温斯顿变了。阿方索也曾询问过他是不是出了什么事。而温斯顿只是说："没事，爸爸，什么事也没有。"

工作日早晨，温斯顿7点起床，贝蒂会从医院里打电话叫醒他。起床之后的温斯顿先去刮胡子和洗澡。然后他会喂狗。冰箱里如果有新鲜的牛肉糜，他会赏给沃尔飞一口。如果天气冷，他会在大概8:20出门去发动自己的汽车，那是一辆1960年生产的白色雪佛兰科威尔，污垢和连续四个冬天撒在纽约街头用来融雪的盐已经使车略微泛灰。温斯顿是贷款买下的这辆车，如今还很老实地为此每个月还45美元。和其他生活越来越好的美国人一样，温斯顿和贝蒂各有一辆车。他发动了自己的科威尔，打开暖气以后就回到房子里，等贝蒂开着他给她买的1962年产福特菲兰从医院回家。他会给贝蒂一个早安吻，然后出发去上班。

温斯顿平时上下班路上会开车经过那群赶着搭建将在4月开幕的世博会场地和场馆的建筑工人、电工技师以及景观设计师。总设计师罗伯特·摩西自己也在为了林肯中心能够及时完工而加班加点，这可是他的人把《西区故事》的发生背景"地狱厨房"夷为平地后腾出的空间。75岁的摩西手头还有一个项目——价值3.25亿美元、连接布鲁克林和斯塔滕岛的韦拉札诺海峡大桥，用200多米高的桥塔牵拉总量达到一万吨的钢缆，是当时全世界最长的悬索桥。但摩西更热衷博览会这边的工作。他不仅希望这是全世界最精彩的展览，还期望它能成为历史上最辉煌的盛事。一队从魁北克引进的、擅长金属加工的莫霍克人正在对博览会的标志性建筑进行最后的工事。这是一个银色的地球模型，周围环绕着椭圆形的钢带，象征宇航员绕地球飞行的轨道。50年后，这个12层楼高、重350吨的球体仍旧是全世界最大的地球模型。摩西形容它是“巨大的不锈钢地球，周围环绕着卫星，衬托出我们在宇宙中如此孤独”。《时尚先生》杂志形容它“极其没创意”。但摩西本人将之视为“卡美洛”一样地引以为豪。在肯尼迪发出美国要在“这十年内”送人上月球的呼吁18个月之后，摩西为了这场博览会配备了百老汇的音乐、迪士尼的场景和冷战时期的科技，把破破烂烂的科洛纳垃圾堆改造成了未来的太空时代。此时距离美国国家航空航天局把宇航员送上月球还有五年，但摩西的世博会上已经展出了阿波罗登月计划中登月舱的原型。同样出现在博览会上的还有世界上第一台能传输画面的电话机；一台被称为调制解调器，连接电脑和电话机的设备；演示未来森林如何被激光光束切割砍伐的展台；还有带两个潜水艇库的深海小屋。世界在进步，那多亏了科技、工业，还有美国人了不起的技术。

博览会上的“明日之帐”里有个未来厨房，里面有核动力烤箱（在美国国家航空航天局的展台上，微波被应用于射电望远镜），洗碗机能够将用脏了的塑料盘子压成颗粒再重新铸成干净的新盘子。“总统馆”的设计是肯尼迪本人在被刺杀前两天刚刚确认的，里面有一缕安德鲁·杰克逊的头发，林肯的大礼帽以及“葛底斯堡演讲稿”，西奥多·罗斯福参加义勇骑兵队时的制服，杜鲁门放在桌上的金句“责任止于吾处”，还有肯尼迪自己的摇椅。在“梵蒂冈馆”里有米开朗基罗的《圣殇像》，这是1499年面世之后，这件作品第一次出远门。展会聘请了曾经担任音乐剧《飞燕金枪》舞美的百老汇布景师乔·米辛那，给1.36吨重、刻画了死在圣母怀中的基督的雕像增添了几许活泼的魅力。米辛那在展厅里播放格列高利圣歌，并在防弹玻璃后面排列了几百根点燃的蓝色蜡烛。

在由辛克莱石油公司布展的“恐龙世界”里，尽管开幕日就要到了，九只用玻璃纤维做成的蜥蜴仍然还差了最后一层油漆。在当时，还没有人想到小行星撞击地球之类的事情。因此，在博览会的指南书里，恐龙的灭绝被归罪于人类的出现：“古代的哺乳动物学会了吃巨大的恐龙蛋。”但即便是一具按实际尺寸还原的霸王龙也比不上整个博览会最轰动、最吸引人的展品：华特·迪士尼的“声控电动林肯”，这也是当时全世界最像真人的机器人。这位“正直的亚伯”，皮肤由橡胶制成，可以做出48个不同的肢体动作，有17个事先编程的头部动作，脸是根据林肯过世时的面部模型制成的，看到它会动、听到它会说让一些观众甚至流下了眼泪。

对于温斯顿·莫斯利这样的棒球爱好者来说，摩西的项目中最吸引人的要数博览会会场边正在搭建的巨大水泥运动场。当它在4月揭幕之后，这座设施一流的“谢亚体育场”将成为纽约大都会棒球队的主场，整个场地由25部电梯来取代传统的水泥坡道，还有蓝色和橙色的霓虹灯管以及一座八层楼高的电子计分板。在经理凯西·斯坦格尔带领下的大都会队已经从1962年第一个赛季40∶120的历史最低点改善到（“还有没有人会打球了？”斯坦格尔如此质问）次年51∶111的成绩。这位有着“棒球界老教授”昵称的经理表示：“我们是一支取得了很大进步的棒球队。如今我们能挨到延长赛才输掉比赛。”

当大都会队的投手和捕手们正在佛罗里达圣彼得斯堡的春训基地里放松的时候，莫斯利在开车上班途中经过了他们的新球场。再过15到20分钟，他就能在弗农山庄雷格莱姆沥青路面的停车场里停好车。除了喝杯咖啡和用半个小时吃午餐，接下来的九个小时，他都会操作机器在计算机数据卡片上打孔。楼下大厅里有间餐厅，但莫斯利喜欢一个人。他会从家里带午饭，然后坐在自己的工位上吃。

他制作的计算机穿孔卡片其实是初代软件：2.25米乘以1米的长方形硬卡纸，四个角是圆弧形，上面饰有“主宰未来商业的方法”字样的铭文。在卡片上打孔其实就是编入信息，用不了多久，计算机就能通过追踪电路板上的电子以极快的速度处理这样的工作了，温斯顿·莫斯利这样的打孔工人很快就会被淘汰。使用雷格莱姆出产的数据穿孔卡片的雷明顿兰德计算机拥有前所未有的会计核算速度，但它们最早被拿来和同一时期美国国家航空航天局正在开发的机器做比较——那就太没得比了。太空项目所使用的巨型主机很快就能进行运行轨迹的计算，精确程度足以引导两吨重的阿波罗飞船绕地球飞行4亿公里抵达月球，然后再将卫星发射到月球轨道上，最终让指令舱安全返回地球——如此成就堪称奇迹，要知道，当时航空航天局登月行动所使用主机的计算能力大概也就相当于2014年一部智能手机的一半。

莫斯利就用雷明顿兰德计算机为雷格莱姆做穿孔卡片。这活儿很辛苦，但他显示出了极大的能力。他是个聪明人，只需要拿出很小一部分精力就足以应付工作了，至于剩下的工夫，那当然是花在自己的事情上。

最后一刻

基蒂正在穿衣服，准备去上班。这天是3月12日。再过一天，就是她和玛丽安在“摇摆约会”相遇一周年的日子，她们打算出去跳场舞，再喝一杯。但今天不过是个普通的星期四，基蒂要在酒吧轮两班。

外面很冷。卧室朝向人行道那边的窗户都结霜了。基蒂把尼龙丝袜卷起来套在腿上。她觉得自己的腿稍微短了一些。不过，好吧，就算她的腿长得不算太好看，但没有人是完美的嘛。基蒂就是那种相信只要将自己分内事做到最好就行了的人。没什么好装腔作势或者闷闷不乐、忧思沮丧的，基蒂总是拿出积极的态度。她的穿衣风格整洁漂亮、清爽悦目，虽不花哨，但总比那些在邱园火车站附近遇到的普通人要亮眼一点点。

先穿上丝袜。然后是带紧身褡的吊袜带。她把丝袜扣在紧身褡上之后，又加了一条半身长的黑色蕾丝衬裙，然后穿上一件带软垫的胸衣。大部分认识基蒂的人都对她的深色头发和漂亮脸蛋印象深刻，她本人则对自己比较小的胸部特别敏感。带垫子的胸衣能让她多一分自信。再然后，她换上灰色的法兰绒裙子。基蒂不会随随便便穿着裤子去。上班的时候她努力想要看上去漂亮一点儿。她从衣橱里挑出一件青绿色的衬衫——给一身装扮加点儿色彩——外面再套上一件麂皮夹克。最后，她戴上斯派达尔的金色手镯，上面刻着自己的名字基蒂。

基蒂穿着黑色的中跟皮鞋，那种能够让她一连站上12个小时也不会太不舒服的高度。穿过冰凉的雾气，她走过“中场咖啡馆”，朝右拐，经过了药房，那里挂着新一期的《时尚》杂志，其中首度刊载了关于迷你裙的特辑。基蒂的菲亚特就停在药店不远处。这部两座的亮红色小车看起来就好像装了轮子的樱桃味橡皮糖。她打开了驾驶室的门锁。街上有很多车是不上锁的。基蒂锁车并不是因为附近街区有很多犯罪行为，而是因为这部菲亚特是她最引以为荣的财产。她坐上车，15匹马力的发动机转得有些勉强，车屁股那边喷出了白色的废气。她小心翼翼地驶入车流之中。暖气是指望不上的——每次总要到下车的时候才开始感觉到暖意。基蒂在福特菲兰、福特雷鸟、道奇达特、大众甲壳虫和宽格栅的庞蒂克卡塔丽娜中间穿行着。她喜欢开快车，飞快穿过牙买加山，一直到皇后区霍利斯的第一九三街，然后拐进牙买加大道上的一个停车场里。

“伊芙的最后一刻”是那种如果车开得快些就肯定会错过的店。酒吧沿街面只有一扇小门，左边有个熟食店，右边是廉价公寓，门前的人行道上种着一棵看起来好像快要枯死了的鹅掌楸。它的门楣上有扇长方形的窗户，因为太过朴素而让那些“二战”

老兵联想到了德国人的碉堡。但酒吧里面还是很舒适的，四周嵌着有木结的松木护墙板，凳子摇摇晃晃，需要找个火柴盒垫在某条椅子腿下面才能坐得安稳，纵深处靠近点唱机有几个雅座，是那种让人放心闷上一口烈酒然后点杯啤酒慢慢喝的酒吧。酒保维克多·霍兰就住在街角。他回忆道："那就是一个街坊店。我们卖散装的皮尔斯和瑞金，电视里总是放篮球比赛。"

基蒂一般都上白班，从早上9点到傍晚6点，然后霍兰来接班。基蒂还帮着住在新泽西的老板伊芙·兰多夫管理酒吧。霍兰回忆道："基蒂是负责人，而且她干得很不错。她是个好老板，非常低调，总是挂着微笑。客人们都喜欢她。你绝对不会听到任何人说基蒂的坏话。"霍兰说，基蒂总能既温和又坚定地告诉某个客人他喝得够多了，而且仍能从那人那儿拿到很不错的小费。基蒂也负责记账。她还负责支付霍兰的工资以及供应商的开销，将剩余的现金存到老板的银行账户里，假如厕所堵了，她付钱请水管工，假如需要找个锁匠或者电工，也由基蒂付钱。她还自己给自己算工资，显然和很多酒吧的酒保或者经理不一样，她从来没有多拿过不该拿的钱。霍兰说："基蒂不会这样做的。她是个正直的人。"

酒吧的客人喜欢基蒂的微笑和友好，也喜欢和她讨论时事，偶尔问她借点小钱，她会从玛丽安圣诞节时送给她的棕色皮夹里掏出来。基蒂将借钱给别人这事儿看作是善意的举动，也是某种形式的再循环，毕竟熟客们在不去赌马或者押数字的时候总会把钱花在喝酒和付小费上。

押数字的赌博游戏是非法的，但在整个纽约都很流行。这种玩法起源于16世纪的意大利，如今也有意大利黑手党作为后台，所以有时又被叫作意大利乐透。玩家可以在1到1000中的任何一个数字上下注，几毛钱，或者几块钱都可以。酒保有时候会负责收钱和记录所押的数字。不过，一般来说会有专门给庄家跑腿的家伙提供下注服务，他们收钱，然后将所押的数字记录在本子上或者投注单上。他们会把一天下来收集的钱和投注单交到本地的地下钱庄那里。地下钱庄可能就设在某个桌球房的后面或者俱乐部里。最简单也最低级的玩法是随机抽取一个幸运儿或者以转轮盘的方式选出当天的幸运数字。很少有庄家在押数字上出老千，因为他们完全输得起。要知道，拉斯维加斯或者亚特兰大城那些赌场的利润只不过5%到10%，玩这个赚头要大得多。当然了，赚得多也只是相对而言。即使是最小气的庄家，每收到1000块也要付出去大概600块，盈利40%左右。看起来很高了，但其实取代了非法赌博的合法博彩业赚得更多。今天那些国家发行的刮刮乐、乐透和强力球都有50%的盈利率。有个聪明人曾经这样评论道:“博彩业就是对那些数学不好的人征收的一种税。”

到了1960年代，押数字的利润实在太大，光靠在弹子房里摇号已经不合适了，这种做法容易招致暗箱操作的怀疑。为了让玩家们更有信心，庄家们需要一个能够产生随机数字的方法。他们看上了美交所。每天结束交易之后，美交所会公布这一日的成交量，中间数位的三位数就是当天的幸运数字。比如，某天的成交量是25217880股，那么当天押在数字217上的就是赢家，押一美元就能从庄家手上赢到大概600美元现金。产生幸运数字的方法还有很多，比如有些庄家会选美国财政部每日公布的账目表上的最后三位数，也有用某个马场当日成交额里的三位数，等等。这些数字让寡妇、公交车司机、剃头匠、宠物美容师以及一些股票经纪人这样的三教九流们认真听广播里播出的经济报道或者赛马消息，来弄清这一天是不是自己时来运转的日子。

帮忙下注只是酒保诸多副业中的一件。但就是一次帮忙赌马让基蒂被捕了。

基蒂喜欢在罗斯福赛马场押上几块钱赌一场轻驾车赛马，赛马场在纽约长岛以东半小时车程的韦斯特伯里，那里的赛道有800多米长。安吉洛·兰佐内在那儿的围场里有个朋友，时不时通报他一些有猫腻的比赛的小道消息。兰佐内会把消息告诉基蒂，一边说一边警告她别再告诉别人，但基蒂一转头就会说给玛丽安以及酒吧的熟客们听。在兰佐内看来，“这样对待稳赚的消息当然不对，不过基蒂就是这样热情的人”。

在1961年，也就是遇到玛丽安之前两年的时候，基蒂曾经和一个叫作多洛蕾丝·“迪伊”·瓜尔涅里的女孩子同居过。迪伊在皇后区玫瑰谷一家叫“翡翠烧烤酒吧”的小酒馆上班。基蒂当时在那附近的“皇后咖啡馆”里做吧台招待。有一天，一个便衣警察沃尔特·纽曼叫瓜尔涅里帮他下个注，这位在迪伊印象中叫作“瓦力”的客人说，他想要下一个当日的复式注，押四美元在两匹名叫“冒失鬼”和“约翰舰队”的马上，再押五美元到另一匹马身上。“冒失鬼”在所有赛马中排名第二，“约翰舰队”排名第四。瓜尔涅里收下了那九美元，然后给“皇后咖啡馆”的基蒂打了电话。按迪伊自己的说法，就是帮个忙。

电话里，迪伊说：“‘冒失鬼’和‘约翰舰队’，二四颠倒，还有五块押‘博比女士’拔头筹。”二四颠倒就是说两个当日复式注，押排名第二的马得第四名，排名第四的马跑第二名。基蒂记了下来。

两小时之后，巡警纽曼逮捕了基蒂。最近找到的庭审记录中写着，纽曼后来赌咒发誓他“先向吉诺维斯表明了身份，然后将她逮捕”。基蒂“申明她做这个只有一个月”。纽曼报告说：“她会从交易中抽取5%的报酬。”基蒂大概在拿自己所抽取的佣金开玩笑，语气很讽刺，她对巡警说：“是啊！我每天能帮人下好几千块钱的注，里边5%归我。”她知道自己正在做的事情是非法的，但并不觉得自己有什么过错。

1961年9月5日，基蒂到别称为“赌博法庭”的城市治安法庭报到。她被指控行为不当，罪名是实行非法赌博。在对基蒂进行的简短庭审中，巡警纽曼和他的搭档罗伯特·门罗叙述他们在两星期前就盯住了“翡翠烧烤酒吧”和“皇后咖啡馆”，还偷听了酒保的对话。某一次，门罗假装要上洗手间，然后绕回来捡了一个皮尔斯啤酒杯垫，那是迪伊·瓜尔涅里用来记录某个客人的下注之后落下的。这项卧底行动中，两个警官花了好几天的时间终于抓住了两个总共下了九美元赌注的年轻女人。整件事好像都冒着傻气，但在要上法庭的那天，基蒂是很把这当件事情的，因为她从来没有过不端的记录。

她站在证人席上报出自己的姓名和职业。她说：“我是个女招待。”或者毋宁说，曾经是个女招待，因为她被捕之后就被咖啡馆辞退了。她承认偶尔会找一个叫作路易的赌注经纪人下个一两注，一般是几美元，押雅佳特赛马场举行的驾车赛马。“我喜欢快马。如果路易刚好走进来，我又刚好想要赌一场快马，那么我就押上两美元。”

辩护律师西德尼·斯帕罗要基蒂描述一下她被捕的经过。

她说:“多洛蕾丝给我打的电话，问我是否能帮她下个注。我说:‘如果他自己过来就下。如果他不来，我不做。’大概2点钟的时候，吧台边坐着三个人，就是这位纽曼警官和另外两个人，他们都在喝酒和大笑。突然间这个红头发的家伙说:‘过来，基蒂，我是个警察。我们什么都知道了。’我问:‘知道什么?’他说:‘你已经帮人下注赌博很久了。’他坚持说我和那些大庄家是一伙儿的，帮他们收钱下注。我不知道他在说什么，直到他提到了多洛蕾丝。我告诉他:‘她是给我打电话让我帮她下注的，但我其实什么都没做。’他们不相信我说的任何话。他说我是一个大犯罪团伙的成员。”

纽曼警官一定知道吉诺维斯犯罪家族在城里很多地方都经营着押数字和其他一些赌博活动。基蒂有个叫维托的叔叔，他和黑手党党魁同名——这就是混淆的原因，也让后来报道基蒂故事的记者很是头疼。基蒂的叔叔和暴徒维托·吉诺维斯一点儿关系也没有。但可能她只是懒得再解释一遍其实有不止一个吉诺维斯家族。

她作证道:“我对他们很生气，我说:‘是啊，你说得对。我每天能帮人下好几千块钱的注，里边5%归我。’然后他们就把我抓到局子里去了。”

巡警们把正在气头上的基蒂押到一部巡逻车里。他们开着车把基蒂带到附近派出所里做了笔录，还拍了照:26岁的基蒂顶着乱蓬蓬的头发，穿着一件格子衬衫。照片中，她平静地注视着警方的摄影师。她的衣领开口处能看到一段细绳，绳上挂着一块塑料牌子，上面写着她的名字凯瑟琳·S.吉诺维斯，1961年8月因登记赌博下注而被捕。全世界后来就通过这张照片认识了基蒂，这是她的嫌犯照。

基蒂和迪伊·瓜尔涅里都被判有罪，各被罚款50美元。丢了在“皇后咖啡馆”的工作之后，基蒂开始到“伊芙的最后一刻”酒吧上班。

* * *

两年半过去了，在1964年3月12日寒冷的早晨，基蒂打开伊芙酒吧的前门，走了进去。她转身又把身后的门锁上了。比起邱园来，霍利斯这一带的治安要差一些。霍利斯的居民习惯锁门。

她顺手打开灯，然后转开了挂壁暖气的旋钮，机器震颤着启动了。暖气扩散到整个酒吧，基蒂把前一个晚上霍兰关门前清洗过的带把的玻璃杯和海波杯收了起来。她检查了一下放啤酒的开关，巡视了卫生间，看看那些瓶装的威士忌、杜松子酒、伏特加以及其他烈酒还剩下多少。整个酒吧看起来状况良好，她走向“伊芙”办公室的保险箱，把收银机的现金抽屉取了出来。

差不多就到了开门的时间。玛丽安回忆道：“开门不多久，熟客们就来了。那边有几个客人会在酒吧里坐上一整天，但只留下一美元的小费。”

霍兰也有同感：“‘伊芙’不是个能拿到丰厚小费的地方。但也有热闹的晚上，轮一次班就能拿到30美元。”傍晚6点以后，他接管吧台，基蒂去做些管理上的活儿，比如记账、清点库存、填写订货单什么的。如果客人多，她也会过来帮忙。每天轮两次班让基蒂每个月的薪水上涨到大约750美元，相当于2014年的大约5000美元。基蒂的收入差不多是玛丽安在克里斯俱乐部当酒保赚到的两倍。基蒂的收入也差不多是操纵雷明顿兰德机器的温斯顿·莫斯利的两倍。每次基蒂的父亲碎碎念要她赶快结婚的时候，基蒂会笑着说："我是独立的。男人养不起我，我挣的钱比男人还多。"

不去度假又没有借太多钱给客人和朋友的时候，基蒂为她梦想中小意大利餐厅的首付存钱。有时候她会想象那个餐厅该取个什么名字。她自己的姓氏因为和黑手党相同，显然是不行的。或者可以叫"基蒂家"？还是"嘉缇娜"？那是"基蒂"这个名字的意大利拼法。

在霍兰的回忆里，那个星期四"和平常一样"。大都会队和洋基队都在佛罗里达集训，电视上没有棒球比赛。客人们一边喝酒，一边随便地看着电视上的娱乐节目和肥皂剧。那天有《我爱露西》的重播。《明斯特一家》大概是霍兰接班之后开始的。《佩里·梅森探案集》9点开始，然后是《护士们》。酒吧里有熟客，也有顺路进来的客人，点唱机里放着四季乐队、辛纳屈、约翰尼·卡什、无处不在的披头士，还有金斯曼乐队那首傻乎乎的《路易·路易》，太多人怀疑这首歌的调子里藏着淫秽内容，胡佛的联邦调查局为此展开调查，结论是这首歌"无论用什么转速听都不知所云"。

玛丽安当时正在9600多米之外的地方。她回忆道："我在克里斯俱乐部上完了班，然后跟格洛丽亚·霍米尼克一起去打保龄球了。格洛丽亚是基蒂的前女友，但我们都成了朋友。"每次有人补中成功，玛丽安和格洛丽亚就碰一碰啤酒瓶作为庆祝。打过保龄球、吃过晚饭以后，玛丽安独自爬上窄窄的楼梯回到她们的小公寓。"基蒂还有大概三四个小时才会下班。我看了一会儿书。我记得我看的是《让我们来歌颂那些著名的人》——纪实类的作品，更接近基蒂的口味。我看了一会儿，然后在大概11:30的时候上床睡觉了。"

伊芙酒吧的生意在过了午夜之后就越来越少，但老板希望基蒂能让酒吧开到大概三四点。现在已经是3月13日了，星期五，这是基蒂和玛丽安相遇一周年的纪念日。在接下来的一个小时里，有一些被其他酒吧赶出来的客人走进"伊芙"，希望临睡前再喝上最后一轮。除了那些喝得烂醉的，霍兰给其他人都倒了酒。他不是不会拒绝，不过经常将这个任务留给基蒂。她会说："亲爱的，你喝得够多了。"她微笑着，但态度坚决。然后基蒂会给需要的客人叫出租车，假如数字不大的话，她甚至会代付车钱。

基蒂和一个熟客一起出去吃了晚饭。这并不是浪漫约会，只不过一起出去吃点儿喝点儿，好撑过打烊前最后几个小时。3点没到她就回来了。

3点左右的时候，酒吧里已经没有客人了。基蒂让霍兰稍微早一点儿关门。她说："我要回家了。晚安，维克。"

这时候外面只有差不多1℃，街上冷冷清清，光洁如镜。

杀猎之夜

他还醒着，很警觉。他在思考。最近他的想法总是顺着一条轨道跑。性。人种。尽管私刑、炮弹袭击甚至殴打参加自由乘车运动的黑人[1]等事情都发生在南部地区，他觉得北方对黑人也并没有多友好。在北方，肤色的偏见只是藏得更深，黑人必须得比白人聪明一倍、勤奋一倍，才能博得那些白人虚情假意的平等对待。黑人女性的待遇就更糟糕。甚至没人关心她们是死是活，就算消失了也没人会注意。如果同样的事情发生在白人女孩身上，那可不一样。

1　自由乘车运动（Freedom Riders）是1961年发生在美国南方几个州的民权运动。根据美国最高法院对“摩根诉弗吉尼亚案”（1946）和“博因顿诉弗吉尼亚案”（1960）的裁定，黑人不得与白人同乘公交车是违宪的。但南方几个州拒绝执行这一裁定，同时州政府也不作为。自由乘车运动的参与者们，通过乘坐种族混合的州际大巴经过这些地方来表达抗议，州警方以擅自闯入、非法集会的罪名拘捕这些抗议者，一些地方的警局，还授意三K党袭击这些抗议者。整个运动及其引发的反应在实际上使美国民权运动的诉求更为可信。

周末的晚上，他能闻到身边贝蒂的体味。她的身体散发出来的味道让他既渴望又厌恶，尤其是当她生理期的时候。但今天不是周末。这是一个星期四，苏特大街上的房子里只有他一个人。温斯顿·莫斯利喜欢星期四的晚上。如果他不想睡，他完全可以不睡，只要第二天再去雷格莱姆挨过九个小时，星期六是可以睡懒觉的。他觉得自己是个没什么运气的人，但每个人总能遇到一两件好事情——莫斯利一直把贝蒂需要上夜班也算作其中之一。

那天傍晚，贝蒂吃完晚饭，准备去埃莫赫斯特医院上夜班。他亲了亲贝蒂，一边说着："我爱你。你真是太完美了。"他经常对贝蒂说她很完美，这是他的真心话。莫斯利确实爱着他的妻子。不过她开车出去上班的时候，他仍旧会觉得高兴。

他喂了狗，多给了沃尔飞一点儿。过了一会儿他把马克和克里送上床，亲亲他们的小脑壳，和他们说晚安。他回到厨房，给自己做了一个三明治。冰箱里塞满了半打半打的啤酒，没什么空间放别的了。他最近越喝越多了。他拿着三明治，又拿了半打啤酒，走到起居室里。他坐在自己最喜欢的椅子上，一边喝一边打开了电视。电视里正在播放《佩里·梅森探案集》。那天的案子是"唠叨的媒人"，一个女孩子经常去找一个算命的，并偷偷给她们的对话录了音，那个算命的好像十分了解这个女孩子。后来女孩子的鹦鹉和房东相继死亡，佩里和保罗·德雷克需要解开谜团。

接下来是新闻。吉米·霍法因为向陪审团行贿被判处八年监禁，马尔科姆·X和伊斯兰民族组织断绝关系，艾伦·舍曼因为创作了搞笑歌曲《你好妈妈，你好爸爸》而得了格莱美奖。新闻过后，约翰尼·卡森的《今夜秀》开始了，嘉宾是大家十分熟悉的乔伊斯·布拉泽斯博士。温斯顿去看了下孩子们，两个男孩子都睡得很香。他却觉得焦躁。他又开了一瓶啤酒。他可能还看了一会儿深夜电影，是部艾迪·阿尔伯特演的惊悚片，叫《杀人命令》。然后他穿戴齐整，出门坐上自己的科威尔。没有必要把家门锁上。家里有沃尔飞和另外四条德国牧羊犬，莫斯利家或许是全纽约最安全的地方之一。

在凌晨1:30到2点之间，莫斯利驾车一路向北，穿过了牙买加和希尔赛德，然后绕了个圈往南奥兹公园驶去。他总共开了一个多小时的车，沿途只是观察。他已经习惯了这种捕猎般的行为。如果没有好的猎物，他情愿放弃。之前也有过这样的不眠之夜，他也曾捕到过猎物，带着一个没有任何人知道的秘密安全到家。或者他会干脆地放弃，开车回家。他善于等待。

云层掩映之下，月亮只露出了一点点脸。3点不到几分钟的时候，他到了霍利斯，正在牙买加大街上往东行驶。正当他打算回家的时候，一个深色头发的年轻女子走进一部红色的菲亚特，朝着对面方向开走了。莫斯利掉头，跟着开上了大中央公园大道。前面那部前脸扁平的小车比他的科威尔要短上1米5，车重也要减去450公斤左右。但那个女人开得飞快。他得猛踩油门才跟得上。她在皇后大道出口下了公园大道，朝左转进了奥斯汀大街。

他描述道："一条安静、昏暗的街道。正中我的下怀。"

他一路跟随着红色菲亚特来到长岛火车站。虽然有"禁止停车"的牌子警告车主不要靠近，但显然本地居民心知肚明。菲亚特在车站的空地上停了下来。脏兮兮的白色科威尔又往前开了大概半个街区，然后莫斯利把车停在了一个公交车站前，一排光秃秃的树杈底下。他戴上一顶绒线帽，急急忙忙朝火车站跑去，菲亚特的司机正在锁车。

基蒂转身朝着都铎公寓走去，还剩大约15米。这时候的邱园很安静。药店和咖啡馆早就关门了。二楼公寓的窗户都黑着。通向自己公寓的大门开在楼房的后部，朝向铁轨。那里很暗，但是楼房朝向奥斯汀大街的人行道都笼罩在昏黄的路灯下。基蒂一定感觉到了危险，因为她朝着灯光走去。她可能暗自希望百利酒吧还在营业。也可能她想到了在奥斯汀大街和莱弗茨大道的交叉口有个紧急报警电话。

她听到了脚步声。她开始跑起来。那是凌晨3：19。

37人目击凶杀但均未报警

皇后区一女性被捅，群众冷漠震惊警员

马丁·甘斯博格

皇后区邱园有38位可敬的守法市民在半个多小时的时间里围观了一起凶手尾随并分三次用刀攻击一名女性致死的案件。

这些市民发出的声音以及卧室亮起的灯光两次吓退了凶手。但他稍后又两次返回并继续对被害女性行凶。没有一个人在此过程中拨打报警电话，只有一位证人在该女性身亡后报警。……

负责该区事务、处理凶杀案件已有25年的助理总督察弗雷德里克·M.卢森对此次案件表示震惊。他可以平静地回顾过去多起谋杀案，但在此次邱园发生的命案中，那些“体面的居民”竟然无人报警仍让他备感困惑。

卢森表示：“我们重建了犯罪现场，行凶者总共花了35分钟时间、分三次杀害了这位女性。他不得不离开两次，但两次都返回现场继续加害。如果当他第一次发起攻击时就有人报告警方，那位女性现在可能并不会死。”

警方表示以下就是凌晨3:20发生在安静的中产阶级社区、树木成行的奥斯汀大街边的暴行：

28岁的凯瑟琳·吉诺维斯（附近邻居都叫她基蒂）是霍利斯一家酒吧的经理，当时她正在结束工作之后的返家途中。她在长岛火车站边紧邻的一块空地上停下了她的红色菲亚特汽车。……

吉诺维斯小姐注意到一个男人出现在停车场的另一边。……她脚步一滞。然后，她感到紧张，朝奥斯汀大街和莱弗茨大道路口的方向走去，因为那里有一个连接附近里士满山第102号警署的紧急报警电话。

“他捅了我！”

她一直走到书店前的路灯下，然后那个男人抓住了她。她在尖叫。有灯亮起来了。……有窗户打开，说话声打破了清晨的宁静。

吉诺维斯小姐在尖叫:“天啊，他捅了我！救救我！请救救我!”

楼上某扇窗户里，有个男人喊道:“放开那个女孩儿!”正在行凶的男人朝上看了看他，耸耸肩，然后转身走向一部停在奥斯汀大街上不远处的白色轿车。吉诺维斯小姐努力站了起来。灯光熄灭了。凶手又朝吉诺维斯小姐走来。她正在努力拐过街角走向自己的公寓大门。凶手再次出刀朝她捅去。

她尖叫道:“我要死了！我要死了!”

一辆公交车经过

又有窗户打开了，很多公寓的灯都亮了起来。凶手回到车上并开车离开。吉诺维斯小姐摇摇晃晃地站了起来。当时一部Q–10路公交车正好经过，时间是凌晨3:35。

凶手又一次返回。当时吉诺维斯小姐已经爬到了楼房的背面，最近刚刚粉刷一新的咖啡色公寓大门带来了安全的希望。凶手打开了第一扇门，里面没有人。他打开第二扇门，那是奥斯汀大街82–62号，他看见那个被他两次攻击过的女人正倒在楼梯脚下的地上。他第三次拿刀捅向她——这一次是致命的。

警方第一次接到报警电话是3:50，打电话的男性自称是吉诺维斯小姐的邻居。两分钟后警方抵达现场。当时只有那位报警的邻居、一位70岁的女性和另一位女性三人在街上。没有其他人上前。

那位男性解释道他是经过深思熟虑才决定报警的。此前他给一位家住纳苏镇的朋友打电话咨询，随后通过公寓屋顶走到另一位老年女性邻居家并请求她拨打电话。

他难为情地告诉警方："我不想被牵扯进去。"……

凌晨4∶25，救护车抵达并带走了吉诺维斯小姐的尸体。一位表情严肃的警探称，救护车离开后，"直到那时才有人走了出来"。

至少报纸上是这样说的。

验　尸

有人在砰砰地敲门。玛丽安说："敲门的声音把我吵醒了。我很害怕。早晨4点来敲门的会是谁呢？"

是警察。他们说基蒂被人袭击了。被刀子捅了。她被救护车送去了皇后区综合医院。她失血很严重，情况不乐观。

玛丽安觉得自己好像要吐了："我浑身都失去了知觉。"警察的无线电吱吱啦啦地响着。那些站在她房间里的其中一个警察告诉她，基蒂已在送医路上身亡。

这时候所有的灯都亮起来了，楼里一片嘈杂。皇后区特警紧急勤务小组也被叫来了，还有指纹采集分队和照相分队。长岛火车站的停车场被警方围了起来。很快，就有总共40多位探员、技术人员和巡警在犯罪现场忙活。

卡尔·罗斯过来陪着玛丽安。罗斯带了瓶酒。他看起来好像宿醉未醒，很疲惫。他给自己和玛丽安各倒了一杯伏特加。接下来的三个小时里，他一边慢慢地喝酒，一边说些安慰的话，但只字未提自己之前在房间里看到或者听到了外面的什么动静。

探员米切尔·桑是早晨7点差一点的时候到的。他肩膀很宽，一看就是个强悍的男人，还剃了个光头——那个年代，光头还很罕见，走在街上肯定会有人盯着看。他是当报警电话响起时，102号警署里的两个值班探员之一。一个女孩被刀子捅死了。凶杀案。桑从第一眼就不喜欢犬类美容师罗斯，因为他一直试图打断桑对玛丽安的询问。桑的上司、副警督阿尔伯特·希德曼读过桑写的报告，他说玛丽安是“害羞、内向的人……几乎就是块石头”。而罗斯“号称自己在安慰她”，实际上“大口喝着伏特加，举止让人厌恶”，还一直打断桑的调查。

探员桑知道一些玛丽安并不知道的事儿。他知道基蒂是在奥斯汀大街一侧的公寓楼前遭到袭击的，1小时30分钟后在对面的公寓楼被发现躺在通往罗斯房间的楼梯脚下。

桑问罗斯：“你为什么不回家去呢？我等一会儿会去找你谈的。”

罗斯表现得很暴躁。他说：“假如玛丽安希望我待在这里，我就会待在这里。”

在一个阴冷的早晨，米奇·桑探员手头正在处理一件凶杀案，还是邱园一带好多年来的第一件凶杀案。此时此刻，这样对他说话显然是个错误。桑一把将罗斯从他坐着的椅子里拉出来（按警方的说法是“礼貌地请出来”），押着他走下楼梯，再推了他一把，告诉他立刻滚蛋。一门心思想要问话的探员已经掉头准备上楼了，这时从他的身后传来一声响。他转身一看，罗斯竟在临街的大门上踢出了一个洞。

桑把又叫又嚷的犬类美容师拉到警署，罗斯被记录在案的罪名是行为不当。他成了基蒂·吉诺维斯凶杀案中被逮捕的第一人。

* * *

皇后区凶案组探员约翰·卡罗尔和杰里·伯恩斯在那天上午稍晚的时候接手了案件。他们询问了基蒂和玛丽安的十几个邻居。他们还找到了安吉洛·兰佐内，把酒保维克多·霍兰从床上叫了起来。现在，他们最大的嫌疑人是玛丽安。

玛丽安说："他们在玩'好警察，坏警察'那招，不过问话基本是由扮演坏警察的伯恩斯主导的。"伯恩斯探员长着双下巴，和联邦调查局的胡佛局长有几分相像。他特别关注细节：昨天晚上你在哪里？你和死者认识多久了？她有些什么朋友？你们俩最后一次吵架是什么时候？你有性方面的问题吗？玛丽安回忆道："我当时还在震惊之中。花了好一会儿我才明白他的意思。他们觉得我可能就是杀了基蒂的凶手。"

警方同两人的不少朋友和邻居谈话之后确定基蒂和玛丽安是一对情侣。伯恩斯于是开始询问她们过往的情史，两人的性生活，她们做爱的姿势。问题越来越多，玛丽安也越来越觉得这样的审问简直就像是她自己的家被扫黄警突袭了。"我不想再跟警察说话了，尤其是他。但他们一直盘问了我六个小时，想要让我说出些什么对基蒂不满的东西来。多专业啊？警察就是这样做的吗？最后他们让我亲口承认——是的，我们是女同性恋。"

差不多50年过去了，想到当时的“供认”，玛丽安仍会忍不住流下眼泪。“我对自己失望极了，为什么要说呢……我一直都很后悔这件事。他们有什么权利必须得知道？”

副警督希德曼在处理完吉诺维斯案之后就被提升为探长，管理纽约市警察局的3000名探员。他认为了解这一点很重要。在他看来，“谋杀最常见的动机之一就是嫉妒。我们的经验就是同性恋人比异性恋人更容易产生嫉妒之情。更多的嫉妒就代表着有可能产生更多的暴力行为。而且女性对于自己的爱人其实有着比男性更强的占有欲”。这样的推理使得玛丽安成了头号嫌疑人。希德曼在1974年曾写过一本耸人听闻的回忆录《报告探长！》，其中提到基蒂的谋杀案“起初看起来和其他1000起用刀捅人的事件没什么不一样，毕竟这座城市里有那么多的刀子”。他其实夸张了：此前一年，全纽约共发生了548起凶杀案，这座全美最大城市的犯罪率其实比芝加哥和迈阿密都要低。这548起凶杀案中有大约一半发生在曼哈顿。皇后区相较而言要安全一些，安静的邱园更是整个皇后区最安全的街区之一。发生在邱园的凶杀案绝对是大新闻。但它并没有上新闻，至少一开始没有。报纸和电台都用一两句话提到了基蒂的死亡，仅此而已。有几份早报在3月14日星期六刊载了简短的报道。《纽约时报》上登了一条共计126个单词，没有署名的报道：“皇后区一名28岁女性昨日清晨在邱园自家公寓楼前被人刺死。凌晨3点后不久，家住奥斯汀大街82-70号的吉诺维斯小姐发出的叫喊声惊醒了邻居。……警方已着手寻找凶器、询问证人和检查附近街区车辆，截至昨夜并无线索。”

探员们开车带玛丽安去了皇后区综合医院的停尸房，她将指认基蒂的尸体。“那真是艰难。”她仍旧记得自己的爱人躺在不锈钢停尸车上的样子，有一条白色的床单一直拉到基蒂尖尖的下巴那里，遮掩了她身上的伤痕。

玛丽安对警察说：“是的，是她。”

然后，她坐在停尸房外的长椅上。警察说可以送她回家，“但我只是不想让她就这样一个人留在那儿”。最后，她站起来，朝走廊尽头的玻璃门走去。

皇后区法医威廉·本南森为基蒂验尸。死者的身份是凯瑟琳·吉诺维斯，白人，女性，28岁，送达皇后区综合医院时已死亡。本南森发现这具尸体“全身共有13处穿刺伤，9处在身前，4处在背后……咽喉处有刺创……右手有数个切口”。刺创“有倾斜且呈锯齿状”，说明受害人曾扭动身体，想要闪避每一次刀锋的刺入。“手指上有割伤，那是防卫伤，表示受害人曾举起手来”，想要和加害者搏斗。她出血量很大，但造成死亡的原因是双侧气胸，也就是空气灌进了基蒂被刺穿的肺部，充满了胸腔，导致压迫肺部。她是窒息而亡的，临死时仍想要开口说话。

* * *

命案之后的那个周末，玛丽安有一大半时间都在和卡尔·罗斯喝酒。罗斯回自己公寓去之后，她仍旧不敢一个人待着，于是就叫安吉洛·兰佐内过来。兰佐内睡在起居室的沙发床上。但玛丽安说：“并没有用。我仍会尖叫着惊醒。”警察经常过来，问一些色眯眯的问题。在问过了大量关于玛丽安和基蒂之间性生活的问题之后，他们怀疑玛丽安是否也和兰佐内睡觉。

邻居们都避开玛丽安。伯恩斯探员、卡罗尔探员还有桑探员都询问过他们关于基蒂和玛丽安以及她们那些“朋友”的事情，警察口中的“朋友”显然指的是“同性恋们”。即使是女同性恋朋友们也开始拒接玛丽安的电话了。时至今日，玛丽安说：“我不怪她们。同性恋本来就都多疑。又有警察问东问西，是不是认识我们，是不是和我们睡过觉什么的。我的朋友都不跟我说话了。她们觉得她们都被监视了，可能电话也被监听了。”

她努力把自己灌醉，直到睡着，然后又在半夜大叫着惊醒。兰佐内想要帮忙。他回忆道：“我一直陪着她，直到葬礼。葬礼也不是太顺利。”

葬礼是基蒂的父母安排的，仪式之后还有一场追思弥撒。基蒂被安葬在新迦南的湖景公墓，那是夹在诺沃克码头和I-95号高速公路之间的一片绿地。蕾切尔·吉诺维斯几乎没有力气站着。她的丈夫和另外四个孩子还瞒着她最糟糕的细节。基蒂的弟弟文森特回忆道：“妈妈完全接受不了。我们是在报纸上读到那些触目惊心的描述的。”他们把报纸扔掉了。玛丽安很想去安慰蕾切尔，但吉诺维斯家人不让她靠近。他们不想让玛丽安出现在葬礼的前排。每次基蒂带她回家的时候，基蒂的家人都很客气，但现在基蒂不在了，他们不想让玛丽安在葬礼上搞出什么事情来，让人联想到女同性恋就不好了。

葬礼之后，玛丽安回到公寓里空荡荡的床上。原本她还有安德鲁，那条基蒂买来赔礼道歉的小卷毛狗。她喂它，和它说话。

但后来基蒂的父亲来了，把小狗带回了康涅狄格州。玛丽安会一连几个小时和罗斯一起喝酒，两个人都对警察颇多抱怨。罗斯说他们罚了他25美元，就因为他把楼下的房门踢出个洞。扰乱治安。他说警察们真是讨厌极了，反复问他基蒂过世那晚的事情，就好像这事儿和他有什么关系一样。

玛丽安平时并不怎么能喝，一杯又一杯的烈酒让她的脑袋嗡嗡作响，她只是听着，其实并没有真的听到罗斯所说的东西。如果她听得认真那么一点儿，或许就能从罗斯抱怨讨厌的警察一直追着他不放以及喋喋不休地向他提问联想到——犯罪现场是在奥斯汀大街的82-62号，从基蒂和玛丽安自己的房门数过去第三扇门的地方——正是卡尔·罗斯的家。

* * *

那个星期的最后几天，警方把玛丽安的名字从嫌疑人列表上划去了，但并没有通知她。警方手上现在什么都没有，没有凶器，没有嫌疑人，没有线索。然后，命案发生之后五天，在3月18日的下午，一个家住科洛纳、名叫拉乌·克里瑞的男人看见有个皮包骨头的黑人从他的邻居家里搬出了一台电视机。

克里瑞问他："你在班尼斯特家的房子里做什么？"

那个男人说："没事没事，我是帮他们搬家的。"

克里瑞看着他把电视机搬上了一部白色的科威尔，然后又悠闲地走进班尼斯特的家门。他走得如此轻松，甚至一边走一边吹起了口哨。他在屋子里的时候，克里瑞拨通了另一个邻居的电话。

“班尼斯特家要搬走吗？”

那个朋友说：“绝对不可能啊。我来报警。”

克里瑞从窗户里朝外望，确认那个黑人还没出来，就走到路边停着的科威尔那里。他打开前盖，拔出了分电器盖，然后砰地关上车前盖，回到自己家里一边等着警察来一边观察。

瘦瘦的黑人又回来了，这次他是空着手的。他的车启动不了，于是他下车，晃晃悠悠地走了。他一点儿也不匆忙，甚至当接到报警电话开着警车赶过来的巡警丹尼尔·顿和皮特·威廉姆逊叫他停下的时候都没有跑。顿和威廉姆逊搜查了嫌疑人之后，发现他的口袋里有一把螺丝刀。回头检查他的汽车时，在科威尔的后箱里找到了班尼斯特家的电视机，还有另一台电视机，一些小家电，以及一摞黄色图片和杂志。问及他的姓名，那个男人回答说是“温斯顿·莫斯利”。莫斯利被逮捕了，这多亏了两位邻居在看到犯罪行为的时候及时插手。

在阿斯托利亚的第114号警署里，约翰·塔尔塔利亚探员审问了这位入室盗窃的罪犯。莫斯利坐着，双手放在大腿上，神态一片平静。塔尔塔利亚嗓音低沉，做事有条不紊，是个有13年警龄的老探员。他注意到这个男人“很平静，很温顺”。探员认为眼前这个工作稳定、没有前科的年轻男人多半只是个小混混。他问道：“你都做了些什么，莫斯利？”

莫斯利承认自己偷了两台电视机和一些小家电，语调平直、语气单一。他承认过去的一年里还做过好几十起类似的案子，作案时间一般都在半夜到太阳出来之前。他会把偷来的电视机送去他父亲那里，他父亲在科洛纳开着一家修理店。至于那些黄色图片——巡警顿的记录是“30张照片，上面有摆出各种淫秽姿势的裸体男性和女性；40本杂志，刊载裸体女性的图片”——莫斯利也有现成的解释。他说这些色情读物是他早些时候入室偷窃的时候顺便拿的。他表示：“我自己可从来不去买这种东西。”

接下来，塔尔塔利亚开车载着莫斯利去了他父亲的商店。店在北大街上，探员当场逮捕了阿方索·莫斯利，罪名是收受赃物。父子二人都没有显露出丝毫情绪。在副警督的报告中，阿方索“头发灰白，神情庄重，和他的儿子一样展现出了极度的平静”。但温斯顿·莫斯利木然的表情让塔尔塔利亚觉得这个男人还没有把事情全部招供出来。同一天下午，塔尔塔利亚在警署对莫斯利进行了第二次审问。这一次他宣称要将莫斯利多羁押一段时间，好好问问他有关那堆偷来的搅拌器和电视机的事情。他还想要问问最近皇后区发生的一些其他案子。没解决的案子。起手第一件就是基蒂·吉诺维斯的凶杀案。有目击证人说在犯罪现场看见过一部白色的车，有可能就是一部科威尔。莫斯利对此有何感想？

莫斯利什么都没说。塔尔塔利亚本可以就这样算了。毕竟这个小偷身上没有露出任何可能使用暴力的迹象。塔尔塔利亚如果就这样算了，那么莫斯利会面临入室盗窃的指控，对于他这样的初犯来说，最后也就判个假释或者缓刑吧。但眼前这个家伙身上有些什么东西让这个老警察很是介意。他们谈话的时间越长，塔尔塔利亚就愈加感觉到了后来被希德曼探长称作“面无表情的平静之下掩藏着的让人心里发毛的东西”。

来自皇后区凶案组的约翰·卡罗尔探员和102号警署的米奇·桑探员现在正在114号警署的办公室里抽烟。他们也加入了审问。三位探员都没有告知嫌疑人他有保持沉默或者要求律师在场的权利。这在后来成为争论的焦点之一，莫斯利事后宣称自己应该被告知自己所有的权利。但最高法院判“米兰达诉亚利桑那州案”胜并要求警方一定要遵守“米兰达规则”告知嫌疑人他们的权利是再过两年以后的事情。如果打一开始莫斯利就强调这一点，那么或许警方此后在逮捕某人时就要反复宣读“莫斯利规则”了吧。但即便历史被更改，也改变不了后面发生的事情。莫斯利开口说话了。

过了几分钟，卡罗尔拉起嫌疑人的手，举到荧光灯下。莫斯利的两根手指上有细小的痂。

他说:“我在家里干活的时候不小心擦伤的。”

卡罗尔不相信。他说:“不是的。是基蒂·吉诺维斯抓伤的吧，就在你拿刀捅她的时候弄的。”

在希德曼的报告中可以看到，“房间里一片寂静。……莫斯利几近羞怯地环顾四周，然后他的嘴角边露出了一抹几乎看不见的微笑。当时是5:57。他说:‘好吧，人是我杀的。’”

说毕，他看起来好像轻松了一些。就好像在描述一个平常的夜晚一样，莫斯利对探员们坦白了自己如何在3月12日的晚上开车出门，外套口袋里装着一把带锯齿的猎刀。他讲述了自己如何看到基蒂在霍利斯的牙买加大街上钻进了菲亚特，然后开车尾随她到邱园，突然袭击了她，杀死她，再逃跑。

探员们不是很确定是否应该相信莫斯利。他们需要细节，于是他们让莫斯利接着说。很快，莫斯利就提到了只有凶手才有可能知道的东西:“她在用卫生巾。”玛丽安和法医是仅有的知道基蒂正在生理期的人。

那天傍晚晚些时候，经过了八个多小时的审问之后，莫斯利开口要求吃晚饭。“我要一个双层汉堡，淡咖啡，不加糖，还要一块法式苹果派。”食物送来的时候，他表示可以继续说:“我不介意一边吃一边谈。”他还说了一些只有凶手才知道的事情，提到他偷走了一个棕色的皮夹——玛丽安圣诞节的时候送给基蒂的那个。他说他找到了总共49美元，然后在当天早上上班的时候把皮夹扔在雷格莱姆公司停车场边的杂草里了。探员们确实在那里找到了皮夹。

莫斯利还说了一件事，这是他的供述中最后一件让人啧啧称奇的事情。杀死基蒂之后，他开车回家。据他说，当时应该是凌晨4点过后不久，他遇到一辆车在交通灯翻绿的时候仍旧停滞不前，发动机空转着没有熄火。那个司机睡着了。莫斯利停下，朝那辆车走去，口袋里仍旧装着一把沾满血的刀。他敲了敲熟睡的司机那边的窗户。那个男人醒过来，眨着眼睛，摇下车窗。

莫斯利对他说:“您看，先生，您不该就这样睡着。一氧化碳会积累起来，也可能有人会对您不利呢。”

那个男人谢过他，对他说:“您说得对，您是个好人。”

莫斯利回到自己的科威尔上。他就这样开回了家，洗干净刀上基蒂的血迹，然后坐下来，直到电话在7点准时响起——那是他的妻子从医院打电话叫他起床。然后他喂了狗，起身去上班。

* * *

有了这样的供认，已经几乎没有疑问了，就是温斯顿·莫斯利杀死了基蒂·吉诺维斯。但这个安静的杀手身上还有其他让希德曼和手下探员们惊讶的事情。在接下来的审问中，他又承认做了更多次入室盗窃和数起强奸，还犯下了另一起凶杀案。他所说的都被证实发生过。警方在阿方索的店里找到了另外一些被盗的电视机和其他家电。莫斯利讲述了自己如何残暴地攻击了几个年轻的黑人女性，警方甚至从来都没有关注过这些事情。他宣称，自己还杀死了她们其中一个住在南奥兹公园的年轻家庭主妇。探员记得有这样一起凶杀案，因为特别让人毛骨悚然。受害者名叫安妮·梅·约翰逊，24岁。她的尸体上满是窟窿，还有部分肢体被烧焦。案子一直没有破。

莫斯利供述说他在一个下雪的晚上开车出的门，那是他杀害基蒂12天之前的事情。他看见一个女人在南奥兹公园133号外的路边停车，离他家不远，他就也停在那个女人后面，然后突然冲出去，用一把点22的短筒来复枪指着她的腹部。安妮·梅·约翰逊害怕极了，交出了自己的钱包。他收下了钱包，然后开了枪。莫斯利对皇后区的探员们说，他的来复枪是“那种单发的点22式枪。每次射击之后都要重新填装。她把房门钥匙交给了我，当时我正在填装子弹。她对我说：‘帮帮我，让我进门去吧。’”莫斯利开了第一枪。她跪下来，身体朝他倒去。他扶起她，然后开了第二枪。“总共开了三枪，也可能是四枪。”他用毫无起伏的声音描述了如何把受害人一路滚回她的房子里去。“我想要拖她回去，但很难抓得住她。所以我就让她自己滚回去。我脱去她的衣服，然后和她发生了关系。”

和与妻子做爱时相同，莫斯利先给那个女人口交。“然后我压在她的上面。”因为无法维持勃起，他一把扯下了安妮·梅·约翰逊脖子上的丝巾。她还有呼吸。莫斯利觉得又疲惫又生气，他把整个房子搜了个底朝天，甚至连柜子里和抽屉里也找了，最后找到了一包火柴。他把报纸揉成团扔在她的身体上，然后点了火。他把丝巾塞在她两腿之间，然后点燃了丝巾，这样她的私处肯定会被烧焦。然后他开车回了家。

探员们面对这第二份自白已经不知道该作何感想。大部分细节都符合证据。眼前这个说话轻声细气的小个子商业机器操作员真的犯下过那么多入室偷窃、强奸以及谋杀的案子吗？

对此，皇后区助理地方检察官菲尔·凯塔表示怀疑。他在科洛纳出生和长大，是一名干劲十足的年轻检察官。在他看来，能一次解决两起谋杀固然好，而且莫斯利确实知道一些只有凶手才了解的信息。但是这些供述恰恰说明了案子不是莫斯利做的，因为有一个巨大的疑点：安妮·梅·约翰逊并没有被枪击过。验尸官的报告上明明白白地写着这一点。

这时候，几个探员们已经忍不住了。据希德曼说，他们朝着嫌疑人大吼大叫：“该死的！你在说谎，莫斯利！她是被一把他妈的冰锥刺死的！吉诺维斯的事情你也说谎了是不是？”

莫斯利耸耸肩。在希德曼的记录中，他只是安静地坐在那里，“挂着了然的眼神，就好像一个老师刚刚给一群迷惑的孩子布置了一道问题，正在耐心地等待其中哪个能答得出来。”他说：“那么就是验尸官错了。我确实朝她开了枪。”

只有一个办法能够验证他的话。在皇后区被杀害的安妮·梅·约翰逊就安葬在南卡罗来纳州芒克角的家庭墓地里。她的葬礼过去两个星期之后，希德曼和警方高层同意开棺重新验尸。3月20日，三个掘墓人把她的松木棺材从南卡的红土地中升了起来。南卡罗来纳州的验尸官和纽约探员们合作，从查尔斯顿的南卡罗来纳医科学院借来一台X光机，再次检查这具尸体。X光显示受害人的胃部有葡萄干样的点状物——那是六颗点22口径的子弹。皇后区的验尸官错把小口径子弹造成的伤口当成了冰锥的刺孔。

现在警方已经确信他们确实抓住了杀害安妮·梅·约翰逊和基蒂·吉诺维斯的凶手。但有一个坏消息等着他们：这个男人还没供认完自己所有的罪行。

莫斯利还坐在审讯室里。当一个审问他的警察出了个岔子的时候，他看起来是那么扬扬得意。根据皇后区一个检察官的回忆，那个关键的时刻是这样的：“突然，一个探员没头没脑地脱口对他说：‘我估计去年那个15岁的女孩子也是你杀的。’”

他说的是芭芭拉·克拉利克，1963年7月在皇后区的春田花园被杀害，那个地方距离邱园有4800多米。

莫斯利说：“是啊，也是我干的。”

助理地方检察官凯塔简直不敢相信正在发生的事情。克拉利克案可是马上就要上庭见分晓的啊！杀手是有着“怪兽”绰号的阿尔文·米切尔，这个梳着大背头，总是打扮得山清水秀的小恶棍供认的每一个细节都和案件吻合。凯塔相信“怪兽”米切尔这次肯定逃不过一级谋杀的指控。这种时刻，一个检察官最不想听到的就是另一份虚假的证词，因为这会使人对真实的供认产生怀疑。

但莫斯利还在说：“确确实实，就是我杀的。”

凯塔想，莫斯利作为一个罪犯来讲还真是聪明——或许他就是想要通过招认各种自己没做过的案子来假装自己精神错乱。接下来他甚至可能会说肯尼迪也是他杀的了。

愤怒的凯塔中断了针对嫌疑人莫斯利的一切审问，但为时已晚。消息已经走漏出去了。3月22日的《每日新闻》中透露了莫斯利和米切尔两人都供认做了同一件案子的事情，新闻的标题是“两人供认杀死同一人，警方陷入困惑”。《每日新闻》还报道说，莫斯利知道只有杀害了克拉利克的凶手才会知道的细节。这显然不是真的。但凯塔已经别无选择：他只得暂时叫停克拉利克案。报纸跟踪报道了这位助理地方检察官的每一个举动，他知道，在三个案子中只要一着不慎——无论是芭芭拉·克拉利克案，安妮·梅·约翰逊案还是基蒂·吉诺维斯案——就是满盘皆输。凯塔需要上头的帮助。

邻居们

亚伯拉罕·迈克尔·罗森塔尔41岁，深色头发，戴眼镜，看起来酷似克拉克·肯特[1]。他出身低微，在布朗克斯区长大，在纽约市立大学读书的时候就开始给《纽约时报》写文章了，1960年因为在东欧的报道还得了一次普利策奖。如今，他是《纽约时报》新上任的地方新闻责编，充满活力、仍旧保留着一些孩子气的罗森塔尔誓要把报纸的本地新闻搞得和国际新闻一样出色。他曾写道："我可是经历过开伯尔山口的。[2]我很自豪能成为一个与众不同的新闻人，和以往只报道警方消息的记者不一样。我真的会到处跑，而且有敏锐的社会意识。"他将和地方长官搞好关系也看作是自己的任务，比如警察局长迈克尔·墨菲。

---

1 Clark Kent，美国系列漫画《超人》中的主角，平时在《星球日报》任记者，每当危难时刻便化身超人，挺身而出。

2 开伯尔山口位于巴基斯坦与阿富汗之间。罗森塔尔曾任《时代周刊》驻外记者，被派驻印度、巴基斯坦、尼泊尔等多国进行新闻报道。

用罗森塔尔的话来说，墨菲“看起来像一个凶巴巴的爱尔兰警察，因为他真的就是一个凶巴巴的爱尔兰警察”。三年前，墨菲被提拔为纽约市警察局的头儿，穿上了蓝色的制服，跨入了包括西奥多·罗斯福在内的警局高官行列，这位身高超过1米8、体重90公斤的警察局长有时候也被叫作“大个子墨菲”。在《每日新闻》登出《两人供认同一起凶杀案》这则报道的第二天，他答应在埃米尔饭店和罗森塔尔一起吃午饭。这家饭店在市政大厅附近，名菜是醋焖牛肉和德式饺子。这时候距离基蒂过世已经十天了。罗森塔尔回忆起这顿午餐时说，警察局长“坐着的时候总是抵着墙，这是当了多年警察的习惯，他点了咖喱虾和米饭”。罗森塔尔约这顿饭的时候是打着自己的小算盘的——克拉利克案的双份供词激发了他的好奇心，但他把这份好奇藏得很好。他后来曾记录道：“那天，墨菲的脑子里就没在想着凶杀案的事儿。1964年的春天，纽约市警察局长最担心的事情是民权运动有朝一日会不会升级到造成街头流血事件。”而他的恐惧很快就会成真。四个月后，墨菲手下的一个警员开枪打死了15岁的黑人少年詹姆斯·鲍威尔，在哈莱姆区和贝德福德—斯泰弗森特引发了持续一个星期的种族暴乱。这些暴乱又致使费城、芝加哥和新泽西北部发生了更多的暴乱。1965年，黑人民权运动领袖之间发生内讧，导致马尔科姆·X当年2月在纽约奥杜邦舞厅被暗杀。又过了六个月，洛杉矶沃茨区几乎已经被暴乱分子付之一炬，从西海岸的洛杉矶沃茨区到东海岸纽约的布朗克斯区，都响彻着愤怒的贫民窟住户“烧吧，亲爱的，烧掉吧”的口号。墨菲局长管辖下的纽约市已经一触即发，在接下来的几年中，种族摩擦甚至可能直接上升为种族战争。但有一点罗森塔尔想错了。那一天，在埃米尔饭店里，墨菲确实在担心着种族暴动的到来，但他并没忘记那些凶杀案。

一直到喝咖啡的时候，罗森塔尔才假装不经意地开始提问："皇后区那个双供的案子怎么样了？那是怎么回事？"

墨菲并没有上当。不止一个人招供同一个案子让局里很被动。因此他转移了话题："伙计，皇后区的另一个案子才是值得写到教科书里去的。38个证人呢。"他说的是基蒂·吉诺维斯的案子。

"38个？"罗森塔尔问。

警察局长答道："38个。我干这行也算久了，但没一件案子比得上这次。"

罗森塔尔感觉好像有一团火在后颈上跳动，那种堪比刺痛的感觉告诉他，眼前这个故事绝对能够让读者们永生难忘。他们俩的午餐会面是不能公开作为消息来源的，因此他对墨菲局长说："我会派个记者过来。"墨菲愿意配合，毕竟这本就是他想要得到的结果。他甚至慷慨地派一个巡警开着警车将罗森塔尔送回了报社。

那天下午，罗森塔尔把记者马丁·甘斯博格叫去了自己的办公室。等他过来的当口，罗森塔尔坐在办公室中央那张两吨重的写字台后面仔细思考着吉诺维斯的案子要怎么个写法。《时代》《纽约邮报》《每日新闻》《先驱论坛报》以及《纽约新闻报》都提到过基蒂被杀害事件。其中，《先驱论坛报》在一篇题为《求救呼喊被忽略，女孩最终被捅死》的文章中，甚至抓住了该案令人心酸的沉默和荒凉。记者罗伯特·帕雷拉对原始的警方报告做了加工处理，他这样写道："这些邻居坐在正对舞台的座位上，台上演的是基蒂·吉诺维斯如何被残杀。而当深色头发、漂亮娇小的28岁女子呼救时，却无人回应。"可惜《先驱论坛报》把这个故事埋在了第十版末尾的角落里。其他报纸都只是按警方简讯的样式用一两句话打发了这条消息。只有罗森塔尔在警察局长墨菲的小小帮助下，看见了这个案子背后巨大的潜力。

罗森塔尔后来曾写道："假如有人看见谋杀却无动于衷——哪怕是八九个人，就足够写成大新闻。而38个目击者，我知道，这简直不可思议。"

亚伯·罗森塔尔知道，他就是那个注定了要阐述这个故事的人。他在布朗克斯区长大，是家中独子。他的父亲哈利为了让自己的孩子能来纽约而放弃了他在加拿大所热爱的生活，当了个粉刷匠。哈利·罗森塔尔出生在白俄罗斯，他的父亲是个拉比。1890年代移民加拿大的时候，他放弃了家族姓氏希皮亚茨基。在他看来，"罗森塔尔"听起来足够像加拿大人。哈利常在户外活动。他在铁路上工作过，也当过林务员，还干过挖陷阱、捉野兽，然后贩卖动物皮毛的活计。当经济大萧条让木材和动物皮毛都销不出去了之后，他就带着妻子和六个孩子——五个女儿，还有多病的儿子亚伯——来到了纽约的布朗克斯区。哈利在那儿找了一份粉刷房子的活，但心里一直想着安大略的森林，那才是他真正的归属。有一天，他正在粉刷较高楼层的时候从脚手架上摔了下来，伤痛折磨了他许久才让他咽下最后一口气。他的儿子亚伯是公立小学里成绩最好的学生，原本由于骨髓炎而不得不拄着拐杖走路，但新发明的磺胺药物治好了他，他终于甩掉了拐杖。他挚爱的一个姐姐因为肺炎早逝，亚伯还剩下四个姐姐。再后来，另一个姐姐产后死亡，还有两个得了癌症也早早离开人世，都没能看见自己家那个聪明绝伦、敢作敢为的小弟弟赢得普利策奖。亚伯·罗森塔尔几乎天天都会想起自己的父亲和过世的姐姐们，他决心要在美国最伟大的报社里干出一番事业，以此缅怀他们。

罗森塔尔相信美国做出的承诺，也有人将这叫作美国梦。他相信他自己的经历就已经证明了美国梦的真实性：一个时运不济的皮毛贩子的儿子，如今当上了《纽约时报》的地方新闻版责编！或许是因为他独特的世界观已经成了《纽约时报》本地新闻的指导思想，一篇文章究竟能不能在本地新闻版面上占有一席之地、这一席之地有多大都取决于这篇文章能否让罗森塔尔有所共鸣。正如盖伊·特立斯在《王国与权力》中描绘1966年的《纽约时报》时所提到的那样："罗森塔尔想要戳到整个纽约城的痛点。"如果得要一点儿小心机才能做到，他或许是乐意为之的。在特立斯的文字里记录着资深记者们"都觉得气愤，有意散布谣言说最新宗旨是'编造'故事和尽量夸大事件"。他们开玩笑说，罗森塔尔还是一个雄心勃勃的驻印度青年记者时，曾赶了2400多公里路，只为送交一篇他刚刚写完的新闻：然后那篇稿子开头就能注上"在开伯尔山口为您报道"的字样啦。

本地新闻部的记者们都知道罗森塔尔的要求很高，谁、做什么、什么时候、什么地方都得极其准确才行。但更重要的是，罗森塔尔喜欢那些能够从情感上重击读者的文章。

马丁·甘斯博格被选中去报道皇后区的凶杀案绝对是个意外。甘斯博格出生在布鲁克林区，时年42岁，他曾是《纽约时报》国际新闻版的责编，后来调动到地方新闻部当记者。他和罗森塔尔差不多同时进的报社，两人在晋升路上一直互相较着劲。罗森塔尔的职位和头衔说明了他才是两人中的胜利者。后来罗森塔尔曾承认，选择了比自己年长一岁，又是自己从前竞争对手的甘斯博格，其实有部分原因是他吃定了甘斯博格在本地新闻部没什么资历：甘斯博格“还是个新人，即便交代的任务困难重重，还有可能最终什么结果也捞不到，他也没资格挑挑拣拣”。他还提到另一个指派马丁·甘斯博格去报道吉诺维斯案的理由：当做责编的自己环视繁忙的新闻办公室时，罗森塔尔回忆道：“他恰好出现在我的视线之中。”

甘斯博格一到罗森塔尔办公桌前，罗森塔尔就把从墨菲局长那边听来的消息和盘托出。然后他说：“我想要你去一趟邱园。”

办公室里流传着这样的说法——急不可耐的记者朝着电梯走去，罗森塔尔在他身后喊道：“甘斯博格，拿下那条大新闻！”这样的台词听起来太过煽情，不大可能是真的，不过倒是挺像电视剧里克拉克·肯特的老板佩里·怀特会喊的话。而在罗森塔尔本人的记忆里，他说的是：“马丁伙计，你去看看这件事情好不好？”

甘斯博格花了三天的时间采访目击者、邻居和警方。勤快的跑腿让他得以重现整个事件。当时，基蒂·吉诺维斯的被害在正经大报上不过是条简讯，倒是有几份不入流的小报把酒吧女招待之死写成低俗故事。甘斯博格笔下那38个坏心肠的撒玛利亚人改变了一切。3月27日——案件发生两个星期之后，《纽约时报》把这篇报道放在了头版，给了四栏位置。文章颇为戏剧化的开场白恐怕是责编罗森塔尔写的："皇后区邱园有38位可敬的守法市民在半个多小时的时间里围观了一起凶手尾随并分三次用刀攻击一名女性致死的案件。"

《纽约时报》在当时是全球最权威的新闻媒体之一，影响力一时无两，使得这件发生已经两星期的"旧"闻顿时引起了轰动。英国、俄罗斯、日本和中东的报纸纷纷转载了这篇报道。经过罗森塔尔和甘斯博格重塑的基蒂·吉诺维斯凶杀案具备所有黑色小说的诱人元素：严酷但真实的城市背景，怯懦胆小的旁观者们，一个毫无防备的年轻女子。在纽约，《纽约邮报》《每日新闻》《先驱论坛报》纷纷燃起全新的热情，抓住这个事件不放。有一个报纸读者认为，基蒂的凄惨境遇全是电视的麻痹作用造成的：38个被动的看客早已经对电视里的性和暴力见怪不怪，因此只当自己是换了个频道一般就转头而去了。也有人说，妇女解放运动才是罪魁祸首：激进的女性让男性们都倒尽了胃口，骑士精神已经不复存在啦。一个牧师表示，基蒂被杀证明了美国社会"和那个将耶稣钉在十字架上的社会一样邪恶"。美国哥伦比亚广播公司的麦克·华莱士录了一段叫作"冷漠的美国人"的时事短评，为都市中人与人的隔阂以及城市道德准则的丧失大唱悲歌。《生活》杂志的劳登·温赖特在赴邱园报道突然极具新闻性的温斯顿·莫斯利庭审的途中，指责美国人是"一群冷酷无情、胆小如鼠又道德败坏的人"。在温赖特笔下，发生在基蒂身上的凶杀案已经"折磨着全美国所有有良知的人的心"。一方面，这件案子激发了一些最为原始的情感：当黑暗中有杀手伺机而动时，独自一人身处其中的恐惧。与此同时，基蒂的故事又和生动的彩色电视一样充满了“现代感”。在1960年代的美国城市中，你很可能和1000个人比邻而居，但仍只能一个人孤寂地死去——即使周围有1000个人站在他们的窗前、注视着你。

罗森塔尔对这条报道造成的影响十分满意。他甚至可以对其中一些小错误视而不见，比如标题里写到了“37人目击凶杀但均未报警”，但报道中提及人数时却用了“38人”。还有其他的错误，但没有人注意到。公众们的注意力都被集中在了同一个地方：当今的美国人竟然是如此地残酷和冷漠！尤其是那些住在纽约，特别是住在邱园的家伙，那至少37个坏心肠的撒玛利亚人！等等，是不是38个？

* * *

默里·伯杰回忆道：“我们一直很喜欢我们住的这个小社区。”他和他的妻子卡萝尔在1957年以新婚夫妇的身份搬来了邱园。

今天，和丈夫已经成婚56年的卡萝尔·伯杰说：“那是一个很安静的小镇子，但去曼哈顿只要15分钟。”伯杰夫妇如今已经在曾经发生了那件凶杀案的街角住了半个多世纪。

“这是一个你能放心不锁门的地方。”

“然后就发生了基蒂·吉诺维斯的事情。”

卡萝尔认为，“凶杀案本身其实并不算轰动，但后来《纽约时报》那篇报道出来之后，这件事情一下子就变成头条新闻了。”

“确实。”默里说。

“后来就有记者源源不断地上我们这里来。记者，还有心理学家。对了，他们好好忙活了一通。总有人来按门铃或者把我们堵在街上，追问‘你认识她吗？她是个什么样的人？你为什么不为她做些什么？’之类的。”

“事实上，我们不认识她。我们知道她住在哪个街区，就是那个很吵的酒吧——”

“有时候是能听到有人在大喊大叫。”

“或者是夫妻吵架，或者是情侣喝醉了打情骂俏，谁知道呢？谁会没事找事出去弄清楚呢？”

卡萝尔说：“你呀。那个事件的报道里说默里半夜听见外面有响动，所以穿着睡衣就跑出去了，还一边叫着：‘有人需要帮忙吗？’”

默里回应道：“那个报道让我们都睡不好觉了。全世界都觉得邱园是个很糟糕的地方。”

“有人搬走了，尤其是那些住在案发现场附近的人。那里有很多公寓都空着。谁想要住在那样的地方啊，感觉就像是闹鬼的房子一样。”

* * *

卡尔·罗斯也搬走了。有人说他往西边搬去了，然后再也没有人听说过他的消息。记者们在3月底和大半个4月都在奥斯汀大街上追着玛丽安跑，所以她也搬走了。她说：“他们纠缠着我，大声喊出各种问题，‘你现在感觉怎样？’嘿，你们觉得我应该感觉怎样？”事实是她觉得糟透了。甚至有些愧疚。因为当基蒂被人袭击的时候她却睡得安稳。因为基蒂死了，但她还活着。玛丽安在房间里躲了好几个星期，那里仍旧到处都是基蒂的东西。卡尔·罗斯会过来，“然后我们喝伏特加，喝上一整天”。最后，玛丽安也成了搬离这个街区的一员。她在远洛克威租了间房子，要搭地铁线穿越整个皇后区，过了机场之后才到荒凉的洛克威滩。在那里，她把所有的窗户都打开，聆听海浪的起伏。她用一张照片做参考，继续画着基蒂坐在公园长椅上的那幅画。她说："除了开庭那次，我再也没有回过邱园。"

莫斯利在距离犯罪现场两个半街区的邱园皇后区法院被提审。那一天，当法官伯纳德·迪宾宣读对他的指控时，莫斯利目不转睛地看着法官那把油光锃亮的椅子上镶嵌着的一颗金色星星。对他的指控有入室偷盗，蓄意杀害安妮·梅·约翰逊，蓄意杀害基蒂·吉诺维斯。

当法官迪宾因为感慨这些罪行的可怕而摇头的时候，贝蒂·莫斯利穿着雪白的护士制服站在旁听席上，看起来备受打击。法官说："就因为有这样的疯子在街上游荡，两个女孩死了，死状如此凄凉。"他对法庭中满满当当的记者和旁听席的观众点了点头，然后赞扬了局长墨菲手下的警员们。"读着报上的文章，给人的感觉是有人在贬低纽约市的警察，他们其实是全世界最优秀的了。要不是这些警员，纽约的街道会和越南一样混乱。这些凶杀案都是最近发生的，你们一定都读了报纸也了解了案情，每个人的心都碎了。女孩子们和妇女们都不敢上街了。甚至有些人觉得哪怕和野兽一起行走在荒野也比在这儿要感觉安全些。”

他低下头看看被告人，然后敲响了手中的小木槌。“把他带走。不得保释。”温斯顿·莫斯利的牢狱生涯就这样开始了。这是一段漫长的时光，比他认为自己应得的要长得多，其中只有过一次短暂而离奇的间断。

1964年4月，皇后区的刑事法庭指派西德尼·斯帕罗做莫斯利的辩护律师。时年51岁的斯帕罗是《每日新闻》独臂送报员的儿子，靠着一路奋斗，成了全纽约最好的辩护律师之一。工作之外，他还是个业余艺术家，也会开飞机、玩潜水。斯帕罗尤其擅长戏剧化的演讲。他长着个肉鼓鼓的大鼻子，大到能在花白的小胡子上投下一片阴影。法庭的常客们都说，每次他走进法庭的时候，口袋里装着钥匙、手帕，还有所有的陪审员。一个同事回忆道："陪审员们喜欢他。有时候，这就足够能赢下一个案子了。"

他的辩护团队中还有三个年轻的出庭律师，分别是玛莎·泽尔曼、尤利乌斯·利皮茨和斯帕罗的儿子鲍勃。他们都相信等到6月这起凶杀案开庭的时候，老斯帕罗肯定会成为庭上的主角。假如真有人能帮莫斯利逃过兴格监狱那座叫作“老火花”的电椅，那么这个人一定就是别的律师有时会称为“老爷”的斯帕罗了。

开庭的流程走得很快。1966年之后，因为“米兰达规则”而引发的改革迎来了一个有利于被告的法律时代，这将拖慢重案的审理进度，有些案件会耗上好几年，甚至好几十年才对簿公堂。但在1964年，一个杀人犯仍然可以在短短几个月的时间里走完被抓捕、被审判的一系列流程，直接被执行死刑。在案件发生两个半月之后，皇后区第542-64号公诉书“纽约州人民诉温斯顿·莫斯利”就将一槌定音，对凶手量刑。

据鲍勃·斯帕罗回忆，被告人“智商很高，思维奇异”。莫斯利在和自己的律师团队商讨时，描述了一件又一件令人惊骇的罪行，他那不流露出任何感情的声音从未有过丝毫波动。“他知道辩称被告人精神失常会是让他脱罪的唯一机会，但他拒绝故意表现得疯狂。那不是他的作风。他明确表示，没人能叫他做这个或者那个。”

法院指定被告人进行了一系列精神鉴定。其中有几份鉴定结果似乎可以用来让斯帕罗打算采取的精神失常辩护显得更有说服力。有一位心理学家断言莫斯利是个偏执的精神分裂症患者，而且“对女性怀有明显敌意”。另外一个心理学家注意到了他能够完全隔离自己的情感，因此认定他“心理上有很强的戒备”。第三个心理学家准备出庭作证说被告人在推理能力方面有所缺陷，因此无法得知杀人究竟有什么过错。

有一份莫斯利的预审记录被保留了下来：那是一卷皱巴巴地绕在塑料卷轴上的棕色磁带。这盘带子恐怕有几十年没有播放过了。要让它动起来，得先推一下那个卷轴。先是传来了好像什么东西黏在一起却又尖锐的声音，然后随着带子越转越快，渐渐能听出一个声音，一个1964年春天发出的、拿腔拿调的声音正在提问：“你说的是真话吗？”

莫斯利的声音平淡单调：“是的。”

“你是想要解释，或者为自己辩白吗？”

“我说是的，只因为你问我是不是。”

“你难道不是因为懊悔而坦白吗？”

“不是。”

“你是怎么得知你所犯下的那些罪行的？”

“我会读刊登在《每日新闻》和《长岛新闻》上的所有文章，我只读这两份报。”莫斯利一个一个单词往外蹦的说话方式让人想到机器，但在做稍微长一些的回答时，他的声音会透露出轻快、温和的调子，和歌王纳·金·科尔一样。当被问到即将举办的世博会时，他说：“我父亲在那儿附近有一家电视机修理店。”

“好了，在吉诺维斯案里，你把猎刀捅进了她的阴道里，是不是？”

“是的。”

“你是把刀子插到你能捅到的最深处了吗？”

“是的。一直没到把手，所以是的。”

“你就没有一点儿同情心吗？”

“没有。”

当被问到平时喜欢什么，莫斯利的回答是棒球和狗。他说：“无论发生什么事，狗总归爱你。”

“人呢？”

“人就不是这样了。人让我想起苍蝇。你知道，苍蝇总是在你够不着的地方飞来飞去，但总有那么一只会正好落在你能拍到的地方。”

斯帕罗和他的辩护律师团队花了好几个星期的时间仔细阅读每一份精神检查报告，从中画出例如“推理能力有所缺陷”之类对他们有帮助的词句，然后讨论哪几位心理学家是最理想的作证人选。在庭审的准备期里，他们反复对莫斯利提问。某一天，在花了又一个漫漫长日聆听表情平静、看似理智的温斯顿·莫斯利一遍又一遍地侃侃而谈自己究竟对基蒂做了些什么之后，斯帕罗的一个助理律师站起身来走出去，然后呕吐起来。

* * *

区助理检察官弗兰克·卡恰托里一定希望民众从未听说过基蒂·吉诺维斯。《纽约时报》把她的那些邻居都描绘成魔鬼，这篇报道中戏剧化的叙述在邱园引发了一些轻度的偏执妄想。基蒂的邻居们都是白人，他们不明白为什么自己会被人诟病，因为罪行明明是一个来自奥兹公园的黑人犯下的呀。很多邱园居民原本就对警方抱有怀疑或者恐惧的态度，因此只要一看见警徽就牢牢地闭上了嘴。年长的人中有一些是从欧洲来的移民。他们本就是犹太人大屠杀的幸存者，任何人敲门都会让他们感到紧张。有一些移民基本不会说英语。还有一些邱园居民已经被警方、记者、业余的或专业的心理学家纠缠了太久，完全懒得再回答任何问题了。

查尔斯·斯科勒是在本案中协助卡恰托里的第二公诉人。他对于刊登在《纽约时报》头版上的文章怀有复杂的感情。在斯科勒的回忆中，除了那些错误，“这篇文章确实很生动地描述了第一次被袭击时，基蒂的呼救和邻居们的冷漠”。他后来写了一本关于吉诺维斯和克拉利克凶杀案的回忆录《扭曲的供述》。在1964年的4月和5月里，斯科勒和其他卡恰托里团队的成员一起讯问了案件的目击证人和耳闻证人。其中很多人已经对探员们、记者们、斯帕罗的辩护律师团队们，还有自己的朋友们、邻居们和亲戚们反复讲述过这些事。斯科勒说："我们只问两个最基本的问题：你听见了什么？你看见了什么？"整个控方团队只干了没几天就对已经妇孺皆知的"38人"这个数字产生了疑问。警方在案件发生之后认为总共有38位证人。这也是墨菲局长在埃米尔饭店吃午饭时提到的数字，这个数字震撼了责编罗森塔尔，震撼了《纽约时报》的读者，也震撼了全世界。马丁·甘斯博格曾按照墨菲手下探员的方向再次做过调查，但他并没有花时间去查明这个官方数字的出处，恐怕谁也没有再在这个数字上花过心思。"38"这个数字是警方提供的，那就足够了。没有人去一一确认这38位证人的身份，也没有人曾在探员们的报告中清点过证人的数量。

检方相信，在那天晚上曾听到过基蒂叫声的邻居应该有40到50个人。但其中多少人是半梦半醒的？多少人翻了个身就又睡过去，完全忘记自己听到过什么了？多少人曾走到窗前，但不确定自己看到了什么？又有多少人在自己的房间里徘徊踟蹰，不知道该如何是好，当他们回到窗前的时候却发现街上已经空空如也了？

在斯科勒的记录中，只有五六个邻居真的看见、听见了足够的信息，明白过来基蒂正在遭遇致命的危险。其中两个还不能上证人席。这位助理公诉人的遗孀莫娜·斯科勒回忆道："那两个邻居本来就不是什么好东西。他们知道基蒂正在被人杀死，然而还是什么都没做。但你不能让这样的人去庭上作证，因为这可能干扰陪审团的想法。陪审团可能会怪罪他们，而不是真正的凶手。”

其中一个“不是好东西”的家伙叫约瑟夫·芬克，他是奥斯汀大街上都铎公寓对面那幢莫布雷公寓的大楼副管理员。芬克上夜班，为住户和访客开电梯。他的岗位在莫布雷公寓大堂里，从他坐着的地方可以清楚地看到基蒂遇害那晚所在的人行道。检方在4月的时候讯问了他。

他的回答是：“是的，我看见了。”他所在的位置距离现场不到50米，他看见一个戴着顶绒线帽的瘦弱男人从背后捅了基蒂一刀。芬克还记得那把刀的刀锋反射出的光泽。他说：“我想过要下楼去把我的棒球棍拿出来。”

卡恰托里问他：“为什么你没有去拿呢？”

芬克只是耸了耸肩。他确实下楼去了，走到一间配有一张简易床、一盏台灯，还有一部电话的房间里。但芬克并没有拿起那根路易斯维尔·斯拉格的名牌球棒，也没有拿起电话报警——他径直去睡觉了。他已经干了一整天的活，为什么还要跑到街对面去自找麻烦呢？

斯科勒回忆道：“他至少应该打开公寓楼的前门，大喊一声‘警察来了！’，然后锁上门。这样既能保护自己，也可能会吓退凶手。跟这样的家伙打交道让我觉得恶心。”在把芬克的名字从可能出庭作证的名单中划去时，卡恰托里和斯科勒对芬克撒了个小谎：“我们给了他一张传票，告诉他做好出庭作证的准备。至少让他因为可能被传唤而出出汗吧，这是我们为伸张正义所能尽的微薄之力。对这种人，实在是便宜他了。”

检方团队将注意力转向了另一个“不是好东西”的证人。

卡尔·罗斯在那个晚上喝了大半夜酒。在凌晨大约3:30的时候，他正坐在都铎公寓二楼他的房间里。这时，他听到了外面的响动。是一个女人的声音。会是他认识的人吗？那是在呼救吗？叫喊声就在他的窗下——就是那扇朝向奥斯汀大街的窗户。天生胆小的罗斯当时喝得东倒西歪，他并没有打算去看看究竟发生了什么。他就这么一直坐着，等待着，希望那些嘈杂的声音就此停止。很快，外面就静下来了。他放下心来。

过了一会儿，又一阵声响吓了他一跳。这一次是从公寓楼后面朝向铁路的那边传来的。难道是他被包围了？他听到了扭打声。闷闷的、好像被捂住嘴的呼叫声。那声音一直不断。罗斯站在房门口，但没有开门。他在门后踱步，不知道自己应该怎么做。最后，他的好奇心占了上风。他把门开了一条缝。

在他门外的是通向狭小门厅的楼梯。罗斯看到楼梯脚下有模糊的身影。一个是背部着地、仰面躺着的基蒂·吉诺维斯。还有一个男人拿着刀压在她的身上。基蒂想要说话。那个男人在用刀子捅她。然后他停了下来。

那个男人抬起头，看见了卡尔·罗斯。

招　供

起初，卡尔·罗斯告诉探员他听到从公寓楼的前面传来了尖叫声，那是首次袭击的现场。后来他改变了说辞。他说他现在想清楚了，他确定起初什么也没听到，后来最先听到的响动来自另一个方向，也就是房门外的楼梯井那边。

警方和检方甚至愿意打赌他肯定在说谎。罗斯房间里朝向奥斯汀大街的那扇窗户几乎就正对着莫斯利第一次赶上基蒂的地方。他是距离现场最近的人。基蒂在人行道上大声呼救，“天啊，他捅了我！救命！”，那声音很响，就连同一栋楼里12岁的麦克·法勒——他距离现场至少有20米——都被从睡梦中惊醒了。基蒂的呼救声还吵醒了奥斯汀大街对面公寓楼里五楼甚至六楼的住户，更远一些的西弗吉尼亚公寓楼里也有人被叫醒。所以，当罗斯翻供，声称他第一次听到的尖叫声来自另一个方向的房门之外的楼梯井时，警员们知道他没说真话。基蒂最初的呼救是最大声的，之后一次袭击在罗斯家楼下的楼梯井里，她并没有大声尖叫过。当时莫斯利已经再次袭击了她，基蒂的肺部已经被刺穿了，几乎无法再吸入空气。她已经喘不上气了。

罗斯不仅坚持说他听到的唯一一次呼救声是从楼梯井传来的，他还否认了看见有人用刀子捅基蒂。公诉人斯科勒回忆说："我们当时就知道他在说谎。"他们很肯定，因为罗斯在打电话报警之前还曾给一个朋友打了电话。他听起来很害怕，他说有人正在楼梯上袭击基蒂·吉诺维斯。

如果他没有看见有人袭击她，那么他是怎么知道被袭击的人就是基蒂的？就这一点不停被质问之后，罗斯变了说法，回到了老路。他承认自己把门开了一条缝。他说："我只开了一点点，刚够听听发生了什么。"

莫斯利却有不同的说法。"我当时正躺在她的两腿之间，"非常配合的被告人说，"我听到楼梯上有扇门打开了。我眼角的余光瞥到那里有个男人正在偷看我们。"在莫斯利的供述中，那个楼梯顶上的男人"飞快地关上了门"，过了一会儿才又开始偷看。

最后罗斯终于承认了自己在编故事。真相是他所听见的和看见的都比自己承认的要多得多。他说自己确实是喝多了，而且很害怕。既害怕那个凶手会掉转刀头冲着他来，也害怕警察会问东问西，问他是谁，问他怎么会看到听到这些事情，问他为什么听起来醉醺醺的。因此他给一个朋友打了电话，那个朋友跟他说别去多管闲事。然后他又打电话给一个邻居卡萝尔·塔兰蒂诺。罗斯在电话里号啕大哭："我应该报警的呀！"但他不想有警察来敲他的房门。

塔兰蒂诺对他说："上我这儿来吧。你可以来我这里打电话。"

这时候，喝醉了的犬类美容师面对着另一个难题。走楼梯的话，他将和挥着刀的凶手面对面。罗斯根本不想开门，所以他从窗户爬了出去，来到公寓楼的木瓦屋顶上。他一直爬到了塔兰蒂诺家的窗口，然后跌跌撞撞地翻进了她的房间。塔兰蒂诺这时候又给另一个邻居格蕾塔·施瓦茨打了电话，施瓦茨再打给了住在基蒂和玛丽安对门的法勒夫妇。索菲·法勒在电话里大喊："快报警！"最后，在3:55，罗斯终于拨打了报警电话。

后来，在盘问之下，罗斯解释了他当晚的想法。他说："我就是不想被牵扯进去！"

他的供述臭名昭著。没过几个星期，罗斯的这句话就成了最能显示城市里人情淡漠的名言。当然了，没人记得这句话究竟是谁第一个说的。

在斯科勒的回忆中，"已经没法判断芬克和罗斯两人谁更卑鄙了"。检方原本希望让罗斯上证人席，但后来决定"我们不能选他。罗斯是个为了逃避责任什么事情都做得出来的人，他那些谎话有可能彻底扰乱我们的诉讼"。所以他们最后把他打发回家了。罗斯连忙回去取了一瓶伏特加去了玛丽安的公寓，转身就像什么事也没发生过一样地坐了下来。

玛丽安说："我就坐在那儿，和他一起喝酒。我不知道他本可以救起基蒂的。如果他开了门呢？如果他大声叫喊呢？"50年后，玛丽安边说边摇头，"这个人什么都害怕的……他是最不该待在那扇门后面的人了"。

当玛丽安得知罗斯在事件发生当晚所扮演的角色时，她叫他立即滚出去。他照办了。但他的那句借口一直阴魂不散。4月10日，《生活》杂志刊登了劳登·温赖特的专栏文章《无人救助的濒死女孩》。在这篇和罗森塔尔观点一致的文章推动下，“我不想被牵扯进去”成了全民话题。温赖特（他的儿子是民谣歌手劳登·温赖特三世，他的孙子是歌星鲁弗斯·温赖特）描绘了30多个邻居是如何好像坐在观众席上一般眼睁睁地看着基蒂赴死的。在他的专栏中提到了《纽约时报》的甘斯博格从警察局长墨菲那儿得知的证人数量，确切来说是“38个不长心眼儿的证人”。温赖特很谨慎地写清了消息来源：“基蒂·吉诺维斯是一位正派、漂亮的年轻女士，她回家时被一个男人尾随，并在大约半个小时的时间里被用刀捅伤致死。在这段漫长得残酷的时间里，根据《纽约时报》刊登的长篇报道，基蒂曾大声尖叫并反复呼救。”他继续写道：邻居们听到了她的喊叫，并且“明白她是在求救。大部分的证人都蜷缩着躲在黑漆漆的窗户后面，就好像《深夜秀》的观众一样，漠然地注视着眼前发生的一切，直到再也看不见为止。然后，他们就回到床上继续睡觉了”。这位专栏作家引用了第102号警署警督伯纳德·雅各布的话，他表示有多位证人告诉警方他们不想被牵扯进去。温赖特形容这位警督一边说一边挥舞着一条手臂：“那是个不错的社区呀，是吧？那里看起来一点儿也不像丛林呀。”谁也不会会错意：邱园的居民表现得和禽兽并无二致。

雅各布警督不是第一个将现代都市比作丛林的人。但他的那些话触到了痛处。苏联每日印发的《消息报》上就援引了这起案件来说明美国的“丛林道德”。心理学家们加入了记者们和专家们的行列，炮制出各种各样关于城市生活多么孤独寂寞的故事，加深了读者们心里越来越大的不安。就在同一时期，正有越来越多的年轻人从家乡奔赴城市，因为城里的生活更加危险和刺激；有越来越多的年轻女性开始坚持独立（或者至少开始阅读《女性的奥秘》和海伦·格利·布朗的《单身女孩》）；有越来越多的黑人争取自己的权利；人们认同“宁死勿赤”[1]以及任何30岁以上的人都不值得相信——原本的社会结构正在一天一天地分崩离析。就在这时候，基蒂·吉诺维斯的被害让数以百万计的人，无论年轻还是年老，生出万般情绪。他们的心里满是同情，也满是恐惧。

雅各布警督告诉温赖特，只要有一个证人拿起电话报警，基蒂或许就不会死去了。他说：“只不过需要有人打个电话告诉我们而已。”

《生活》杂志的读者们勃然大怒。其中一个写了一封信，代表了全美读者对于基蒂的邻居们的想法：

> 先生们：
>
> 我怀着厌恶的心情读完了你们对于凯瑟琳·吉诺维斯凶杀案的报道，对于文中提及的那超过38位围观她逝去的懦夫，我感到非常遗憾不能将这些住在居民区里的野蛮人当作从犯进行审讯。这样一来，他们就不得不被牵扯进去了。

1 Better dead than Red，这是麦卡锡主义盛行时，美国流行的一句话。

其中的“超过38位”这一表述很好地展现了一个数字可以在极短的时间内自行发酵延展。在警方展开第一阶段调查的时候，他们认为有大约30到40位邱园居民是目击证人或者耳闻证人，后来不知怎么变成了38位（乃至“超过38位”),《纽约时报》《生活》杂志以及其他一些媒体都将这一数字奉为真相。随着事件持续发酵，这个数字只可能越来越大，绝不会缩小。

笔者为本书做调研时曾阅读了警员们首次讯问基蒂的邻居们时所作的笔录。四页长的文件上标明了问讯的时间是1964年3月20日，记录了案件发生一周之后皇后区地检局的调查结果。文件中记录了总共49位证人曾在基蒂被杀当晚看到或者听到过东西。其中16个是目击证人。很多证人的名字从未被公布过。值得注意的是，这份警方笔录中没有提及索菲·法勒、她的丈夫乔·法勒和他们的儿子麦克·法勒，他们都听到了基蒂在莫斯利第一次攻击她时发出的呼叫声，但等他们走到窗边的时候却什么也没看见。警方的名单上也没有约瑟夫·芬克。也没有卡尔·罗斯。不过这只是一份问讯过很多基蒂的邻居们之后的综述报告，并没有确切地记录下任何事情。

地检局的报告中共有38条记录，有些记录中提到了一位警员负责讯问的两个或者三个证人。最有可能发生的，就是某位警方人士数了数记录的条数，然后将这个数字上报给了警察局长墨菲。于是墨菲就将这个数字告诉了罗森塔尔。这是个无心的过错，或许是仓促中造成的。一个文书上的错误。这就是笼罩在基蒂孤独死亡之上的那个旁观人数的出处。

38。这个数字太过确切，50年来人们每每提及本案时都会说到它。这个数字又太过武断，很有可能墨菲只不过是拍拍脑袋随便那么一说。

雅各布警督也向专栏作家温赖特提供了一个相当确切的数字：0。据雅各布所说，当基蒂正在遭受攻击时，所有证人中没有一个打电话报警的。

0这个数字是怎么得出的？只是因为雅各布警督认同警方对于吉诺维斯凶杀案的看法吗？他有没有看见过那份从未公之于众的电话记录呢？抑或，他是在向媒体提供假消息吗？

他是否知晓，其实真正的数字并非0呢？

在雅各布警督的帮助下，《生活》杂志的温赖特、哥伦比亚广播公司的麦克·华莱士、《纽约时报》的罗森塔尔和甘斯博格，还有更多的人全盘接受了墨菲局长对吉诺维斯案的见解。局长提点罗森塔尔的这个“没一件案子比得上”的基蒂·吉诺维斯凶杀事件很快就吸引了警方、检方、媒体和公众的全部注意力，芭芭拉·克拉利克案的双供问题很快就被人遗忘了。

* * *

世界并没有就此停转，这让玛丽安很是意外。

世博会按期在4月开幕。这要感谢墨菲手下的300个警员，以及被罗伯特·摩西特别从平克顿安保公司雇佣的整整2500个身着制服的巡逻保安，他们确保了这场史上最盛大的展览得以维持其应有的秩序。民权激进分子抗议摩西和其他的会务组织在雇佣人手时不够公平。他们确实有理。从承包建筑业务的劳工到技术工人和专业人士，所有为世博会干活的雇员几乎全都是白人。以赛亚·布伦森是“争取种族平等大会”布鲁克林分部的负责人。他想让他的所有支持者在通向世博会场地的道路上以遗弃2000辆小汽车的方式迫使展会停止举办。布伦森宣布自己的抵抗方式就是“阻塞交通示威”，用“纽约从未有过的交通大堵塞”来威胁摩西。他手下的活跃分子也在会场外抗议，还在开幕当天跑到舍费尔啤酒馆里搞了一场静坐抗议活动。

安德鲁·古德曼就是抗议人群中的一员。他曾是民谣歌手保罗·西曼在皇后学院读书时的朋友。当时20岁的古德曼加入了被《纽约时报》形容为“胡子拉碴、衣衫不整，屁股后头因为坐在洇湿的地上而沾着泥巴”的抵抗者队伍。这群野里野气的人“让世博会参观者们又是讨厌又是着迷”。古德曼年轻的脸上眼角下垂，总是一副没睡醒的神情。这个理想主义者跟着“争取种族平等大会”的“自由之夏”项目，从世博会一直去到了密西西比州的默里迪恩，在那里帮忙登记黑人选民。那一年的6月，他和“争取种族平等大会”的同事詹姆斯·钱宁以及米基·施瓦尔纳被三K党绑架并一一枪杀，尸体则被秘密地埋在密西西比21号高速路边。

交通状况平稳，那些挥舞着大棒的平克顿保安驱散了抗议人群，“争取种族平等大会”的世博会抵抗运动最终草草收场。摩西开了一场新闻发布会，电视台的灯光太过闪耀，他不得不眯着眼睛细数这场世博会创下的诸多世界第一：总耗资达到十亿美元；新种植了5300棵树；新开设了110家餐厅；新建成了八座喷泉；还安装了1400台新的“按键式”电话机。世博会上还展出了全球最大块的芝士以及一些新的消费产品，其中包括福特的野马跑车，IBM的电动打字机，带轮子的、被叫作“滑板”的玩具，索尼的第一代录像机（重约65公斤），马克西姆公司的冻干咖啡，健怡可乐，以及家乐氏的果酱馅饼。在被民众们指手画脚了几个月之后，世博会终于名副其实地成了大热门。虽然比不上“披头士热”的轰动，但这场世博会在开幕第一周内就创下了吸引100万观众的纪录。《生活》杂志称之为“世博会的大成功”。很少有人质疑其中的怪异之处，比如国际蜡像馆里站着和真人一样高的超人、耶稣、埃及艳后、披头士和罗伯特·摩西，但那些慕安迪·沃霍尔之名而来的波普艺术爱好者们却会失望而归。

在摩西的指挥下，建筑师菲利普·约翰逊曾邀请沃霍尔、罗伊·利希滕斯坦、罗伯特·劳申贝格以及其他一些现代派艺术家为纽约州展馆创作原创作品。沃霍尔的粉丝都很期待看看自己的偶像会为这场注定和艺术无缘的展览添加怎样的色彩。他送去了13幅丝网印刷的巨幅海报——上面是联邦调查局最想抓到的逃犯的脸部特写照。时任纽约州州长的尼尔森·洛克菲勒是现代艺术博物馆的董事会成员，他对这些照片表示厌恶。太负面了！而且种族意味也太过强烈，因为沃霍尔那13幅海报里的绝大多数杀人犯和银行抢劫犯都是黑手党成员，有着极具辨识度的意大利式姓名。摩西赞同洛克菲勒的想法。在世博会开幕前夜，他派去一队建筑工人，在沃霍尔那些海报上又粉刷了一层涂料。

沃霍尔表示可以再做些别的。他连夜制作了一张印着罗伯特·摩西脸部照片的巨幅海报——但罗伯特·摩西表示这一点儿也不好玩。菲利普·约翰逊于是说，谢谢您，但我们不要。而那些参观了纽约州展馆的观众只能将就着看看利希滕斯坦和劳申贝格的作品了，还有花样滑冰运动员迪克·巴顿带领150位溜冰者和一只溜冰的黑猩猩组成的“冰上狂想曲”，馆内的展品中还有计划日后建在曼哈顿下城区的世界贸易中心双子塔的缩比模型。

世博会记录者劳伦斯·塞缪尔这样写道：“在世博会的会场之外，这个国家的根基正在一点点地崩坏，已经到了无法忽视的地步。卡美洛[1]的时代曾到来过，却已经过去了。”但对那些在摩西设下的总共89扇尽善尽美的旋转门里打转、穿行的人来说，在这片被《新闻周刊》昵称为“全球最大的游乐场”，总共约2.6平方千米精心设计的土地上，他们身边的一切都是那么地齐整和高效。

玛丽安想忘记所有的烦心事，哪怕只是一天也好。所以她和自己的母亲一起参观了世博会。卡萝琳·肯尼迪也做了同样的事情。4月的最后一天，在上一年的11月刚满六岁的卡萝琳紧紧抓着母亲戴着白手套的手。初春的风仍有几分凉意，两人都穿着白色的外套。看着她们，一些同去参观世博会的游客不禁流下泪来。杰奎琳·肯尼迪决心要让这一天过得轻松些，她拉着卡萝琳经过了总统馆，并没有进去看那张空荡荡的摇椅。母女俩在恐龙世界里对着霸王龙那30多厘米长的门牙惊叹不已。她们在通用电气馆里拍了拍电子狗的脑袋（卡萝琳说：“我想带它回家。”）。前第一夫人在伊卡璐染发剂的展台上认真研究把自己的头发染成各

1　Camelot，最初出现于12世纪的法国传奇故事中，后被描述为亚瑟王国的首都，是亚瑟王朝黄金时代的标志。

种颜色会是什么样子，当看到金发的自己时笑了出来。她和卡萝琳在佛罗里达馆里被跃起的海豚们溅了一身水，在湖上乐园玩激流勇进的时候又一次被溅了一身水。卡萝琳在爬上返家的轿车时问妈妈:“我们什么时候再来这里?”

* * *

肯尼迪家的轿车离去时也经过了福里斯特希尔，这条路线和英迪亚·甘地在为世博会奠基之后所走的路线一模一样。加长型的黑色轿车载着前第一夫人和她的女儿卡萝琳一直经过了邱园和长岛火车站，透过车窗能看得到莫布雷公寓、都铎公寓和本地的天主教圣母堂。教堂里的神父弗朗西斯·狄龙在吉诺维斯凶杀案之后的几个星期里已经听了好几起痛苦万分的告解。一些住在狄龙神父所管辖教区内的居民希望为自己的忽略之罪求得赦免。他们可能跟警方和记者们说自己并不知道那天晚上发生了什么，但当独自忏悔时，他们说自己是有罪的——那个可怜的女孩就在人行道上被捅死了，而自己完全没有去帮助她。

抗　辩

1964年6月8日，星期一，天气晴。温斯顿·莫斯利在这一天被送上法庭，等待他的是生或死的判决。那天早晨9点，记者们和好奇的看客就站满了皇后区刑事法庭门前的台阶。这座方方的白色石头房子距离基蒂被杀的现场不到600米。吉诺维斯案成了既让《生活》杂志、《纽约时报》，又让八卦小报兴奋不已的头条新闻。案件的事实信息并没有全盘公布，但无论是高规格的大报还是不入流的小报，都很确定这些消息会足够诱人——部分是因为那些“冷漠问题”，还有部分原因则是隐藏在基蒂的不幸遭遇背后由来已久的白人被黑人强奸的恐惧。

上午9:15，区助理检察官弗兰克·卡恰托里和查尔斯·斯科勒推着一部装满案卷的超市手推车穿过法院大厅。一个鼓鼓囊囊的文件夹里放着莫斯利用来对基蒂行凶的刀子。两个公诉人连推带搡地从人群中挤过去。与此同时，大厅的广播中正在通告只有少数访客将获准进入欧文·夏皮罗法官对本案进行裁定的审判室。斯科勒在回忆录中写道，当他和他的上司推着案卷走进法庭时，“现场无比混乱。我扫了一眼观众席，虽然本来就知道不该抱着希望，但我总想着，要是能有基蒂的直系亲属坐在那儿就好了”。能够亲眼看见基蒂悲痛欲绝的父母或者兄弟姐妹能让陪审团狠得下心来面对莫斯利的律师可能进行的一切辩护。“但当然没有人坐在那里……我们事先已经得知不用指望基蒂的直系亲属提供任何协助，无论是她的父母，还是她的三个弟弟妹妹。”基蒂被杀三个月之后，她的弟妹们仍旧瞒着母亲有关案件的一切细节。基蒂的弟弟文森特后来对《每日新闻》说过：“我妈妈无法接受这些事情。我们彻彻底底地当了逃兵，躲在谁也找不到的地方。”

记者们和观众们争抢着座位，9:30到了，出名地守时的法官夏皮罗敲响了他手中的木槌。

夏皮罗，59岁，身姿挺拔，在法庭上的作风和他笔直的坐姿一样刚正不阿。他的头发是银灰色的，五官很古典，让人想起影星查尔顿·赫斯顿。作为法官的夏皮罗才华横溢但不好相处，据说他曾这样露骨地对准备不够充分的律师表露不满——转过椅子去，让他们对着他的后脑勺说话。此外，夏皮罗还公开反对死刑。尽管如此，在这个明媚的春日早晨，当他朝着检方和辩方点头致意时，他正在主持的是一场几乎所有人都认为必然会以死刑判决而告终的审判。其他的判决都将无法满足这些在辩护律师的儿子鲍勃·斯帕罗的回忆中“无比急切，或许甚至嗜血”的公众。

“纽约州人民诉温斯顿·莫斯利案”以区助理检察官卡恰托

里的开庭陈词拉开了帷幕。卡恰托里先是站在陪审团席位前，直视每一位陪审员的眼睛——11个男性，1个女性；8个白人，4个黑人——他们每一位都感受得到这位平易近人的区助理检察官的灼热目光，尽管他的身高不过1米65。

他说："检方指出，在3月13日凌晨3点之后，有很多人曾听到了呼救，'救救我，救救我，有人在拿刀子捅我！'有好几位目击者可以作证，他们朝着奥斯汀大街上望去，看见一个男人在袭击一个女孩或者妇女，其中一位目击者打开窗户大叫：'放开那个女孩儿！'"当卡恰托里开始详细描述莫斯利的袭击行为时，犯人就坐在被告席上，他的身边是法庭为他指派的辩护律师西德尼·斯帕罗。莫斯利刚刚剃了头、刮了胡子，他穿着黑色的裤子，黑色的运动外套里是橙色的格子衬衣。他看起来好像没睡醒，就像是从头至尾听完无聊讲座的学生。但陪审团的成员们可不觉得无聊。

卡恰托里的同事斯科勒回忆说："弗兰克的开庭陈词对陪审团产生了我们期望的效果。每多一条残忍的细节，他们就会将视线从弗兰克的身上移开去瞥一下莫斯利。"检方决定不要提到那些邻居没有能够帮助基蒂，"这样一来陪审团就不会将愤怒从莫斯利身上转移到基蒂的邻居们身上去了"。为了确保陪审团的怒气都能冲着被告，卡恰托里花了十分钟的时间描述莫斯利的袭击行为，他的叙述实在太过绘声绘色，就连报社的记者都没法把这些话写进报道里去。但他说："我希望你们能够理解我的做法。我只是实话实说。"法庭上一片寂静。他接着说："检方将证明他是蓄意犯罪，故意杀害了基蒂·吉诺维斯。检方将证明本案中的每一处细节都指向一个能够负起行为能力的人的有意为之。因此检方也希望在合适的时机，你们将得出你们认为合理的裁定。”他的意思再明确不过了：裁定有罪，判处死刑。

因翻阅文书短暂停顿了一下后，西德尼·斯帕罗站起来面对陪审团。穿着考究的斯帕罗比衣服皱巴巴、脑袋光秃秃的卡恰托里高一些，言谈也更为犀利。他一开口就承认了他的当事人确实是个凶手。他朝着莫斯利的方向做了个手势，然后声称被告也是一个受害者，所承受的伤害是缺乏教养，“是他父母的一件工具”。原本是一个天真无邪的儿童，却被毫无廉耻的范妮和满腔嫉妒的阿方索带坏了。温斯顿原本“是个非常聪明、害羞、安静，甚至有些孤僻的少年”，苦思冥想着自己母亲说起的肚子里长了肿瘤的故事，由此开始关注起了女性的腹部，然后“性启蒙来源于一个黑人女性……而且是已婚妇女，就和他母亲曾经的所作所为一样”。又遇到了一个不忠的妻子。斯帕罗对陪审团说：“就这样，温斯顿·莫斯利越来越闷闷不乐，而他的头脑在这个过程中不断地发生变化，他自己对此却并不知晓。”这就是斯帕罗打算将他的当事人从电椅上解救下来的核心思路了：是让人发狂的生活本身将莫斯利变成了一个凶手。凶手，严格说来可不算是杀人犯。

斯帕罗继续说下去：“温斯顿开始感受到这个世界对于黑人是不公平的。”莫斯利的老板或许会让他开车送自己的女儿回家，但永远不会把莫斯利看作是和自己平等的人。因此莫斯利的心中充满了怒气。“他很聪明，他觉得假如自己不是黑人，一定会取得比现在大得多的成就。”斯帕罗宣称，1963—1964年的冬天，莫斯利心中那颗疯狂的种子就已经萌芽，发展成对女性的恶毒怨恨。

他唯一不憎恨的女性就是自己的妻子。斯帕罗称，贝蒂·莫斯利是温斯顿的“完美的妻子”。斯帕罗告诉法庭，莫斯利很想成为贝蒂的好丈夫。他放低了声音告诉陪审团，莫斯利一次次地努力想要和贝蒂维持正常的性生活，有时候为了克服自己的无能甚至会“采取超乎寻常的方式——医学术语称这种行为为‘舔阴’”。

接下来，斯帕罗自然而然地将话题从性转向谋杀。他说，在1964年2月28日晚上，莫斯利深夜出门开车兜风。他偶遇一个年轻的黑人女子正在奥兹公园停车，那地方离他家只隔了几栋房子。斯帕罗细述了莫斯利是如何在安妮·梅·约翰逊恳求他放过自己的时候开枪打死了她，然后想要和她的尸体发生关系，又因为不举而震怒，一把火烧掉了她的房子和她的生殖器。接下来，他和贝蒂还有孩子们一起度过了一个愉快的周末。这听起来像是正常人能做得出来的事情吗？斯帕罗从约翰逊凶杀案往后数了两个星期，说到了1964年的3月13日。“他不认识基蒂·吉诺维斯，对他来说这不过是又一个女性，没有特别的意义。”他承诺将会请来能够出庭证明他的当事人精神错乱的心理学家，精神错乱这种说法在1960年希区柯克的电影《惊魂记》上映之后已经广为人知。不仅如此，莫斯利或许是个会让希区柯克镜头中变态的诺曼·贝兹都感到恶心的精神病。“一个恋尸癖，一个倾向于将自己的怨气和性欲发泄在尸体身上的人。”说这些时，斯帕罗的咬字格外清晰。他接着说，因为不幸的童年和对于性的困惑，温斯顿对于女性的腹部和血液的迷恋“最终爆发为这一系列残暴的行为”。

斯帕罗将手举起来，仿佛在说，这听起来哪像一个正常的人会做得出的事情呢？现在轮到他来注视陪审团成员的眼睛了。他说：“你们每一个人不仅对我做出过承诺，更曾经庄严宣誓要执行法律。那么如果因为精神失常的缘故，温斯顿·莫斯利无法为自己的行为承担责任，你们需要履行自己的义务，裁定这个男人‘因为精神失常的缘故无罪’。”

夏皮罗法官宣布暂时休庭至次日。他说：“将被告押回去候审。”贝蒂·莫斯利看着两个法警将她戴着镣铐的丈夫带出了法庭。

* * *

基蒂的被害引发了骚动，民众要求改革紧急求救电话传递给警方的方式。波士顿、芝加哥、费城、旧金山和其他城市都采用中央总机交换台的方式处理紧急电话，但纽约仍旧使用馈线系统。纽约的市民可以拨“0”，或者拨打印在他们电话簿封面上的警局电话，每个区的警局都有自己不同的电话号码（皇后区的号码是JA6-1700，其中的JA两个字母代表了“牙买加”。）无论用何种方式拨打，电话都会被转接到本区的警方联络台，一个当班的警员会询问来电者的姓名、住址，聆听对于紧急情况的简单描述，然后再将这些细节传送到最近的辖区警署。民众也可以直接致电本地的辖区警署，警署接电以后，那里的总机接线员可能会派出一辆巡逻车，同时将电话转接到区警察局的联络台去，也有可能接线员认为这只是恶作剧或者假警报而直接忽视来电。大部分进线电话都会在总机日志上记录在案，但并非全部，而且每一个决策关口都可能发生延迟。警方可能只用几分钟就对某些紧急状况有所反应，但仅仅几个街区外那些急疯了的来电者也可能要等上几个小时，甚至什么回音也没有。

马丁·甘斯博格对于基蒂凶杀案的报道如今已名声大振，《纽约时报》上又刊登了他的后续报道，记述了纽约警方正在试行“在五个区使用统一的报警电话，从而加速处理紧急求救信息”。警方当时考虑以匹配字母的方式选择数字，比如用求助警方（For Help，Police）这个词组首字母所对应的数字，或者用2–6–7，因为这三个数字转换成字母拼起来恰好是“警察”（COP）这个单词。“但纽约电话公司的一位发言人表示使用字母这种想法已经被放弃了，因为无论多么简单的单词，总有些人在拼写时会有障碍。”墨菲局长宣称警方非常愿意尽快对紧急求救电话改革做出回应。他表示：“我想要强调的是，所有证人都可以不公开自己的个人信息。”但事实并非如此：很多警署的接线员仍旧要来电者表明身份。警察局长还恳请记者们协助打击犯罪，鼓励读者们给警方来电。甘斯博格的这篇后续报道语气相当谦虚，其中称：“墨菲局长援引了《纽约时报》中一篇关于凯瑟琳·吉诺维斯小姐被害的报道，并表示那恰好就是‘那类应该要通报警方的事情’的实例。”他完全没有提到原本就是墨菲最先向《纽约时报》提供了关于吉诺维斯案的情报，才有了那篇广为流传的报道。

甘斯博格还有意避开了一个经常造成警方紧急情况处置不利

的原因：有些民众讨厌警察。在很多美国人，尤其是纽约市民的眼中，或许警察（纽约警方成员中超过99%是男性）就等同于带枪的恶棍。基蒂、玛丽安以及她们那些同性恋朋友肯定也是这么看墨菲局长手下的17658位巡警以及3277位探员的，但不信任警察的可不止同性恋人群。一个《纽约时报》的读者就曾在一封写给编辑的信中提到："你可曾向警方报告过任何信息？假如你曾有过这样的经历，那么你肯定会发现自己成了那些恼羞成怒的警察攻击和欺负的对象，他们会对你说'你为什么不干脆搬出这个区呢？'，或者'为什么要来烦我们呢？'。也有可能你打进电话之后等了45分钟才有人在另一头理睬你。"据另一位来信读者说："对一个辖区警署的值班警员来说，晚上10点以后接到报警电话是最让人讨厌的事情。"还有一封信里提到："我好几次听到街上有人叫嚷，我打电话给警察，结果电话那头很客气地叫我管好自己的事情就行了。"有一些邱园的住户甚至会特地朝马路的另一边走，就为了不用和本区的巡警打照面。有人说："听了那些说法你会明白，警察并非你的朋友。假如可能的话，你不会给警方打电话。你不会想要和他们打交道的。打电话过去肯定会被他们盘问。他们想要知道你的名字，你住在哪里，为什么你会打电话……问那么多话的时候他们根本什么都还没开始做呢。有时候，那些佩着警徽的家伙其实才是最冷漠的。"

* * *

星期二是庭审的第二天。卡恰托里传唤罗伯特·莫泽尔走上证人席。莫泽尔住在莫布雷公寓的七楼，从莫布雷公寓能隐约看到奥斯汀大街北边的犯罪现场。基蒂的呼救声把莫泽尔从熟睡中吵醒，当时是3:15—3:20之间。莫泽尔告诉法庭:“我听见有个女孩儿在大声喊‘救救我，救救我’。”他说他走到窗户边上，看到有个男人在人行道上俯身朝向一个女的，他在打她。莫泽尔以为这是谁家的夫妻在吵架——虽然不怎么令人愉快，但这样的场景在百利酒吧门外并不少见。不过说到底，打女人是不对的。莫泽尔抬起窗户朝外面大喊:“放开那个女孩儿!”那个攻击者逃跑了。莫泽尔看着基蒂站起来，朝着铁路方向，往街角的药房走去了。然后她摇摇晃晃地转过路口，走出了他的视线。莫泽尔回床去了。

空姐安德烈·皮克住在莫布雷公寓的四楼，在莫泽尔下边三层楼。她作证说确实听到莫泽尔喊了“放开那个女孩儿!”，也看到了攻击者飞快地跑开了。但和莫泽尔不同的是她继续待在窗户边上，“差不多就是吓呆了吧”。她回忆说:“过了几分钟，那个男人又回来了。”她看着那个男人，他戴着一顶窄边的软呢帽子，帽檐上还插着一根羽毛。他在察看通往火车站的大门。他发现门都锁着，然后他朝着都铎公寓楼的背面走去了。然后她就看不到他了。她拨打了警方的电话，但她接着作证说:“可是我连气儿都喘不上来了。”一方面对自己的英语没什么信心，一方面不确定自己究竟看见了些什么，而且也害怕对警方表明自己的身份，她又把电话放下了。

卡恰托里提问道:“皮克小姐，你还看到什么别的吗?”

她说:“没有了。”那个男人转过了基蒂住的公寓楼的街角。“我什么都看不到了。但我听到了最后两声叫喊，‘救命，救命。’”

另一个证人艾琳·弗罗斯特作证说她看见基蒂跪在人行道上，也听到了她喊着“请救救我，上帝啊。我被人用刀子捅了”。

那天上午稍晚一些时候，卡恰托里将索菲·法勒叫上了证人席。她请基蒂过去喝过咖啡，也是听基蒂吐露过心声的人。索菲不愿意去想起她的朋友再也没有机会去探索生活中的其他可能了。她不知道基蒂是会选择和玛丽安继续过下去，还是会去做那个手术，有朝一日养育自己的孩子，也有可能两者皆是——谁能说得准1960年代和它以后的事情呢？但再也没有人能知道基蒂的选择了。温斯顿·莫斯利偷走了基蒂的未来。这会儿，在走过被告席时，索菲瞥了一眼莫斯利，不过旁听席上的人几乎都看不见身高1米5不到的索菲。假如眼神能够杀人，那么也就没有必要准备电椅了。随后，索菲开始对法庭讲述她如何在莫斯利初次进行攻击时听到了基蒂的声音。“我听到有人在尖叫。然后我仔细听，却没有其他声音了。所以我又睡了下去。”过了半个小时，电话响了。是另一个邻居格蕾塔·施瓦茨，她说有人在拿刀子捅基蒂·吉诺维斯。

索菲问：“什么？在哪儿？”

施瓦茨回答说：“在门厅里，就在卡尔的房间楼下！”

“快报警！”

索菲·法勒是最后一个上庭作证的目击证人。卡恰托里不需要其他人来了，尤其不要芬克和罗斯出现，生怕让被告有机会反去指责那些基蒂的邻居，就好像《纽约时报》《生活》以及那么多人已经做过的那样。在弗兰克·卡恰托里看来，夏皮罗庭上的唯一一个魔鬼就是坐在被告席上的那个男人，而他的任务就是确保那个男人被送去接受他应得的2000伏高压电。

索菲走下证人席之后，卡恰托里宣布检方的下一位证人："杰隆科小姐。"玛丽安曾在庭审之前遇到过检察官们，但如今已经想不起这些会面了。她说："当时我没日没夜地在喝酒。"她同意了事先编排过的说辞，即自己只是基蒂的朋友和室友，这是一个对双方都有好处的谎言。检方想要确保所有的关注点都集中在莫斯利的残忍上，而辩方也希望陪审团成员相信莫斯利只是精神错乱。基蒂的性取向对任何一方来说都可能让人分心，因而成了秘而不宣的内容。

证人杰隆科让法庭上的男人们记忆犹新。斯科勒回忆道："当玛丽安站上证人席的时候，大家无法不带着欣赏的目光注视着她。她留着短短的金发，美得光彩照人，像极了好莱坞大明星金·诺瓦克。"斯科勒的遗孀补充道："查理对玛丽安挺着迷的。至于她的女同性恋身份，他是想要保密的。一方面是为了保护基蒂的家人，一方面也因为这样会玷污基蒂的名声。"

玛丽安指认了她在上一个圣诞节送给基蒂的棕色皮夹，现在它被贴上了9号呈堂证物的标签。然后卡恰托里又展示了一样从犯罪现场发现的物件。

她说："那些是基蒂的房门钥匙和车钥匙。"

"你最后一次看见这些钥匙是在什么地方？"

玛丽安低声说："在地上。"当救护车将基蒂带走之后，她曾在沾血的门厅里看见过这些钥匙。

法官斥责了她："我听不见你在说什么，小姐。如果你想要自言自语，那就请你离开证人席。陪审团想要听到你的证词。请说得响一些。"

她说："我想我是在地上看见的。"

又过了一分钟，让玛丽安感到恐惧的公开表演就结束了。她可以走了。在她离开证人席的时候，她经过温斯顿·莫斯利面前，距离他不过几米远。她曾经幻想过要狠狠地盯着他看，逼着他低下头去，或者朝他吐口水，或者上去扇他耳光。她甚至幻想过要杀了他。而当凶手真的坐在她面前的时候，这样的想象却分崩离析。她甚至无法看他一眼。她走出了法庭，无视那些坐在旁听席和等在大厅的报社记者。玛丽安走下法院的台阶，离开了皇后区，没有回头。她再也没有踏上过邱园的土地。

第二天庭审稍晚些的时候，探员约翰·卡罗尔详细叙述了警方对于此次案件的最初反应和后续调查，以及对莫斯利的逮捕和他的供认。卡恰托里随后要求基蒂的叔叔维托·吉诺维斯——那个和过去五年一直待在亚特兰大联邦监狱里的暴徒毫无关系的叔叔——确认了在皇后区综合医院太平间里的尸体确实是他的侄女。接下来，纽约市助理法医威廉·本南森博士描述了基蒂的验尸结果（玛丽安说："我没有办法待在法庭里听这些东西。"）本南森列出了14处伤口，其中包括"两处刺穿伤，分别穿透了左右两胸，使空气进入了胸腔。其结果就是受害人肺部遭受压迫，她窒息而死"。

那个将邱园比作丛林的警督伯纳德·雅各布也在庭上讲述了他如何派出两名警员前往被告的工作地雷格莱姆的停车场边

搜索草丛，然后找到了基蒂的皮夹。雅各布还派探员米奇·桑前往莫斯利的家，桑按莫斯利所供认的位置，在一个工具箱里找到了一把带有锯齿的骨质把手猎刀。现在那把刀是第12号呈堂证物。雅各布承认被告让自己刮目相看，这位警督在法庭上称："他的口才一级棒，声调自然，用词精准。我对此印象深刻。"他描述了在某一个瞬间，莫斯利看起来似乎对什么事情感到后悔了。雅各布称，那是莫斯利刚刚在自己的供认状上签字之后，探员们挟他走过警局大厅的时候，有一群新闻摄影师等在那里。雅各布作证说："他问我，他是否可以遮住自己的脸。我问他为什么。他说：'因为我还有个父亲。我还有个妻子。而这是件挺丢脸的事情。'"

三个月过去了。坐在律师身边的莫斯利看起来一点儿也不羞耻。当区助理检察官卡恰托里从他和斯科勒推进法庭的一大堆案卷中抓出又一份文件的时候，莫斯利面无表情，视线空洞地越过了他。莫斯利的供认状长达十页，其中有些细节是媒体和公众都不知道的。记者们竖起耳朵听，但他们其实并不用那么紧张。卡恰托里转身面对着陪审团，他的声音响彻整个法庭。他开始朗读莫斯利的全篇供认状。

第二页上写着：

> 我追上她，然后对着她的背捅了两刀。有人在叫喊，我觉得害怕，因此我跑回了车上，倒车到最近的十字路口。……我觉得尽管有人在叫，但他们是不会跑到街上来看她怎么了的，而且我注意到在我倒车的时候那个女

的站起来了，好像是转过了路口，因此我又回来了，想着我应该能找到她。

莫斯利直直地看向前方。卡恰托里又翻过一页。

她不在火车站里。火车站锁着，于是我对自己说："好吧，或许她会在某个门厅里。"我试到第二扇门的时候，看到她就躺在地上。她看见我，又开始尖叫了，所以我又多捅了她几下。她好像安静了一点儿，现在她挣扎得不那么厉害了，我掀起她的裙子，然后割开了她的束腹带。我割开，也可能是拉下了她的内裤。她有用卫生巾，我把那东西拿出来扔掉了。然后我朝着她的腹部一刀扎了下去。我割开了她的胸衣，我不记得我有没有割开她的衬衣了，然后我拿走了她胸衣里的一片衬垫。

卡恰托里继续读下去。

问：她是否最终停止了尖叫？

答：是的。

斯科勒一直盯着陪审团。有些陪审员看起来很生气，也有一些看起来被恶心到了。这般详尽生动的供述让每一分钟都比实际感觉要长得多。卡恰托里就是要这样的效果。他继续往下读。

我压在她身上，我想要和她性交，但我做不到，因为我阳痿……虽然我确实高潮了，但我没有能够插入她。

当他终于读完了的时候，这位区助理检察官转向夏皮罗法官："检方说完了，法官大人。"在第二天的庭审开始四个小时之后，检方终于将这件案子陈述完毕。斯科勒后来是这样写的："我们刻意让案子简单明了，不想把水搞浑了。我们想要留下一个确凿无疑的结论，那就是莫斯利杀死了基蒂，他是恶毒、凶残的，当他犯下罪行的时候他有完全的行为能力。我们预料到了对方会辩称他精神错乱，因此我们一再重复莫斯利那些神志清楚、细节完备的描述。"

夏皮罗宣布正午休庭。莫斯利的供述还历历在耳，有些旁听者没有吃午饭。

下午，轮到西德尼·斯帕罗面对陪审团。精干利落的斯帕罗头脑中有两个目标。他想要说服陪审团他的当事人并非魔鬼，只是个疯子。将温斯顿·莫斯利看作一个人，将使得判处他死刑变得困难。认定他有精神问题将能让他免于为凶杀行为负责。

范妮·莫斯利是辩方的第一个证人。凶手那个丰满自信的母亲时年49岁，她走上证人席后首先让自己坐得舒服些。然后她赌咒说自己的儿子原本是棵好苗子，可惜长歪了，"一个安静的孩子"被她的丈夫——"一个非常乖僻的人"——给带坏了。她表示阿方索是个不合格的父亲，尽管事实是阿方索把另一个男人的儿子视为己出，养大了温斯顿。阿方索曾经威胁要杀了范妮，她作证说："我告诉温斯顿，阿方索开车跟着我，威胁要用枪打死我。这让温斯顿很不高兴，他去跟他父亲说过这件事情。”范妮显然并不知道她的儿子因为不想阿方索陷入麻烦而提出由他亲自杀了妈妈。当范妮形容着自己和温斯顿还有他的家人一起度过的愉快家庭生活时，她哭了。南奥兹公园的那幢房子在她口中是一个快乐、安全的地方，这多亏了温斯顿和他非常宝贝的德国牧羊犬沃尔飞。

辩护律师斯帕罗提问："沃尔飞是一条温和的狗吗？"

"不，是条烈犬。如果有人胆敢靠近，沃尔飞会把他撕成碎片的。她咬过好几次人。"

"那么温斯顿呢？"

范妮露出了微笑，她说："我们都爱温斯顿。温斯顿是我们家的国王。"

接下来轮到与范妮失和的阿方索·莫斯利走上证人席。头发花白、身材瘦高的阿方索背着长长一串犯罪记录：他曾十多次因为斗殴、扰乱治安和接收赃物被捕。同样49岁的他看起来比范妮要老，虽然动作还算敏捷，但手上的皮肤和眼睛周围一样留下了无数风吹日晒的痕迹。他在证人席坐下的时候瞥了温斯顿一眼，温斯顿回望着自己父亲的目光中有一种或许可以被称为爱的东西。

阿方索在庭上回顾了这个他看作自己儿子的孩子如何被从哈莱姆区送到密歇根，最终又返回了纽约。他说温斯顿一直是那种回避冲突的人，只有一次，他攻击了一个正在殴打他爸爸的男孩子，让那个男孩子少了一只眼睛。他说到了温斯顿的第一任妻子保利娜的出轨——那个女人就和温斯顿的母亲一样毫无廉耻——

但温斯顿最终和贝蒂一起在南奥兹公园安顿了下来，他有一份稳定的工作，是个顾家的男人。

斯帕罗问："他觉得开心吗？"

阿方索想了想，说："我从没能走进他的内心。我们是朋友，但我无法看透他。他总有自己那一套。"

接下来轮到温斯顿的两位妻子。保利娜·莫斯利在离婚七年之后仍旧用着温斯顿这个姓氏。她回忆了自己15岁的时候是如何遇到了17岁的温斯顿。他们在两年之后结婚，但保利娜厌倦了他长时间的沉默和那些独处的习惯。她承认自己和住在楼下的酒保有一腿，她确实背叛了自己年轻的丈夫。然后保利娜说到有一次温斯顿威胁要用枪打死她——然后她夺过了枪反过来指着温斯顿，但他只是耸耸肩，说："杀了我好了。"但保利娜并不想杀人。她放下了枪。在她印象中，温斯顿从来没有伤害过任何人。他把自己空闲的时间都花在打理蚂蚁农场上，喂那些蚂蚁吃面包屑和蟑螂。

"他是喂它们吃死蟑螂吗？"斯帕罗问道。

卡恰托里说："死蟑螂，活蟑螂，我反对提问。"

"反对无效。"夏皮罗法官允许保利娜接着解释，她说温斯顿喂蚂蚁吃活的蟑螂。那些蚂蚁会爬到对它们来说巨大的昆虫身上，啃很多很多口，直到把它弄死。保利娜还说到有一次有人把温斯顿的蚂蚁农场撞到地上去了。"他把我们所有人赶出去，这样我们就不会踩到蚂蚁了。然后他跪在地上，一只一只地把那些蚂蚁都捡起来放回箱子里去。"

再接下来，斯帕罗叫贝蒂·温斯顿上前。距离温斯顿被捕已经又过了十个星期，24岁的贝蒂独自照顾着马克、克里、狗和蚂蚁，继续支付房子和两辆车的贷款，躲避那些按门铃的记者，还有那些从窗户里偷窥采花杀人犯家的好奇眼神。现在，穿着护士制服的她勉力维持着自尊，发誓会说出全部真相。贝蒂作证说她作为一个执业护士能挣“90到92美元一周”。雷格莱姆的蔡德曼先生最近还给她丈夫加了一次薪。所以，他们并不缺钱。贝蒂还说，她和温斯顿的性生活是“正常的”，但因为他的习惯变了，所以最近他需要先行给贝蒂口交“作为一种刺激”。一直到前几个月，他都只是偶尔喝点儿酒。但最近他喝得很多，多到他仍旧那么瘦简直是个奇迹。以前，温斯顿是附近衣着最讲究、仪表最整洁的男人，但最近他颇有几分自暴自弃。贝蒂说，“我不得不命令他去洗个澡。”

“他爱你吗？”

贝蒂的回答是：“我觉得他是爱我的。”

她走下证人席之后，斯帕罗又用了好一阵子哗哗地翻着手头的文件。如果给辩护律师评托尼奖[1]的话，大概西德尼·斯帕罗每年都能被提名。最终是夏皮罗法官打破了沉默：“传唤你的下一个证人吧。”

斯帕罗又停顿了一秒，然后说：“温斯顿·莫斯利。”

1 Tony Award，美国戏剧界的最高奖项，用以表彰百老汇剧院的优秀现场演出。

质问魔鬼

莫斯利站起身来。轮到他作证了。他走过检方的桌子，脚后跟在铺着瓷砖的地面上碰出一下一下的“咔嗒”声。两天来，那么多的证词将他所犯的罪行进行了细致的描述，相信很多旁听者和陪审员都会惊讶于能做出这些事情的魔鬼竟然只有那么小的个头——身高1米7出头，体重不足55公斤。

莫斯利将左手放在法庭书记员捧着的《圣经》上，举起他曾拿过刀的右手，宣誓将只说真话。他在证人席上坐下来，屁股只沾着椅子的一角，双手交叠着放在腿上。

西德尼·斯帕罗用一种拉家常的语气开始提问。“温斯顿，你今年几岁了？”

“29岁。”

夏皮罗法官打断了他们。“请称呼被告人‘被告’或者‘莫斯利先生’。”

“好的，先生。”斯帕罗于是引导着他的当事人再次回顾了他坎坷的成长经历。莫斯利回忆了自己如何努力融入其他孩童中去。他说:“但我没什么亲和力。”

斯帕罗问:“你喜欢和你同年的那些男孩子和女孩子吗?”

“我几乎得去花钱买朋友。如果你能让孩子们对什么东西感兴趣的话，他们会围着那个东西转，因此我曾经动手制作过小木枪。”

被告人孤独寂寞的样子让一些旁听者略感无趣，但劳登·温赖特认为莫斯利是“一个非常特别的杀人犯”。在这位《生活》杂志专栏作家的眼中，“温斯顿·莫斯利最让人震惊的是他的脸看起来异常清秀。头顶上的黑色头发修剪成完全对称的形状，光滑的皮肤是浅褐色的，看得到五官投下的阴影。从远处看他的眼睛，感觉好像要比眼窝更加深邃。当莫斯利说话的时候，他的嘴动得很少”。还有些作家觉得莫斯利长得像猫，但同时他也有某些特征让人想起昆虫。他的性习惯就反转了公母螳螂的习性，他像母螳螂一样，交配之后杀死对方。再加上眼距比较宽和充满戒备的眼神以及瘦骨嶙峋的身体，他看起来确实像是螳螂，能够一动不动地等上好几个小时，然后一跃而起发动袭击。

莫斯利承认自己偷窃电视机和录音机，然后阿方索会在他那家位于科洛纳的修理店里出售这些赃物。然后，他回忆说，到了1964年的1月，他对深夜外出有了新的想法。贝蒂在埃莫赫斯特医院上夜班之后，温斯顿开始越来越晚睡，他喝啤酒，看电视，也思考。他想着的不仅是偷窃小件家用电器的事情。他想着的是性。他会把孩子们送上床，然后溜出门去。1月到3月之间，“我大概强奸了四五个人”。温斯顿用冷静的声音继续作证。“我有一把螺丝刀，我需要做的不过就是在凌晨时分拦住一个单独走在外面的女人。我会把她带到一个空的停车场，然后叫她躺下，她们从不反抗。”

“她们中是否有人脱下衣服？”法官问道。

“有一个主动脱掉了衣服，我其实并没有那个想法。”

“你是否曾想要杀死她们中的任何一个？”

“是的，我就是抱着这样的念头出门的。”

“为什么？”

“嗯，就是我有了这样一个想法，它比所有其他念头都来得强烈，我只好先把这个想法给完成了。”

“你这是什么意思？”

“对我来说，这就是一种克制不了的欲望。”

在辩护律师斯帕罗的鼓励下，莫斯利描述了自己在杀害基蒂之前两个星期的时候，如何尾随并且枪击了安妮·梅·约翰逊。在朝她的生殖器放了一把火之后，他开车回家，把自己清理干净，然后吃了早饭，出门去上班。他说：“我从不旷工。”

斯帕罗点了点头。他入诉讼这一行已经25年，在观察陪审团方面他早就是个专家了。他能感觉到那些陪审员心中产生了一个疑问，而且那恰恰就是他想要他们质疑的问题：眼前这个男人真的神志正常吗？

“3月13日那天，你是否曾一度离开过你的家？”

莫斯利说：“是的。”

“那天晚上你打算干些什么？”

“找一个女人来杀。”

“你有想过特定的肤色吗？”

“嗯，是的，我想要杀死一个白人女人。我想要看看是不是会有什么不同。”

“请告诉我们你都做了些什么。”

莫斯利在证人席上挪动了一下。“我在大约1:30或2点离开了家。一直到了将近3点我才找到一个能下手的对象。她开着一辆红色的车。我跟着那辆车，它开进了一个停车场。”

“一个白人女人。”

“是的，她是白人。”

“你是打定主意要杀她？”

“是的。”

莫斯利用他那轻柔而平静的声音回顾了自己如何戴上一顶绒线帽以作伪装。他走出了自己的车。有过一场短暂的追逐，他说（“我跑得比她快得多”），然后他跳到基蒂背后，连捅了她两下。刀子扎得很深。她发出了既惊讶又害怕的号叫声。街对面的公寓楼里有人在喊：“放开那个女孩儿！”

斯帕罗问：“你为什么不回家？”

“我不认为那个在叫唤的人会下来帮她。”

他回到自己的科威尔上，把车倒回阴影里，这样就没人能看到他的车牌号了。他脱下绒线帽，换了一顶帽檐上插着一支羽毛的软呢帽，想要迷惑那些可能看见了些什么的人。然后他又走了回去，到火车站的候车室里找基蒂。那里空无一人。他穿过了长岛火车站的停车场，试着打开了都铎公寓南边对着铁轨的一扇门。莫斯利作证说：“她就在那里。”基蒂爬不上楼梯，她蜷缩在地上。“她一看到我就又开始叫了，所以我得捅她几刀让她不要再叫了。”

斯帕罗在点头，仿佛在说，当然了，谁都会这么干的。私下里，他和其他所有人一样，认为自己的当事人是个彻彻底底的人渣。他有雅量，能钦佩莫斯利的聪明才智，但认为他是一个非同寻常的现代魔鬼，一个没有灵魂的精神变态，莫斯利比禽兽都不如，因为就连禽兽也没有他那么危险。斯帕罗认为让莫斯利听起来越是令人毛骨悚然，效果就越好——这样一来，莫斯利就会被认为是精神失常的，不用为杀人负责了。

“告诉我们还发生了什么。”

莫斯利事无巨细地描述了自己如何袭击了基蒂。他还特别补充道：“她当时正在生理期。”斯帕罗记得法庭指派的心理学家曾提到被莫斯利攻击的受害人中有三名正在生理期。看来他或许是小部分会被受害人的气味吸引的连环杀人犯之一。

夏皮罗法官再次插话道：“你想要杀死她，完成你手头在干的事情？”

“是的。”

“在你杀死基蒂·吉诺维斯之后，你有没有回想过杀死她这件事？你是否对她感到抱歉？”

“没有。”

“时至今日，你是否对她感到抱歉？”

“没有。”

斯帕罗觉得他应该能胜诉。如果莫斯利行事全凭冲动而非理智，那么陪审团就可能会判他无罪。斯帕罗还有一件想要讨论的事情。“你能否告诉我们你对于清洁的想法？”

被告说：“我喜欢干净。我喜欢整齐。我不喜欢把手弄脏，不喜欢。”

“当你的手上沾着血的时候，你觉得你的手脏了吗？”

“我洗手了，所以是的。”

斯帕罗对着区助理检察官微微一鞠躬，然后说：“卡恰托里先生，证人交给你了。”

检方再次让莫斯利回顾了他的少年时光。卡恰托里问到了莫斯利外婆农场里的那些动物。那里有奶牛、马、猪、鸡和蚂蚁。“看着蚂蚁建造隧道和寻找食物——就好像看着一座城市，是这样吗？”

莫斯利说：“你是可以将那比作一座城市。”

卡恰托里听起来好像很懂蚂蚁的样子。他说：“有一只蚁后，她管理着蚂蚁窝里的一切。”

莫斯利纠正了他：“确实有一只蚁后，但蚁后并不管事。蚁后只会生产更多的蚂蚁。工蚁和兵蚁负责打理整个蚁群的一切。”

卡恰托里站在那里聆听莫斯利的纠正，看起来很受教的样子。接下来他提到了莫斯利工作的雷格莱姆以及莫斯利对棒球的兴趣，他问道：“马里斯怎么样？今天他有一次二垒安打。”但是莫斯利对罗杰·马里斯也好、米基·曼特尔也罢都缺乏兴趣。事实上，他对任何戴着洋基队条纹帽子的家伙都没兴趣。他唯一关注的就是眼前这个衣服皱巴巴的卡恰托里。莫斯利两眼紧盯着卡恰托里，等着他将问题从棒球转向谋杀案。没过多久他就如愿了。区助理检察官再次提到了口交——这个话题给人的感觉是行为异常，但并非精神失常——然后再次回到莫斯利开车出门想要找个白种女人的夜晚。

“你自己知道自己在做什么吗？我的意思是说当你开车的时候？”

“是的。”

这听起来很合情理——检方再得一分。莫斯利作证说他尾随基蒂时保持着一段安全距离，遵守着行驶时的道路限速，而且停车时注意不离开她太远以免袭击不成功。他还作证说自己戴了工作手套，这样就不会留下指纹了。卡恰托里的目的是尽可能展现被告清醒的思维和缜密的计划，这虽然不尽然是心智健全，但也差不多了。在莫斯利纠正他关于蚁后的作用时，卡恰托里其实挺高兴的，因为莫斯利听起来就和生物学教授一样明智稳健。这样的一个人会疯到不明白用刀子捅死一个毫无防备的女人是不对的吗？

他问到了莫斯利的策略。在人行道追上基蒂并且朝她后背捅了一刀之后，他又捅了第二次。“你是想让她动弹不了，是这样吗？”

莫斯利说：“我觉得我得彻底杀死她才行。”

“然后，第二次之后，她倒下了吗？”

“是的。”

“有听到叫喊声吗？”

“是的，有人从窗口喊了一声。”

卡恰托里的声音激烈起来。“然后你就慌了，是吧？”

“是的。吓了一跳。”

“吓了一跳！你也会害怕啊？然后你做了什么？”

“我回到车上去，把车移开。”他停车，换了一顶帽子，然后回到人行道上，试着拉开一扇扇门，直到他又找到基蒂。一个个步骤都说明了这是一个理智的猎人。

“你看见那个女孩躺在地上，是这样吗？然后她又开始尖叫了。”

“对。”

“然后她又开始尖叫了”——西德尼·斯帕罗手下的一个助理曾经就因为这一段情节而听吐了——“她又开始尖叫了，所以你一刀刺进她的喉咙。因为声音是从那里发出来的，是这样吗？”

莫斯利的回答是：“是这样的。”

“所以，逻辑上来说，你用刀子捅她的喉咙是为了让她不要再叫了。你是这样想的吗？”

莫斯利承认当时他就是这样想的。他还脱去了一只手套来拉下自己的拉链。他还等了一会儿，直到她不再那么用劲抵抗的时候才强奸了她——“她就躺在那里，挺平静的，也挺安静的。”他还对无助的受害人施行了口交，因为他一直就是这么干的。当他无法勃起的时候，他就用刀子代替自己刺进了她的身体，直到他最终在这种侵犯中获得了性满足为止。莫斯利承认一切都是想好了的。他作证说：“我上了那个女孩儿，我没有勃起，但我确实有了一次高潮。”然后他从沾着血的地上捡起了基蒂的皮夹。那里面有49美元，他把钱放进了自己的口袋。

卡恰托里听起来很震惊：“49美元？”

“因为那样才实际。”

“实际？”

“我为什么要把钱白白扔掉？”莫斯利的反问听起来很有道理。

卡恰托里点了点头。莫斯利听起来神志清楚，和一个采花连环杀人犯该有的样子差不多。现在卡恰托里决定好好逼他一逼。他问道：“斯帕罗先生是不是曾告诉你，唯一为你辩护的方式就是宣称你精神失常？”

莫斯利说：“是这样的。”

“那你觉得你自己真的精神失常吗？”

凶手掂量着这个问题。然后他回答说：“我从不真的认为我精神失常。但听完你对我行为的总结之后，我觉得这些听起来不像是一个普通人会做的事情。”

“也就是说你觉得那些你自己做下的事听起来像是一个疯子干的？”

被告的喉咙第一次响了好几度：“不是的。我不是这个意思。我只是不觉得这些都是正常的事情，或者说，会是你认为正常的事。”

“我认为正常！”

一阵乱哄哄的反对之后，卡恰托里继续质问证人：“你对于说真话有什么概念吗？”

莫斯利又在椅子上挪动了一下。“有的。”

“当你站在证人席上，书记官告诉你举起右手，宣誓自己将只说真话，你觉得这对你来说意味着什么？”

“意味着我应该回答你的任何问题，我正在这样做。”

"当你举起手的时候，先生，你是否对着上帝起誓？"

"反对！"斯帕罗大叫。

法官说："反对有效。"

卡恰托里瞪了证人一眼，然后说："我没有其他问题了。"莫斯利回到了被告席的座位上，表情平静。

辩护律师斯帕罗又把莫斯利唤回证人席上，只问了一个问题："是你杀了芭芭拉·克拉利克吗？"克拉利克就是莫斯利在警署时供认的自己杀害的第三个受害者，致使《每日新闻》刊发了《两人供认同一起凶杀案》的头条，更转而使得警察局长叫编辑罗森塔尔多关注吉诺维斯案。

"是的。"但莫斯利在说谎。斯帕罗很满意——只有疯子才会承认自己并没有犯过的罪吧？

法官对莫斯利说："退下去吧。"

随后，辩方律师传唤奥斯卡·戴蒙德博士，他是沃兹岛曼哈顿州立精神病医院主任。列举戴蒙德的资历就花了将近一分钟时间："美国精神病学和神经病学委员会认证医师、美国精神病学协会成员……"夏皮罗法官简明扼要地对陪审团总结道："他是个一流的精神病学专家，很受认可，是个有名望和权威的人物。"戴蒙德发誓说他的专家意见是温斯顿·莫斯利并不知道杀死基蒂·吉诺维斯是不对的。"他告诉我说他觉得自己的思想正在堕落，他拼命想要改变想法。他的情绪是没有起伏的。"

另一个辩方证人埃米尔·温克勒博士是国王郡医院的心理学主任，他作证说莫斯利对于对和错的认知是"严重受损的"。在交叉询问环节，卡恰托里看向温克勒的眼神就和看门狗沃尔飞朝着邮递员望去的眼神差不多。“你说的是受损的，博士，不是破坏殆尽。”

“我说的是严重受损。”

“但并不是损坏得一点儿不剩。”卡恰托里对惊慌失措的精神病学专家晃着一根手指，质问他，一个男人追着猎物从霍利斯一直来到邱园，发现有人看着他的时候会去挪车，知道要换帽子来乔装打扮，而且逃跑的时候还知道要丢掉证物、把凶器上的血迹洗干净，这样的人会不知道他在做的事情是错的！温克勒支支吾吾，他已经失了立场。希德曼探长兴高采烈地回忆到卡恰托里“情绪激昂地连续逼问”那个倒霉的精神病学专家，使得“那个博士坐在证人席上尿了裤子”。

辩方的论证就此结束。卡恰托里对于辩方精神病学专家的回应就是传唤了威科夫高地医院的精神病学主任弗兰克·卡西诺博士。卡西诺宣称被告事实上是能够分辨对错的。他承认自己虽然从未与温斯顿·莫斯利本人见过面或者和他说过话，但他发誓说阅读其他人的报告和在庭审期间观察被告的行为就能让他确认莫斯利是有罪的，不适用于被称作“麦克那顿规则”的判例。这一规则可以追溯至1843年在英国对一桩谋杀案所进行的审理。当时一个叫作丹尼尔·麦克那顿的疯子射杀了首相的秘书，因为他错把那个倒霉的秘书认作首相了。麦克那顿因为一条全新的抗辩理由，即“因精神错乱而无法承担责任”，最终被判无罪。后来的杀人犯循着他的先例挣扎了121年。其中大部分输了案子，但也有少部分说服了法官或者陪审团他们“缺之理性”，无法理解自己所犯罪行的性质而获判无罪。毕竟所谓判定被告有罪必须建立在这个被告具有行为能力的基础之上——也就是说，这个被告必须能够分清是非而且刻意为恶。

精神失常的辩护方式从来就不是完全说得通的。在吉诺维斯案中，这一辩护策略让检方和辩方就细节问题纠结个没完，其中包括“思维能力和自觉的知识究竟有什么区别”。夏皮罗法官做出了裁定，要双方律师尽可能清晰地陈述己方的理由。除了漫长的庭审以外，他还有其他的顾虑。和律师们一样，法官也在努力应对“麦克那顿规则”导致的问题，而这些问题迄今为止没有一个法庭能够完全解答：一个人是否能够在明辨是非的前提下刻意为恶？如果要定莫斯利的罪，那么法庭上需要证明他是能够做到在明辨是非的前提下刻意为恶的。这样一来，就需要确定“是”与“非”的准确定义，甚至“明辨”的意思。同时还需要能够了解莫斯利的想法。这些事情或许还是让哲学家和通灵师来做更好些。法律要求卡恰托里能够向陪审团证明莫斯利是衡量过对错的，就像堕落天使路西法一样，最终选择了邪恶。而斯帕罗需要说服陪审团莫斯利并不能区分其中的差异。

在对检方的精神病学专家卡西诺进行交叉审问时，斯帕罗深入探究了莫斯利的病态。他问道：“您认为对一具尸体进行口交的行为算得上神志清楚吗？”医生不愿意谈论这个话题。即使是恋尸癖，总也比喜欢为尸体口交的恋尸癖来得正常不少吧。但既然两者都是偏离常规的性行为，谁又能判断究竟哪一种更加合理呢？卡西诺承认，莫斯利的行为确实很古怪，但他坚持说莫斯利是采取策略，一步一步地完成自己的既定目标的。“当情势中出现了未曾预料到的因素时，他能够使用或许能算得上一流的判断能力一一应对。”

“在有多人在场，而且第一次攻击行为发生之后有人对自己喊叫的前提下，仍旧返回继续作案，这也算是一流的判断能力？”

“我对这一点印象深刻。”精神病学专家陈述道，“他等了一会儿，并四处观望。感到没危险了，然后返回。这在我看来正说明了他有很不错的逻辑推理能力和理性思维能力。我认为，他正是因为自己做了明知不该做的事情而想要掩人耳目。”

斯帕罗继续追击，想要深入另一个检方不想提起的话题。当卡尔·罗斯从门缝里偷看到了他正在做的事时，他并没有停止继续向基蒂施暴，这也算得上神志清楚吗？

卡西诺表示或许不算。当时，罗斯有可能会举着枪冲出来，也可能会大声呼救，或者打电话报警。但莫斯利只顾着继续发泄冲动，将自己正在做的事情做完。不过在卡西诺博士看来，莫斯利那些一步一步地追逐目标，然后施行强奸和杀害的行为都相当理智。斯帕罗不以为然地摇了摇头，然后说：“我问完了。”当时是6月10日下午4:20。辩方终于也说完了。

* * *

斯科勒的回忆录中写道“随着时间一天天地过去”，走廊里等候消息的人越来越多了。“熟悉法庭程序的人都知道6月11日就要做结案陈词了，所以那天早上挤满了人，从电梯到法庭大门口不过50米不到的距离，我们花了差不多20分钟才从人群中挤过去。记者们不断地抛出问题，甚至等不及你去回答。‘那些邻居是否让你们的案子难办了？’‘陪审团今天会得出结论吗？’‘如果他被裁定有罪，你们会争取死刑判决吗？’”斯科勒期望他的上司卡恰托里能够赢下这个案子，说服陪审团判处莫斯利死刑。他对邻居们见死不救这个问题并不太担心，毕竟这个话题更吸引媒体而非法官。他觉得很兴奋，就好像他坐在前排看职业棒球世界大赛那么兴奋。“据说等到结案陈词讲完，有好几百个旁听的人涌出法院走到皇后大道上呢。”

斯帕罗先发言。他以“麦克那顿规则”为依据，宣称温斯顿·莫斯利无法进行理性的思考。他针对当事人的描述是：“这个人有病。我想说这个人的思维是病态的，精神是失常的。”人的头脑，斯帕罗问道，难道不是相当精密的仪器吗？“大脑或许是上帝或者人类能够创造出来的最为复杂的仪器了吧，我们的大脑造出了有几千个甚至更多零部件的IBM电脑、火箭和太空飞船，而我们的大脑本身远比它这些创造物更加复杂。但是，究竟是怎样的小故障或者零件缺陷会让我们的头脑开始发疯呢？”在斯帕罗看来，答案中或许包括了破碎的家庭、孤独的童年、不忠的妻子和偏执的社会，而且这些回答都不完全，甚至还有很多未知的因素，但最终的结果总是一台无法正常运作的机器，那就是他的当事人，一个不能按常理行事的人。斯帕罗一边指着莫斯利一边说：“就是这样一个人，他去强奸，他去杀人，但他说话轻声细气、性子平静，甚至从来不曾使用过亵渎的语言。”斯帕罗说他并非在为莫斯利拉同情。他承认，他的当事人残忍地杀死并且强奸了基蒂·吉诺维斯，这样的行为是令人发指的。但他并非刻意选择为恶。“癌症是一种病，精神问题也是一种病。不知何时一颗种子就此在他的头脑中生根发芽并发展至今。他无法停止这一切。他无法控制这一切。”假如陪审团成员赞同他的想法，那么他们将不得不判定温斯顿·莫斯利无罪，他无法为杀人负责。

在讲结束语时，斯帕罗恳请陪审团为了全人类的进步而奋斗。他说：“精神失常的人理应转交有资格治疗他们的人看护，犯过罪的精神病患不该在监狱里发疯或者被送上电椅处死。就在今天，就在这里，在这个法庭上，我们要调用同情心和理智，奋力去维护法律的尊严，并使之成为人类文明的又一个标志。我请求你们，我恳求你们，当你们回到陪审室去讨论本案时，请运用你们的同情心和理智。怀着谦卑的心情，你们将与主同行，用你们的善良和理智做出能够证明我们的进步的裁决吧。”

卡恰托里的战术更加简单。在检方的结案陈词中，他说：“有一个禽兽在皇后区的街道上晃荡。”他看着每位陪审员的眼睛，嘲笑了斯帕罗试图将莫斯利描述为一个少时经历挫折的内向青年，并再次回顾了莫斯利的性生活。他说：“这个家伙是有些出格的性行为。先是和保利娜试过几回口交，然后轮到贝蒂的时候就更为熟练了。这就是*偏离正道*。”卡恰托里还在继续发力，他的声音越来越高。“他们说，莫斯利一直在思考，喜欢和他的蚂蚁们一起玩耍。不仅如此，他在17岁的时候就和自己的姑妈厮混在一起，他干了那个女人啊！哦，对不起，他和自己的姑妈*性交*。”最后，为了不让陪审员们忘却他们之所以会坐在这儿，卡恰托里提醒他们在1964年3月13日那个冰冷的凌晨3：15到4点之间基蒂所遭受的煎熬。他想要陪审团的成员们在脑海中想象这样的场景：当她锁好车走向转角时，突然有个人冲出来袭击她——当时的基蒂该是多么地惊慌。被人用刀子捅！在肺部已经被捅穿了之后，基蒂需要有多大的勇气才能自己站起来并且走进一扇门内躺下来，身体还流着血，精神还未平复，但终于感到自己安全了。终于到了一个能够歇一歇的地方了。可是接下来，那个魔鬼又回来了，不将已经开始了的暴行做完不罢休。

现在，卡恰托里说，陪审团需要履行自己的职责了。他说："检方已经证明了温斯顿·莫斯利具备为自己的犯罪行为负责的能力。法律所能给出的唯一正义的判决只能是裁定有罪，一级谋杀罪名成立。"

夏皮罗法官给陪审团下达了指示，然后将他们送去休息室决定莫斯利的下场。11日的傍晚，记者们互相交换着彼此的猜测。陪审团需要花多久时间才能达成裁决？讨论得越久是否对莫斯利就越有利？他那么冷静地出庭作证，是不是会让辩方律师听起来没那么有说服力？又或者，他讲那些变态的罪行时就好像在描述自己出门办件事一样平静，或许反而更加证明了辩方的观点？还有那个法官，他一开始就明说了自己不赞同死刑的，他现在怎么想？和皇后区所有其他法官一样，夏皮罗法官在每个选举年的时候也得要获得选民的支持才行。他难道不知道公众都希望看到莫斯利玩儿完吗？

六个小时之后，陪审团向夏皮罗法官递送了一张纸条，上面写着：请告诉我们不同级别凶杀行为各自的定义。

一个记者记录道："这激起了一阵兴奋。"这就是说，陪审团或许对于一级谋杀罪的裁定还有疑问。夏皮罗法官将陪审员们召回法庭，细致地讲解了四个可能的裁决之间的区别。他们面临的选择是：一级谋杀，二级谋杀，一级过失杀人，二级过失杀人。晚上10点之后不久，陪审团继续回去讨论。有一些记者离开法院回家了。

过了十分钟，陪审员再次给法官送去一张字条：我们已得出结论。

他们再次回到了陪审席上。区助理检察官斯科勒回忆说："法庭里一片寂静，就好像在满垒的谢亚体育场里，球正朝着本垒板上飞去那会儿的光景。陪审员们走向自己的座位时都直视着前方。"

法庭书记官对他们说："陪审团的女士们和先生们，你们是否已做出了一致的裁决？"

陪审团团长欧文·赫尔夫曼，一个光头会计师，站起来说："我们已做出裁决。"

夏皮罗法官下达了指示："被告起立。陪审员们，请看向被告。被告，请看向陪审员。"这时穿着黑色裤子和白色扣角领衬衫的莫斯利转身面朝着欧文·赫尔夫曼，听着他说：

"我们认为被告温斯顿·莫斯利有罪。"

结　果

6月15日，星期一，夏皮罗法官所在的狭小法庭又一次挤满了人。大家都是为了本案最后的量刑环节而来，陪审团将决定莫斯利的生死。当天至少有1000个人挤在法院大厅、法院门口的台阶以及人行道上，甚至给门外皇后大道的交通造成了影响。

法官在当天早晨做出了几个重要的决定。他允许检方传唤了四个女人，都是莫斯利在开始杀人之前曾性侵过的受害人。这四个女人和吉诺维斯案本身并无关系。其中一个叫作琼·拉尼那加，34岁，在自家卧室里时被一个带着手电筒的男人突然冲进来袭击了。她知道自己会被强奸，因此恳求道："请不要在这个房间里，不要在我的孩子面前。"莫斯利的回答是："去他妈的孩子。"另一个受害人阿特拉·莫雷尔作证说莫斯利举着一把螺丝刀对着她的喉咙，强迫她为他口交，但他很勉强才能维持着勃起。"他那儿太小了。"最终莫斯利成功地强奸了她，然后让她离去。

睡眼惺忪的莫斯利坐在被告席上，身边的西德尼·斯帕罗认为这些强奸受害人的证词或许对辩方有利。莫斯利放了她们一条生路，或许陪审团也会放他一条生路。

夏皮罗法官的另一个决定让双方都感到意外。斯科勒回忆说："夏皮罗不允许将精神疾病的相关证据作为减轻死刑判决的依据。"这是个古怪的决定。陪审团已经聆听了好几位精神病学专家作证说莫斯利的精神变态扭曲。而斯帕罗所要的不过是在量刑阶段把他们几个带回来，花一两分钟时间再次重申莫斯利本身是个疯子，因而值得怜悯。但夏皮罗法官竟然不允许他这样做。他裁定陪审团已经一致认定被告神志清醒，能够为自身行为负责，因此这个话题就不用再提了。

辩方没有出路了。斯帕罗孤注一掷地对陪审团承认说他本人也觉得他的当事人在3月13日的凌晨对基蒂·吉诺维斯所做的一切都令人恶心。但他仍旧能在温斯顿·莫斯利的身上看到人性的光亮——尽管斯帕罗本人对基蒂是抱有感情的。"我在处理这件涉及基蒂·吉诺维斯的案件时并不能完全公正冷静，因为我认识基蒂·吉诺维斯。我曾做过她的律师好多年。"这句话可谓脱口而出。事实上，当基蒂1961年因为赌马上庭时，斯帕罗确实是她的代理律师，但他从未在庭上提起过这个细节。

法官夏皮罗相当震惊，他打断了斯帕罗："我们从未听闻此事。这也没有写在记录中。"尽管，当然了，如今——庭审那天的25年之后，这些话成了被质疑的问题。

那天上午11:25，在庭审开始了七天之后，夏皮罗法官对陪审团做出了最后的指示："你们的裁决只能是这两者之一：死刑，或终身监禁。你们必须达成一致之后给出裁决。"

半小时过去了，陪审团再次给法官传了消息。他们达成了一致。他们准备回来了。

法庭书记官在中午12:15的时候向陪审团团长赫尔夫曼提问："你们的决定是什么？"

赫尔夫曼说："全体陪审员裁决判处温斯顿·莫斯利死刑。"

记者们奔向法院大厅的电话机。《每日新闻》在一篇标题为《皇后区陪审团判处莫斯利死刑，旁听群众热烈鼓掌》的报道里写道："法庭里齐齐爆发出响亮的掌声和喝彩声，夏皮罗法官敲了敲他的法槌以恢复秩序。"一个资深的法院工作人员也表示："我从没见过这样的场面。"等喧哗声平息下来，人们再次纷纷落座之后，法官夏皮罗说了几句他的感言。"我不认同极刑，但当我看见这个魔鬼的时候，"他说："哪怕要我自己去打开电椅的开关，我也毫不犹豫！"

夏皮罗的宣言引发了新一轮的热烈欢呼。他又开口道："将被告带下去。让我们把他从皇后区送到死牢里去，越快越好！"

但没有人知道，夏皮罗法官当时所说的可能并非全部真相。

* * *

半个世纪过去了，辩护律师的儿子鲍勃·斯帕罗仍旧为莫斯利的庭审感到苦恼。"我父亲接手了一个苦差事，想要将那个人从电椅上救下来。"

鲍勃当年协助自己的父亲一同经手本案，他参与了策略拟定的部分。据他说，他的父亲知道想要获得无罪判决是非常困难的，但他对请精神病学家作证的部分很有信心。他表示："我们这边的两位精神病学专家都是很权威的人物，他们对莫斯利进行过检查，然后作证说莫斯利没有能力理解什么是对什么是错。在'麦克那顿规则'下，这就是庭审的关键了。然后检方也请来一位精神学家作反证，那个卡西诺博士，他从没有见过被告。那个专家竟然还有胆量在一个死刑案子上作证说莫斯利真的能够明断是非。如何得出结论的呢？就靠在法庭上观察被告！我们留心看了陪审员们的表情，他们好像被他搞得很反感，他们说：'这些精神病医生真是一点儿价值也没有。'然后，就把所有精神病学方面的证词全部丢弃不要了。"

至于夏皮罗法官最终将精神病学专家排除在量刑阶段外的举动，鲍勃·斯帕罗只能认为这件事"耐人寻味"。夏皮罗法官在1985年过世，他"是个了不起的法学家——而且公开宣称自己反对极刑。我们认为他是故意想要在案子的审理过程中埋下一个日后可以用来推翻判决的错误。这样，公众开心了，莫斯利仍旧能够逃脱死刑。夏皮罗可以宣称：'我会亲自打开电椅的开关'，这句话被国内甚至国际媒体多方引用，但说这话的同时他心里知道，等以后没有人关注这件案子的时候，他就能撤销之前的判决了"。

巴里·罗德斯赞同斯帕罗的推论。罗德斯是个语速很快的辩护律师，在后来上诉的那些年中，他是莫斯利的诉讼代理人。他表示："是啊，我觉得这就是个苦肉计，夏皮罗做出这个裁决就是想着要推翻的。我的意思是，替他设身处地想想看，你是个睿智的、杰出的、说一不二的法官。辩护律师说这个杀手就是个疯子，你却在最终宣判的时候无视那些精神病学专家的证据？这太荒谬了。即使是刚开始读法律的学生也知道这说不通。夏皮罗本来就打算有朝一日宣布撤销判决的。”法官一般都不乐意看到自己审的案子上诉之后被撤销判决，但按罗德斯的说法，夏皮罗的声望极高，一次撤销“伤不到他”。他表示：“这就是政治化的做法了。他需要应付一大群愤慨的皇后区民众。这样一来，他就可以先说他愿意亲自去开电椅然后为此赢得欢呼，但从长远来看，仍旧获得他想要的结果。”

诚如这般预料，在1967年，纽约州上诉法院判定夏皮罗在量刑阶段应该考虑精神病学专家的证词。莫斯利的有罪判决仍旧维持，但上级法院将他的死刑改为终身监禁。夏皮罗的计谋——假如那真是他谋划好的话——完美地得逞了，而且判决被撤销并没有明显地影响到他本人的名誉。1970年，纽约州州长洛克菲勒将夏皮罗提拔到纽约州最高法院的上诉庭去了。

至此，莫斯利在1964年春天所做的事情已经改变了几十个人的人生。之后，这些事还将影响到更多人。

* * *

最后一次看着武装的警卫将她的丈夫从夏皮罗法官的审判室带走，贝蒂·莫斯利痛哭起来。凶手的母亲也哭了。正如周围欢呼着的旁观者一样，贝蒂和范妮也相信温斯顿·莫斯利就要被送去和“老火花”见面了。接下来的几个星期里，两个女人都去死囚牢房探望了他。阿方索也去了。他本想着去安慰温斯顿的，结果却发现温斯顿平静得一如往昔，就好像自己被判的不过是个缓刑一样。

庭审之后一个月，贝蒂收到了她丈夫的一批衣物：四件衬衣，他出庭时穿过的黑色裤子和外套，一件套头衫，一块手帕和四双袜子。莫斯利在狱中给她写了张纸条：*我爱你。做个好女孩*。因为月供逾期，莫斯利那部白色的科威尔已经被美国信孚银行回收抵债了。随着时间的推移，贝蒂前去探望他的次数变得不那么频繁了，她一个人养育着孩子们。

范妮每个月去看望温斯顿一次或者更多，一直坚持了好多年。在上诉法庭给莫斯利改判之后，州政府将他从兴格监狱转送出去，范妮又开着她那部咯咯作响的小车从南奥兹公园出发，一直跑上560多公里，到阿提卡州立监狱去探望她的儿子。

* * *

自打基蒂的遗体从医院的太平间辗转到殡仪馆，最终在新迦南的湖景公墓里落葬之后，她的遭遇淡出了新闻报纸和杂志，转而成了记者述评、政治集会、广播和电视节目以及心理学研究的题材。很快，亚布拉罕·罗森塔尔出版了一本名叫《38个证人：基蒂·吉诺维斯案》的畅销书。这是这位《纽约时报》版面责编一生中写过的唯一一本书，洋洋洒洒的87页，在案件发生之后不到四个月的时间就出版上架了。他在书中推销着自己对于这起案件的看法：基蒂孤零零地死去，有38个邻居见死不救。和甘斯博格的头版文章一样，这本书也将基蒂被杀害一事描绘为城市中最为阴暗的那一面。她是城市生活的殉难者，她的那些邻居们是臭名昭著的新型魔鬼：一群无情无义的旁观者，眼睁睁地看着自己的邻居死去，就因为他们“不想被牵扯进去”。

1960年代的中后期，随着越来越多的种族暴乱、校园示威抗议、犯罪浪潮和暗杀活动——马丁·路德·金在1968年的4月被暗杀，两个月之后轮到罗伯特·肯尼迪——基蒂的遭遇恰好印证了《纽约时报》吉姆·拉森贝格笔下的“很多美国人在那些日子里所感受到的一种焦虑之情，那段时期社会风气转变很快，纽约的谋杀案发生率尽管30年来一直在上升，但在那段时间甚至超过了过去30年的最高位”。基蒂的死去和这一切并没有关系，但从回顾的角度来说，她的死去似乎预示着那些黑暗的日子即将到来。《先驱论坛报》开设了一个专栏，起名为“危机中的城市”，35岁的吉米·布雷斯林和30岁的迪克·沙普为专栏撰写那些被他们的一位同事称为“一座伟大的城市如何堕落的故事”。布雷斯林和沙普描绘了在基蒂过世之后变得不同了的纽约：“女性的包里都装着笔形防狼催泪枪。出租车司机在身边的座位上放着铁棒。店主在收银机边上存着木棍。在纽约这座全世界最重要的城市里，当人们走进公园、地铁或者走上人行道时，心情是恐惧的。而这种恐惧是有正当理由的。”

1965年10月12日，形容枯槁的约翰·林赛在邱园对着300个围观群众挥手致意。这位出身名门、来自曼哈顿上东区的国会议员——被戏称为上流社区[1]的代表，他正在参选纽约市市长。他

1 Silk Stocking District，直译为“丝袜区”。

的对手是民主党的阿贝·比姆和保守派新秀威廉·F.巴克利。林赛本人是个开明的共和党人，在那一天他的表现显然比对手技高一筹。在参加了“小意大利”[1]一年一度的哥伦布纪念日游行之后，他在那天下午步行巡视了布朗克斯区，然后走进第一六五街上的“瑞迪和麦克沙弗雷”酒吧，打算喝上一杯解解渴。

一个酒吧的常客说：“上次有个政客来过这儿，他没请酒吧里的所有人喝一杯。结果呢，真不幸，他没能赢得竞选。”林赛笑了，然后请酒吧里所有人来一轮烈酒配啤酒。他说：“我希望我会幸运一点儿。”

天黑了之后，林赛来到邱园的奥斯汀大街。就在莫斯利袭击基蒂的那个地方已经潦草地搭起了一个平台，装饰着红色、白色和蓝色的彩旗。候选人林赛爬上木头楼梯，走上那个平台，接过助手递上的麦克风，开始了慷慨陈词：“那场悲剧就发生在这儿，证明了对自己的邻人冷漠是一种条件反射，是一种被那些正因为民众冷漠才得以强大的政治机器传播的疾病。这种病态帮忙掩饰着虚伪的表象，那就是，现任政府在治理纽约方面其实做得一塌糊涂。”

聆听的民众坐立不安。基蒂的邻居们——那些并没有从附近街区搬走的邻居们——已经反复读到、听到那次事件或者“那个晚上”一年半之久了。他们已经习惯于听到别人说他们自私，甚至更糟糕的指责，他们不需要一个坐着高级轿车、来自上东区的自由派来对他们说教什么是冷漠。

---

1 Little Italy，指纽约的意大利裔移民聚集区。

林赛还在继续:"基蒂·吉诺维斯的遭遇告诉我们纽约的心灵、灵魂中缺少了一些什么。我们该去怪罪谁呢?问出'那有什么用'的是我们的人民。问出'为什么要把我牵扯进去'的也是我们的人民。"

人群里有个女人说:"怎么又是那些话。为什么他要说那个事情?"

林赛呼吁要建立起"人与人之间的责任感",他朝着照向犯罪现场的那盏昏暗的街灯挥舞着一只手,发誓说:"我们将要照亮这条街,是的,纽约的人民将会再一次昂首站立,为自己身在纽约而感到自豪。但这需要每一个人都愿意和自己的兄弟姐妹守望相助。这样一来,大门上的重重挂锁将不复是纽约市的象征!"

林赛确实赢下了竞选,但他的好运气并不长久。城市运输线路上的工人们在1966年的新年举行罢工,这也是新市长第一天上任的日子。地铁和公交车都停运了。林赛从他上东区的公寓顽强地走了6000多米路到市政厅。他说:"我仍旧觉得这是座很有趣的城市。"在此之后,又发生了多次骚乱、债务危机、"白人大迁移"到郊区去,以及更多轮的劳工冲突,其中最为典型的就是1968年的环卫工人大罢工,人行道上堆满了和人一般高的垃圾,它们还在不断地增加,并且没有人收拾,市长大人不得不艰难地跋涉其中。有些垃圾着了火,街道上充满着恶臭。随着纽约市的债务、垃圾和谋杀率手拉手一起往上攀升,《先驱论坛报》的沙普将林赛的话转写成了标题,让这座衰败的大都会有了一个颇有讽刺意味的新诨名:"逍遥城"(Fun City)。

* * *

玛丽安放弃了远洛克威那间能看海的房子，转而到康涅狄格州的纽黑文租下公寓。她不再继续画那幅基蒂的肖像。尽管她非常努力地将邱园的时光关进记忆的箱子里去，总有新的报道、言谈片段轻易就穿透她的防线，让关于基蒂的回忆再度浮现。有一天，她在广播里听到了菲尔·奥克斯的歌，他在唱着一个女人被陌生人袭击的事情，这个女人“被抓住了”，然后“被刀子捅了”，而她的邻居们待在自家公寓里，在安全的距离围观着发生的一切。

奥克斯除了在大规模的音乐活动中表演，也曾在都铎公寓楼下的“中场咖啡馆”里出没。他可是肩负着唤醒下层民众之责的民谣歌手，所以基蒂凶杀案的那些报道让他相当生气。他将1960年代的人情冷漠作为主题，在1967年发表了这首《在朋友们的小圈子之外》。歌的开头部分就唱到有个女人在众目睽睽之下被捅死了。奥克斯随后将视线转向1960年代中期的其他场景，极富酒吧风味的吉他拨弦声衬托着他坚定的声音，控诉着自私自利的美国人是如何无视那些贫苦的人、被压迫的人、被忽略的人以及毫无防备的人。

玛丽安伸出手去转台。她喜欢奥克斯，但这种刺痛的感觉太过强烈，使她不由得回想起在民谣城和基蒂一起度过的夜晚。她想着，基蒂若是知道菲尔·奥克斯把她写进歌里，无论出于任何原因，只要不是这一个，她都会是多么地高兴啊。

玛丽安在纽黑文的南康涅狄格州立大学继续修学，获得了心理学的学士学位，然后又修完了硕士阶段的课程。但她一直没有去申领自己的学位证。她说："在基蒂过世之后，我做了各种各样的很多事情。要集中注意力很困难。我已经失去了对人的信任——或者说，事实上，我已经不再相信任何事情了。"

* * *

《纽约时报》的马丁·甘斯博格后来写过关于警方野蛮行径的报道，也报道过一个叫作"青少年天堂"的无酒精夜店。但他一直密切关注着吉诺维斯案的后续。在基蒂身亡一年之后，甘斯博格发现邱园那些居民仍旧因为他起初那篇报道造成的影响而晕头转向。他甚至用不符合报纸一贯积极形象的悲观笔触写道："邱园的平静被打破了。新闻记者和电视台的摄像人员纷纷插手探究这个问题——找到那38个邻居。"这个数字不仅和其他一些报道不相吻合，甚至和他自己最初的标题也不一样。但现如今，"38"却已被笼罩在真相的光环之中。还有谁会质疑那38个家伙的冷血无情？在一篇后续报道中，甘斯博格是这样写的："当得知所有目击到凶案过程的邻人都没有报警，邱园的所有住户都强烈反对将此事公之于众。"这是个奇怪的断言。毕竟，他不可能曾采访过邱园的所有住户。就在同一篇报道的其他段落里，甘斯博格又提到了这些住户中有些人曾发起过"反冷漠"的公开活动，希望吸引更多公众的关注，而非更少。这么说来，甘斯博格上头的责编或许对"所有住户"那句话插了一手。罗森塔尔对那些和吉诺维斯案有关系的报道都怀着很强烈的兴趣哩。

1965年，甘斯博格在犯罪现场附近随机敲门采访时曾遇到过一个女性，她说："我不想被牵扯进去。"有个大学生对他说，基蒂被杀那晚之后，其实什么都没有改变过："我们仍旧是一群冷漠的混球。"甘斯博格还找到了目击证人罗伯特·莫泽尔，并且在他理发的时候采访了他。莫泽尔回顾了他在事件发生当晚的混淆——他确实是朝莫斯利喊过"放开那个女孩儿"，但他错把凶杀案当作不过是和平常一样的深夜吵架而已。"我以为就是两个小年轻打打闹闹"。卡尔·罗斯搬走了，没人知道他搬去了哪里。但甘斯博格首度爆料说基蒂曾在楼梯下面对他说过话："她抬头朝他呼救：'卡尔，我被人用刀捅了，救救我。'"

安德烈·皮克，那个法国空姐，告诉甘斯博格自从凶案发生之后，她很害怕晚上一个人出门。她买了只警哨。现在，假如她再看到公寓附近有鬼鬼祟祟的人，她会打开窗户吹响哨子。她希望如果被人袭击，她能有时间用上这只哨子。尽管她很确信自己的邻居是不会帮忙的。"他们连给警察打个电话都不愿意。他们太害怕了，连帮助自己的邻居也不敢，他们也害怕警察。"皮克详细地讲述了她在庭审时的证词，说自己确实听到了基蒂的呼救声，也确实打电话给了第102号警署。她说："我试过，我真的尽力了，但我连气儿都喘不上来，在电话里根本说不出话来。"所以她挂了电话。

甘斯博格还找到了山姆·科什金，他从西弗吉尼亚公寓的六楼窗户里目击了第一次袭击。科什金想要打电话报警。但他的妻子告诉甘斯博格："我没让他打。我跟他说，这会儿大概已经有

30个报警电话了。”玛乔丽·科什金或许帮忙决定了基蒂的凄惨命运。“这会儿大概已经有30个报警电话了”——当时很少有人注意到她的这句话，但她提及了一个因素或许能够解释为什么那个晚上在邱园无人及时出面干预正在发生的一切——这种情况后来被称为“旁观者效应”。

1965年3月，在甘斯博格的吉诺维斯案一周年纪念文章发表之后，他报道的内容和罗森塔尔负责的版面越行越远，但他从未彻底摆脱罗森塔尔的阴影。是罗森塔尔责编，而非他甘斯博格，前者为星期日发行的《纽约时报杂志》撰写了吉诺维斯案的评论，对“冷漠这种病症”耿耿于怀。他宣称，“当吉诺维斯小姐被人袭击时，那38个人没有拿起过电话”几乎是一件可以理解的事情。他们身上展现了大城市特有的冷漠，而这种冷漠“几乎关系到使自己在心理上得以存续——假如你的周围总有无数人围绕和压迫着你，那么为了让你的内心免于不断地被他们侵扰，唯一的方法就是彻底无视他们的存在”。他曾在加尔各答见过这样的冷漠，如今，他感觉这种阴影已经笼罩了纽约，直到“基蒂之死如凄厉的呼喊唤醒了这座城市”。同样，也是罗森塔尔，而非他甘斯博格，在莫斯利被判刑之后只过了一个月，就出版了影响力颇大的书籍《38个证人》。在书的最后一页上，罗森塔尔写道:“我认为，看待凯瑟琳·吉诺维斯凶杀案，只有两种逻辑是说得通的。其一，从奥斯汀大街上那些邻居的角度思考，他们会说‘让我们彻底忘记这件事吧’。其二，要承认，即使在每个人自成的孤岛上也有可能敲响丧钟，而承认此事的每一个人都必须对自己心中那个低语着要关上窗户的目击者心存恐惧。”

罗森塔尔是个性格复杂的人。盖伊·特立斯曾写过:“当他开心的时候，他脸上的每一处似乎都能放出光来；而当他不高兴的时候，他的表情是绝望的，情感就写在那里。”罗森塔尔无比相信美国梦的存在，而且坚信自己的生活就是最好的例证。对“冷战”，他持鹰派看法。欺负弱小之类的事情他是做得出来的，而且《纽约时报》的很多记者都认为他仇恨同性恋。1963年，他刚从海外回国，就注意到了纽约“明显是同性恋”的人数正在增加。他布置记者们去采写被《同性恋大都会》作者查尔斯·凯泽称为“那种肯定会让他出名的新闻：大手笔地报道关注度很高的话题，声称能够为读者提供关于某个特定话题他们需要了解的一切”。这篇报道也登在了头版上，发表的时间在基蒂被害之前三个月。文章的标题是《纽约同性恋增加引发广泛担忧》，文中讲述了“同性恋人群经常出没”格林尼治村以及其他一些地方，纽约已经拥有“或许是全世界数量最巨大的同性恋人群……这个话题引起了精神病医生、宗教领袖以及警方越来越多的关注”。这篇5000字的长文（特立斯认为这篇文章是“一流的”）中提到“同性恋有进行滥交和随意勾搭别人的倾向”，并引用了“很多专家”的意见，他们一再肯定造成性倒错的根源“是能够被预防和治愈的”。假如罗森塔尔知道基蒂也属于格林尼治村里那些有着反常性倾向的人群，谁知道他是否会有不一样的想法呢。

这位赢得过普利策奖的版面责编在1967年成为助理执行总编。当时的《纽约时报》在国际上亦有分量，在其盛名的保护下，罗森塔尔有意压制了质疑美国对越政策的报道。后来他还封锁过关于纽约艾滋危机的新闻。但罗森塔尔也有近乎英勇的时候。在吉诺维斯案过去15年以后,《纽约时报》面临一项抉择,究竟要不要刊发“五角大楼文件”——这些被泄露的文件证明了美国政府在越战问题上假话连篇。这一次,罗森塔尔摇起新闻自由大旗,拍板决定刊发文件(他说:“我不觉得这些东西真能帮到人民,但真相就是如此,担心也没有用。”)不过他倒是毫不犹豫地就把马丁·甘斯博格从吉诺维斯案的报道中一脚踢开了。他认为自己才是真正探讨基蒂·吉诺维斯案的权威。据一位知情人士透露:“在申报普利策奖时,亚伯·罗森塔尔竟用自己的名字”提交了甘斯博格撰写的文章,“普利策奖评选委员会都不知道该怎么办才好了”。最后哥伦比亚大学的普利策奖办公室确认,《纽约时报》同时提名了甘斯博格和罗森塔尔参评当年的本地调查性特别报道奖,参评作品就是那篇署名为甘斯博格的头版文章。尽管当时没有宣布,不过这篇报道并没有进入最终有可能得奖的三篇候选作品之列。

马丁·甘斯博格的儿子阿兰·甘斯博格表示:“我父亲不是个自傲的人,他从未表露过自恋的情绪,但他因自己为报道基蒂·吉诺维斯案所做的工作感到自豪。他觉得A. M.罗森塔尔写了一本关于这件案子的书,却几乎没有在书里提到他,这是不对的。”在甘斯博格家里,介绍过他那篇1964年头版文章的选集占据了一整个书柜。墙上挂着的一块牌匾是甘斯博格1964年被纽约州报业记者协会授予奖项的纪念。他还有一箱子各色得奖证明和奖状,包括几次“年度最佳新闻报道”奖。

很多得奖的记者都能获得晋升。但甘斯博格却被下放去做些特别版的杂碎工作,比如游记、菜谱什么的。他一直为《纽约时报》工作到1985年，最后一个职位是新泽西的本地新闻责编助理。马丁·甘斯博格在1995年过世。他的儿子说："他不是个会为此闷闷不乐的人。"尽管如此，马丁·甘斯博格从未原谅过将他那篇名留青史的报道据为已有的罗森塔尔。

求　助

人类拨出的第一通电话其实是一通求助电话。亚历山大·格莱厄姆·贝尔花了好几个月的时间来决定拨出这第一通电话之后说什么。他觉得打电话的人应该先确认自己的声音对方能够听到，然后再继续说话。但究竟用什么样的词句来表示电话已接通了呢？贝尔选择了喂（Ahoy），很多年来人们确实是这样应答电话的，直到托马斯·爱迪生建议大家改说你好（Hello）。但1876年3月10日在玛丽安到安索尼亚大酒店后面的公用电话接听基蒂来电的87年前，人类的第一通电话中，贝尔完全忘记了要说“喂”什么的。他把蓄电池的酸液泼到自己腿上了，然后他俯身抓起仍在实验中的设备，给他的助手拨出了第一个电话：华生先生，到我这儿来——我需要见你！

1956年，全美消防长官协会建议所有的城市都使用统一的紧急电话号码供民众在灾难发生的时候使用。加拿大警方使用的号码是999，虽然很好记，但假如用的是拨盘式电话机，那么拨这三个数字要花上好久的时间。芝加哥的紧急号码是PO5-1313，其中的“PO”两个字母代表着“警察”。其他美国城市各自使用不同的电话号码。1964年，马丁·甘斯博格在《纽约时报》上报道说基蒂·吉诺维斯案促使纽约警方和政客们一同推进使用统一的紧急电话号码来替代以前电话簿上登记着的各个行政区和警署各自为政的电话号码。三年之后，美国联邦通信委员会以及“贝尔系统”[1]宣布他们将联合选择一个能够让所有美国人都能记得住的紧急电话号码。

最终，这件事在1968年1月有了结果。“贝尔系统”宣布全国紧急电话号码是911，因为这个号码又好记，又方便拨，第一位是9也符合贝尔电话转接系统的惯例。电话公司期待着能够在这一年的晚些时候隆重地推出他们的这一创举，但亚拉巴马州的三个人却先一步抢走了他们的风头。

亚拉巴马电话公司老板B.W.加拉格尔是个好胜心很强的人，他在《华尔街日报》上读到了“贝尔系统”的计划。他想，那还等什么？他找了手下的一个员工，技术专家罗伯特·菲茨杰拉德，计划在人口数量为4500的黑利维尔接通911电话。一个月的准备之后，经过了好多次小事故、串线、深夜加班和费力苦干，州政府代表以及当地领导人齐聚在黑利维尔那幢红砖市政厅里。亚拉巴马众议院发言人兰金·菲特用市长办公桌上的电话拨出了911三个数字。工程师菲茨杰拉德在建于市政厅和监狱之间的电

1 Bell System，先由贝尔电话公司，后由AT&T领导的公司系统。1877—1984年，为美国和加拿大的大部分地区提供电话服务。

话转接站里待命，他看着机器将电话转接过去。先是9，然后是1，然后再是一个1。不一会儿，黑利维尔警察局长的办公室里，一部桃红色的拨盘式电话机响了起来。议员汤姆·比维尔正等在那里。在他身边坐着的是伯明翰警察局长，绰号“公牛”的西奥菲勒斯·尤金·康纳。四年前，康纳将警犬和消防水带对准了民权游行的队伍，四年来他一直在吹嘘这事儿（他说：“那帮黑鬼，不给他们洗个澡，就连我的狗都不想去咬他们。”）。这会儿，因为中风而坐轮椅的康纳微笑着，看着国会议员比维尔拿起红色的听筒，对着电话的那一头说：“你好。”

这就是美国第一通911电话的全部内容了。比维尔挂上了电话，然后这些政客一起出去喝咖啡、吃甜甜圈了。

* * *

1968年是变革的一年。这一年，俄亥俄州立大学的社会学家比布·拉塔内和普林斯顿大学的社会学家约翰·达利发表了一份里程碑式的报告。拉塔内和达利被基蒂凶杀案这个话题深深吸引，开始撰写专著《毫无回应的旁观者》，文中援引了社会交际信条：三股绳子拧在一起不容易断，也即人多力量大。这种将每个人与自己的左邻右舍捆绑在一起的传统模式能够带来“援助、温暖和彼此保护”。他们呼应了很多关于这起凶杀案的报告，指出在动荡的1960年代里有一种情绪在不断升温，人们认为“当今社会是支离破碎的，同情心这种东西已经快找不到了，旧的道德规范体系正在崩盘”。即使是三股绳子拧在一起，也已经拉到极限了。抱着对罗森塔尔《38个证人》的认同，他们提出的问题是现代生活是否已经创造出了一种互不关联、铁石心肠的新人类：城里人。

拉塔内和达利想知道怎样才能让美国人愿意涉入自己邻居的生活。他们先进行了一系列风险很低的社会科学实验，让大学生随机向纽约居民问路，或送给他们糖果，或在中央车站附近玩投掷飞盘，制造一点儿麻烦。大部分旁观者抱着怀疑的姿态，或者假装没有注意到他们。拉塔内和达利在情景设定方面更进一步，让那些可能加以干涉的人需要面临一定的风险，甚至可能达到生或死那么严重的程度。在几乎所有的实验案例中，他们都发现了一个未曾预料到的共通之处。他们如此记录道："一个很重要的因素决定了某个旁观者能够感受到多少责任，这就是他认为周围有多少其他人和他身在相同的处境，且也有能力帮忙。"

或者，就如同玛乔丽·科什金在她丈夫去够电话机时所说的那样，"这会儿大概已经有30个报警电话了"。

《毫无回应的旁观者》中提到，"让我们感到震惊的是有相当数量的人仅仅站着围观。但这也可能是解释他们行为的关键"。旁观者的数量"在很大程度上决定了他们将会采取怎样的行为，而这种趋势与我们通常的预期恰恰相反。他人的在场抑制了前去帮忙的冲动"。人数增多并不会带来更多的帮助，反而削弱了行动。

在一个实验中，一位年轻的女性将受测者带进一间教室进行问卷调查，然后她走进一道幕布之中。受测者会听到东西掉落发出的巨响，然后是她的叫声："天哪，我的脚。我的脚腕！我不能……把这东西……推开。”研究者发现，假如受测者独自一人待在教室里，那么他或她有70%的几率前往帮助那位女性。但假如受测者和其他人一起待在教室里——其他人是假装漠不关心的演员——那么他们采取行动的几率下降到仅有7%。

在设定场景中增加反面人物会增大采取行动所冒的风险。实验者们派出一个“小偷”从教室的一张课桌上偷走一个装满钱的信封。很多目击者都表现得坐立难安，但其中大部分最终假装什么都没有发生。那些明显注意观看了整个偷窃过程的受测者事后却宣称他们什么都没有看见。拉塔内和达利的推断是，人类处在压力之下时，潜意识里会对自己所承担的风险有所估算。假如一个旁观者没能亲眼看见或者亲耳听到什么坏事，比如那些只听到幕布背后传来声响的受测者，“他不必为自己的不作为心生愧疚，也不用担心自己突然冲上去会显得很愚蠢。他可以什么都不做”。

他们的研究成果表明，或许有一股社会力量影响到了基蒂的最后一夜。他们将之称为“责任的分散”——如此一来，愧疚感也会分散，就如同执行枪决时要使用行刑队一样。假如只有一个人遇到了麻烦，“他会因为不作为而承担所有的愧疚。但假如还有其他人在场，那么责任就分散到所有人头上，而事后的指责也无法直接针对其中的任何一个人”。

为了验证他们的理论，拉塔内和达利设计了一个“模仿基蒂·吉诺维斯凶杀案”的紧急状况。实验对象被要求等待广播指令，广播台就设在隔壁房间。过了一会儿，广播中传来一个声音（由研究者们找来的演员扮演，纽约有的是缺活干的演员），但所讲的内容似乎脱离了既定的内容。那个“指令播报员”会发出一连串的“哦，呃，呃”，假装自己癫痫突然发作，然后是“我需要帮助。是否有人……呃……我要死了。救命”。再接下来是一连串好像被什么噎住了的声音，最后声音消失了。

社会学家们特别在走廊里安排了一位助理。想要帮助那位垂死的指令播报员的话，实验对象只要通知助理就行了。那么有多少人这样做了呢？答案取决于这些实验对象认为有多少人和自己处在同一境遇里。其中有些人被告知，在其他房间里还有四个人和他们一样等待着聆听指令，也有些人被告知他们是唯一正在等待指令的对象。而这将导致完全不同的结果：在那些自认是唯一一个听到呼救的实验对象中，85%会报告助理好像出事了——那个“指令播报员”需要帮助。在那些认为还有另一个人和自己一起听到呼救的实验对象中，62%出手干预。但当实验对象们认为自己身处人群中，即那些认为他们是五个人听到了相同的呼救时，帮忙的比率直线下跌，只有31%的人会采取行动。尽管听到了喘不过气的声音和明确的求助，但有超过三分之二的实验对象只是端坐着，假装什么都没有听到。

《毫无回应的旁观者》指出吉诺维斯案的悲情之处就在于有几十个人都见证了莫斯利攻击基蒂的行为，而不是只有一两个人。如果心理学家的理解是正确的，那么我们中的大部分人在意识到没有其他人在场帮忙时，都能够鼓起勇气采取行动。但假如还有其他人也能做到相同的事情，情况就不一样了。如果还有其他人是能够帮忙的——其他人可能比我们更强壮，更勇敢，或者更冷静——那么我们会期望他或者她能带头行动。即便我们只是想到或者希望有别人会伸出援手，我们都会期待别人先上。

这并不是说当有人需要帮助的时候，我们会计划着或者甚至决定要坐视不管。当实验对象们被问到为什么会对别人癫痫突发的痛苦呼救声毫无反应时，他们的回答是他们“不知道该做些什么”或者“不知道到底发生了什么事”。没有人认为自己的责任感降低了。当被问到知道还有其他“目击者”是否会影响到他们的行为时，所有人都表示不会。拉塔内和达利的结论是，“旁观者效应”是一种下意识的行为。在报告的最后，他们呼吁要注意所谓的“城市里人情淡漠”的细微差别。他们写道：“诡辩的说法中也可能包含着一些真相，因为像吉诺维斯案这样让人吃惊的案子往往发生在大城市里。但我们的研究提出了一个不同的结论。这些研究的结果显示情境因素可能起到了更为重要的作用。了解旁观者们彼此之间的关系，而非旁观者和被害者之间的关系，或许将帮助我们更好地去理解为什么没有人出手干预。”

像这样的实验，在今天是不会发生的。大学和其他的研究机构都因为害怕承担法律责任而变得软弱无力，不敢将实验对象置于像听到癫痫发作的病人求救之类的刺激之下。如果有受测者因为压力太大而心慌意乱怎么办？他们还有可能突发心脏病呢。如果有受测者因为无视了别人的求救而感到太过丢人，结果就跑去打官司说这是精神虐待、让人丧失自尊，又怎么办？不过就在拉塔内和达利的开拓性研究之后的几年里，福德姆大学进行过一项研究，结果显示纽约的几百个行人都无视了一个男人撬开一辆停着的轿车。宾州州立大学的一位研究者再现了基蒂遭遇的困境，但在其中增添了几个变量，他发现当年轻女性喊着“走开！我不认识你”时，有65%的几率旁观者会向她伸出援手；但当她喊的是“走开！我不知道我怎么会嫁给你”时，只有19%的几率会有人出手帮忙。

旁观者效应，又叫“吉诺维斯综合征”，让纽约城市大学的赫伯特·考夫曼教授开创了一个被他称为“亲社会行为”的新领域。考夫曼想要找出方法让坏心肠的撒玛利亚人变成友善热心的邻居。另一个研究者，哈佛大学和纽约城市大学教授斯坦利·米尔格拉姆则因为让实验对象对陌生人施以（假的）电击的“同伴冲击”实验而出名。他将吉诺维斯案作为被他称作“城市心理学”领域的检验标准。福德姆大学的哈罗德·塔科申教授是米尔格拉姆的门生，他认为基蒂的被害引发了“三个在发生吉诺维斯案之前几乎不存在的领域”，它们分别是城市心理学、社会心理学以及对于亲社会行为的研究。

塔科申表示基蒂凶杀案是“2001年的‘9·11’恐怖袭击发生之前，在社会心理学文献中被引用最多的案例”。另一个社会心理学家，宾州州立大学的R.兰斯·绍特兰德则告诉《纽约时报》，在1964年到1984年之间，“有超过1000种文章和书籍试图去解释危机发生时旁观者的行为”。在同样的20年间，研究犹太人大屠杀的文献数量都没有那么大。

理解了旁观者们为什么不愿意施以援手并没有能够帮助到基蒂身后那些不幸的受害者：1984年，谢丽尔·阿劳约在一间酒吧被轮奸，朱迪·福斯特主演的电影《暴劫梨花》再现了这一案件；安吉尔·阿尔切在康涅狄格州的哈特福德被一部轿车轧过，很多过路的司机和旁观者无一上前帮忙，其中有些人对警方说他们“不想被牵扯进去”；两岁大的阿克塞尔·卡西安在加州特洛克被他的父亲活活踩死，而那些路人只是围观；2008年，埃斯敏·格林在布鲁克林国王郡医院里突然晕倒，她在候诊室的地上躺了一个多小时之后不治身亡；一个15岁的加州女学生在返家途中被轮奸，其他学生则在一旁围观；2010年，皇后区的雨果·塔莱-亚克斯因帮助一个被持刀恶棍逼迫的女性而胸口中刀，最终失血过多死去，周围的行人对受伤的他视而不见，其中一人还停下来用手机给他拍了张照；还有更多遭遇不幸的人甚至都没上过新闻。每一年，都有新的受害者遭遇到已被犯罪学家们视为城市生活的公开秘密：事实上，很多罪犯经常在公开场合犯罪，因为他们知道目击者们不敢对他们提出异议。尽管如此，塔科申还是能够看到进步的迹象。每一次相似的犯罪行为都会让人们回忆起吉诺维斯案，无论新的罪行发生在康涅狄格州的小酒馆里，中国的街头还是伦敦的人行道上，人们再度讨论起基蒂的案子，她的名字，还有被害人和见证者造成的忧虑。在塔科申看来，基蒂的遭遇已经引发了“全国性的灵魂大拷问，甚至更深层的质疑”。

911紧急电话系统或许是大家最为熟悉的变革，其实还有更多的变化，比如林赛曾承诺要“照亮这条街”，在他执政期间，纽约人行道上确实安装了一盏盏的高压钠街灯。在吉诺维斯案发生之后的数年间，很多州都实施了“好撒玛利亚人”法，鼓励目击者见义勇为，或者至少要报告警方。加州、佛罗里达州、马萨诸塞州以及其他七个州还通过了救援责任法，责令民众在不至于将自己置于危险境地的前提下，对有需要的人施加援手。基蒂的名字和这些法令以及其他一些改革都有关联，其中包括多个受害者以及目击者的援助项目、法律允许受害者在重罪庭审的量刑阶段讲话、罪案受害者可获得赔偿、性犯罪者登记制度、邻里互助组，以及全美各地基层民众自发对抗犯罪的各种努力。因她的被害而引发的深刻反省让无数的美国人考虑起自己对其他人负有的责任。在1960年代后期，未来的最高法院大法官桑妮亚·索托马耶尔——当时还是布朗克斯区卡迪纳尔·斯皮尔曼高中辩论队的一个辩手——携一篇关于吉诺维斯案的讲稿参加了一次演讲比赛。年轻的索托马耶尔主张："我们住在同一个社区，是一个共同体，我们一定不能忘记这一点。"她赢得了那场比赛。

因为在社会心理学研究中的重要性，吉诺维斯案或许还在2001年的"9·11"事件中间接地发挥了作用。在那个星期二的早上，四个基地组织的恐怖分子在俄亥俄州的上空劫持了美国联合航空93号航班。他们杀死了飞行员，割开了一个空乘的喉咙。劫机的歹徒们强制飞机朝东边飞去，打算让飞机撞击白宫或者国会大厦。他们认为乘客们会待在座位上听从他们的指令。但实际上，有一些乘客不愿意当旁观者。当时已有数以百万计的美国人都在心理学教材中接触过吉诺维斯案，现在我们已经无法得知托德·比默、马克·宾厄姆、汤姆·伯内特和杰里米·格利克是否也曾读过。但不管怎么说，他们的所作所为就是学者们通过吉诺维斯案来推动的"亲社会行为"的具体体现——和"我不想被牵扯进去"正相反的做法。（比默在一通使用了公开线路的电话中说："你们准备好了没？好，我们动手吧。"）这四个男人一起冲向恐怖分子。最后，93号航班上的英雄们和劫机者同归于尽，飞机在宾夕法尼亚州尚克斯维尔附近的一片空地上坠毁。他们的英勇行为拯救了地面上几十个，甚至几百个陌生人的性命。

2009年，全美航空公司的飞行员、昵称“萨利”的切斯利·萨伦伯格将失去动力、重达400吨的“空中客车”宽体客机奇迹般地迫降在哈德逊河上，拯救了155位乘客和乘务人员。1964年的时候，萨伦伯格还是得克萨斯丹尼森的一个中学生，他第一次听说了发生在基蒂身上的事。他无法理解纽约的人们怎能如此冷漠。他回忆说：“就在那个时候，13岁的我发誓如果有一天让我遇到这样的情况，如果有像基蒂·吉诺维斯那样需要我帮助的人，那我一定要做些什么。深陷危机中的人不该就这样被抛弃。”在创造了“哈德逊河上的奇迹”之后，当萨伦伯格和他的乘客们站在机翼上瑟瑟发抖时，周围的船只纷纷赶来帮忙，他感到仿佛纽约“向我们伸出了温暖的救援之手”。

越　狱

欧文·夏皮罗法官的“苦肉计”救了温斯顿·莫斯利的性命。法官竟然在庭审的量刑阶段排除了精神病学专家的证词，这个决定很快就在上诉时被作为推翻原判的依据。莫斯利免于坐上兴格监狱的“老火花”重蹈罗森博格的覆辙，转而被关进戒备无比森严的阿提卡州立监狱里的一间双人牢房。

纽约州没有对莫斯利处以电刑，但让他接受了一系列测试。脑电波结果：正常。智商测试结果：112，其中语言能力测试得分为118，低于庭审之前的表现，但仍旧属于“高智商”的范畴。一位测试人员形容莫斯利是“有礼貌的、谨慎的、合作的”。一份机密的精神病检验报告中列出，莫斯利有着内向的、“强迫性的人格——对日常生活中的很多小细节都抱以一丝不苟、谨慎小心和严格到苛刻的要求。或许患有初期的精神分裂症”。他在掩饰和阻断情感方面显然相当熟练，也即是说，他“在心理上有相当强的抵御力”。

莫斯利是个模范犯人，过着安静的生活。他和其他犯人一起打乒乓，或者到监狱的图书馆里读书。有时候，想到自己要在这个地方度过余生，莫斯利难免闷闷不乐，他会回到自己的牢房里睡上好长时间。一位由州政府指派的精神病医生杰西·查尔斯博士和莫斯利进行了谈话，他自称和莫斯利坐在一起时觉得身上发冷。查尔斯博士在一份机密记录上写道："他并不高大，是个给人以柔弱感觉的男性。他的脸上几乎没有表情，有时会显得不合时宜。他似乎是个'冷血动物'。大概因为这位处于精神分裂临界状态的犯人对于周遭事物太过敏感了，为了生存下去而不得不刻意压制生活中所有的情感，以至于变成了一个失去'感觉'的人。他已经不再具有那些使他成为人的东西。在我看来，判断他究竟患有严重的精神分裂、临界状态的精神分裂或仅仅是普通的精神分裂并无意义。我认为真正有意义的是，不能让这个人再度回到社会中去。"

莫斯利在狱中写了几百封信。他的笔迹清晰流畅，虽然信纸上没有印着条格，但他的每一行字、每一条边都像精心规划过一样齐整，用词也很考究。他写给贝蒂，写给范妮，写给阿方索，写给律师，也写给典狱长以及监狱的其他官员，抱怨监狱里的生活太过枯燥乏味，监狱里对待犯人太过种族主义，也要求探望、要求带杂志去，还提出想要一个小收音机。他在信的结尾处总是用花体字签名，姓氏的第一个字母M拖出长长的花体字尾，最后的字母y则做作地绕了两个圈。这是一个表现欲极强的人才会有的笔迹。

在一封信中，莫斯利描述自己是"一个受尊敬的、被信任的囚犯”，不得不忍受阿提卡监狱那“苛刻的纪律、持续的残暴、恶毒的种族主义以及同性恋的骚扰”。他想要出去。后来，莫斯利承认，就在1967年抵达阿提卡监狱之后不久，他已开始考虑被他称为“孤注一掷”的行动了。他想逃跑。

1968年3月12日，距离莫斯利出门猎杀白人女子的那天刚好四年。吃过早饭之后，莫斯利向狱卒报告说他身体很不舒服，而且是私密的地方不舒服，他一边说，一边暗示是裤子后边那个地方出了问题。当天上午晚些时候，阿提卡监狱的高级医师塞尔登·威廉斯博士为犯人莫斯利进行了检查，发现有异物卡在他的直肠里。这件异物竟然是一个装午餐肉的那种罐头——莫斯利一定是从监狱的小卖部买的。这东西有7.6厘米左右宽，将近3.8厘米高，就嵌在“直肠以内大概2到5厘米的地方”，周围血淋淋的，沾着粪便和一点儿塑料袋。威廉斯医生无法想象莫斯利是怎么把这么个东西弄到自己的肛门里去的。他回忆说：“我实在不能理解他是怎么塞进去的。”这么做肯定会让他痛得死去活来的，但在威廉斯医生为他检查的时候，莫斯利看起来和平时一样冷静，只是稍微龇牙咧嘴了几下而已。

威廉斯医生和他的医疗团队给莫斯利进行了全身麻醉，打算取出那个罐头。病人昏迷之后，他们用上了钳子、镊子和手指。“我能把手伸到罐子后面，甚至能让它左右晃动，但我没法把它拿出来。”医生如是记录道，“在这样进行了三刻钟之后，病人出了不少血。我觉得他得去综合医院才行。所以我停止了努力，去给梅耶尔纪念医院打电话，医院在布法罗”。这一切正中莫斯利下怀。

E. J. 梅耶尔纪念医院的外科医生们取出了那个罐头，病人恢复得很快。六天之后，3月18日，莫斯利将被押送回56公里之外的阿提卡。一辆州政府所有的福特牌厢型汽车和两个狱卒被派去接犯人，其中只有一人配枪。赫曼·斯潘塞，平时被人简短地叫作“赫”，56岁，是个胖胖的老资格狱警，屁股上挂着一把短管的点32式手枪。他到医院办了手续，然后接管了穿着病号服、坐在轮椅里的犯人。莫斯利才做完直肠手术没几天，肯定还浑身酸痛着。狱警斯潘塞推着莫斯利的轮椅进入一间更衣室，莫斯利艰难地脱掉了病号服，换上灰色的监狱制服。他弯腰去系鞋带，然后猛地朝门的方向扑过去。

斯潘塞回忆说："他猛地一顶，把我撞得失去了平衡。"然后，"一切都发生得太快了"。莫斯利撞倒了警卫，冲到走廊里，然后他跑向了最近的出口。

按斯潘塞的描述，"我立刻恢复镇静，然后跑出去"，刚好看到莫斯利飞快地向着一排松树跑过去。"我喊着他的名字，告诉他立刻停下，并且开了一枪作为警告。"但莫斯利仍在奔跑。

斯潘塞喘着粗气跑过停车场的时候遇到了一个路人。那个男人问："你是在找一个黑人吗，奔跑的黑人？"

"是的！"

"他刚刚翻过了围墙。"

* * *

莫斯利无视布法罗肯辛顿高速公路上往来的车流，又爬过另一道围墙，然后飞快地沿着杜威大道朝西边去了。在这个街区的中部有幢小房子，门口的车道或者车库里都没停车。他打破了地窖的一扇窗户，然后爬了进去。那时，狱警斯潘塞已经放弃了追逐。他回到厢型汽车里，用电台向阿提卡监狱的上级、纽约州警察总局、布法罗的地方警察局以及伊利郡治安官办公室通报有犯人逃跑。几分钟之后，搜捕行动就拉开了帷幕，警员们活跃在16个州的大街小巷，搜寻一名被伊利郡的区检察官形容为“残暴的禽兽”的逃犯。

莫斯利的藏身之处距离医院不过900米。房子里又闷又脏，已经三年无人居住，但对于一个在监狱的牢房中住了四年的人来说一定足够宽敞。莫斯利翻遍了所有的衣柜、抽屉和壁橱，找到了很少的罐头食物、一把折叠刀以及一把填满子弹的点45口径左轮手枪，这让他很是惊喜。他便在这个安全的地方待了下来。与此同时，布法罗里到处散布着不实的目击证词，都是关于那个新闻里称为“逃亡杀手”、“吉诺维斯案凶手”的逃犯温斯顿·莫斯利的。布法罗警方和州警察部队循着线索四处出击，却一无所获。

躲了三天之后，莫斯利尝试着拿起电话。他很意外地发现仍有拨号音。他打电话给纽约州雇佣服务中心，“请派一个清洁女佣过来，”他说，他很乐意为此付费，“请马上派个人过来”。服务中心派出了一个年轻的黑人女子泽拉·摩尔，她住在布法罗一幢绿色屋顶的房子里，只需要开1600多米路，从医院这边穿过高速公路，就到了杜威大道这幢安静的房子。她按响了门铃。一个瘦削、声音温和的男人请她进门。那个男人等她打扫完房子之后便拿出之前找到的手枪威胁她："按我说的做，不然一枪崩了你。"接下来的五个小时里，泽拉·摩尔恳求那个男人放过她，因为她家里还有等着她回去的孩子们，莫斯利强奸了她。最后，莫斯利警告摩尔不能告诉任何人他的所在，然后让她离开了。

痛苦万分的清洁女工并不打算报警。她不相信警察。她也害怕莫斯利会再次逃脱来找她。但她又不希望还有其他人走进那幢房子里去。雇佣服务中心给了她屋主的电话号码。房子属于珍妮特·库拉戈阿，她是布法罗综合医院的医疗技师，她的父母曾经住在杜威大道的这幢房子里，直到她的父亲逝世。摩尔打电话给库拉戈阿："说来可笑，那幢房子有些古怪。"

库拉戈阿不觉得这有什么可笑。她的母亲离开那幢房子时留下了不少东西，其中包括一把手枪。现在这个清洁女工一听就是被吓着了，说什么"地板上有苹果皮和橘子皮，有张床看起来像是有人睡过"，但又不肯讲得再清楚点儿，只有一句"我可不会再回那儿去了。你也不要让你妈过去"。

布法罗第16号警署的警方记录显示，一位警员在3月21日早晨7点刚过的时候接听了来自珍妮特·库拉戈阿的电话（布法罗也正在建立911报警系统，但整个系统转换一直到1988年才全部完成）。库拉戈阿说她因为父母的空房子"有些古怪"而担心。似乎有人住在那儿。是否能请一位警员到杜威大道278号和她碰头？

值班警员的回答是"不好意思"。马上就要到换班时间了。"下一班警员8:30就到了。您到时候再打过来，会有人去和您碰面的。"

库拉戈阿不打算等。她和她的丈夫马修一起开车去了杜威大道。他们在广播报道里听说有个杀人犯越狱了，但并没有对这条消息多加注意。不过当他们看到被打碎的地窖窗户时，马修从车里拿了根撬棍当作武器，以防万一。马修·库拉戈阿40岁，是个化学研究员。他并不认为自己是个壮汉，但这幢房子属于他和他妻子。不管有没有警察一起来，他们都不准备让某个不请自来占着房子的外人或者一群开派对的小毛孩子把这个地方当旅馆用。

珍妮特·库拉戈阿用她母亲的钥匙打开了边门。两人的眼睛还没适应房子里的阴暗，就和温斯顿·莫斯利打了个照面。他站在一小段楼梯顶部的阴影里，手里端着那把从房子里找到的点45手枪，枪口指着他们。马修·库拉戈阿放开了手里的撬棍。

莫斯利的声音是温和的。他看起来挺公道。“请进来，我不打算伤害你们。”他将两人带到起居室，三人在沙发上坐下。莫斯利拿走了珍妮特和马修的皮夹，从里面一共拿走了31美元。“现在我们上楼吧。”他手里握着枪，跟在他们后面。

他们走到了一间卧室。莫斯利叫马修把衣服脱了。马修一直脱到只剩下内衣的时候，莫斯利转向珍妮特说：“把他捆上。”他在旁边藏了一捆晾衣绳。他用那把房子里找到的折叠刀切了几段绳子，扔给珍妮特。但珍妮特的手一直在抖，她没法完成任务。于是劫犯亲自出手，熟练地将她的丈夫绑了起来并堵上了嘴——手腕绑在背后，脚踝捆在一起，还不忘朝马修嘴里塞进一团湿棉花，外面勒了条毛巾，绕到脑袋后面打了个结。个中技巧，当莫斯利还是个造雷明顿兰德计算机的操作工时是不会的。是四年的监狱生活教会了他这些。

珍妮特站在床边，依旧衣着整齐。莫斯利堵住了她的嘴，然后捆住了她的手，但没有绑她的脚踝，这样她就能自己走到另一间卧室里去。这时候，他提到了自己的名字，说他就是“莫斯利，那个逃跑了的杀人犯”。

马修躺在他岳母的床上，脸朝下，四肢动弹不得。他努力地聆听外面的声音，但什么都没有听到。大概过了五到十分钟，劫犯回来了，拉下了窗帘。莫斯利对珍妮特做了什么？强奸了她？还是杀了她？马修听到了衣服发出的窸窸窣窣的声音。然后他听到了皮带扣发出的叮当声，那是他自己的皮带扣。屋子里仍有足够的光线，能看到劫犯现在穿着马修的裤子、运动外套、衬衫和领带。莫斯利打好领带，看起来简直像个学校老师。或者是个化学家。

“这儿离纽约有多远？”

莫斯利把马修嘴上的毛巾松开一些，刚好够他含糊地说话：“大概640多公里。”马修害怕极了，甚至不敢问起自己的妻子。

然后，莫斯利离开了。一分钟之后，马修听到屋外他的车启动的声音。那是辆1962年产的水星牌彗星，白色，无论车的大小还是颜色都和莫斯利在南奥兹公园时开的那部科威尔一样。莫斯利把车倒进杜威大道，然后朝着纽约州直达高速公路开去。

房子里静悄悄的。马修努力地挣扎着，花了好几分钟才终于让双手挣脱出来。他解开了脚上的绳子，跌跌撞撞地走向隔壁房间，他的妻子手脚摊开，呈大字形躺在床上。

莫斯利把珍妮特的两个脚踝分别绑在相对的两根床柱上。和当初对基蒂的做法一样，他也用刀划开了她的胸衣。他吸吮着她的乳头，想要强奸她，却没法勃起。这次侵犯结束得比进行侵犯的人所希望的要快。马修努力给珍妮特松绑的时候，她将一切都告诉了自己的丈夫。她说莫斯利强奸过后站了起来，用她的衬衣遮住她的胸口，还提出可以帮她把裤子穿上。这时候珍妮特的嘴里还塞着东西，她摇头表示不要。莫斯利拉住她的手，从她的手指上脱下了一枚钻石订婚戒指和一枚铂金婚戒。然后他又一次俯身对着她，“离开这间屋子之前，他拍拍我的头，然后对我说他希望我再也不用经历这样的事情”。

当天，库拉戈阿夫妇第二次给警方打电话。这一次，值班警员派了车过来。探员米基·加尔涅茨基和乔·施瓦茨与憔悴的库拉戈阿夫妇谈了话，给他们看了一些照片，里面混入了莫斯利入狱时的大头照。两位警员都参加了三天来在多个州进行的搜捕行动。加尔涅茨基在布法罗州立大学上心理学课程时曾读到过基蒂·吉诺维斯案，和很多读到基蒂这段遭遇的人一样，他也希望当时自己就身在邱园，这样就能够帮助到她了。当库拉戈阿夫妇指着莫斯利的照片说“就是他！”的那一刻，他的心猛地跳了一下。

莫斯利正在高速公路上的车流中穿行。自由来得突然，手边又有武器能让别人对他避之不及，莫斯利开着库拉戈阿的彗星在车道上疾驰，眼前是好一条康庄大道。但是他转错了一个弯，致使他开到了格兰德岛上——一座小小的、泪滴形的岛屿，在尼亚加拉大瀑布以南大概十分钟车程的地方。这时候，莫斯利没有继续往加拿大的安大略驶去，也没有掉头再朝纽约走。他在玛丽·凯·帕特莫斯家的花园公寓门前靠边停车。帕特莫斯和她五个月大的女儿正在家。莫斯利强行进了屋。没过多久，有访客来敲门：那是格拉迪斯·科斯坦佐，她和帕特莫斯一起在当地教堂的托儿所里工作。莫斯利猛地把她拉进房子里。现在，他有三个人质了。

科斯坦佐告诉莫斯利："教堂那边会发现我们不在，他们会打电话过来找我们的。"

莫斯利挥舞着那把点45，"如果我让你走了，你敢对其他任何人说起，我就杀了你的朋友和她的孩子。"

科斯坦佐保证什么都不说。

莫斯利知道警方肯定会寻找白色的彗星轿车。他对她说："给我弄辆车来。"他最后一遍威胁说如果科斯坦佐胆敢骗他，那么他一定会杀了帕特莫斯和孩子。然后莫斯利放她出了门。

科斯坦佐开车到教堂，然后打电话给自己的丈夫，她的丈夫打电话报告了联邦调查局。两个小时之内，大批联邦、纽约州和本地的警察抵达了帕特莫斯的公寓外，他们都很小心地走动，以免被莫斯利发现。纽约州警察封锁了将格兰德岛和外界相连的两座桥。

特工尼尔·韦尔奇是联邦调查局驻布法罗分部的领队，由他现场指挥所有的警察和联邦探员。42岁的韦尔奇长得好像一头斗牛犬，戴着一顶"霹雳神探"式样的窄边呢帽，后来因为对思维跟不上节奏的下属紧咬不放而获得了"大白鲨"的绰号。把1960年代的大部分时光都花在了南边的他（"我们努力让三K党乖乖的"）被认为大有前途，很有可能接替J.埃德加·胡佛成为下一任联邦调查局局长。当有人问韦尔奇有什么兴趣爱好的时候，他的回答是："兴趣爱好是什么东西？"

韦尔奇掌控着一切，他手下已有超过200名持枪警员包围了帕特莫斯家的公寓。这时候，格拉迪斯·科斯坦佐如约前来，警员们看着她停好车，将一串钥匙放在车顶上，然后转身离开。莫斯利只要出门来就能再度开车上路。但他并没有上钩。他感觉到了这可能是个陷阱，于是他继续待在房子里面，透过窗户偷看外面空荡荡的马路。

莫斯利赌对了——车钥匙是假的。

时间仿佛凝固了，没有人敢动。韦尔奇终于决定大家已经耗得够久了。他打电话到帕特莫斯家。莫斯利接起了电话。

韦尔奇说："你被包围了。出来吧。"

杀死了基蒂的凶手挂了电话。他从朝向马路的窗户往外张望，看见韦尔奇站在人行道上，身边是纽约州的一位警长，伊利郡的治安官以及布法罗的探长。莫斯利竖起一根手指。进来一个人。然后他指向韦尔奇。

莫斯利让特工韦尔奇从前门走。韦尔奇一个人走了进去，房门在他身后砰的一声合上了。莫斯利仍是那么地小心，他先锁上门，挂上门链，然后再带着韦尔奇进屋去。

两个男人在黑黝黝的起居室里相对而坐。莫斯利似乎喜欢昏暗的光线。韦尔奇那天刚好戴着一副新配的眼镜，那是他的第一副近视、远视双焦镜，因此他一直努力地在镜片后面上上下下找角度，想要看得更清楚些。他叫莫斯利放弃吧，"已经没出路了"，而杀人犯用一只手小口喝着一瓶可乐，另一只手里端着库拉戈阿家的点45，枪口瞄准韦尔奇那副眼镜的中间。他说他绝不投降。他情愿死了算了。韦尔奇继续缠着莫斯利说话的时候，玛丽·帕特莫斯偷偷地爬到另一间房里，透过一扇后窗将她的孩子递给外面的警察，然后自己也翻了出去。

现在房子里只剩下莫斯利和韦尔奇了。两个人都有枪，不过韦尔奇的左轮配枪被他藏在了外套的口袋里。后来他回忆道："我就坐在那儿，那个变态的杂种用枪指着我的头，我的手藏在口袋里，也握着把枪。"

他们谈了将近一个小时。大多数时候是莫斯利在说，回顾他此前经历的段段旅程，从哈莱姆区到密歇根，到底特律，到匹兹堡，到南奥兹公园，到兴格，最后到把人当畜生一般对待的阿提卡——其中大部分都不是他自愿的。韦尔奇则努力让自己听起来很有说服力，他告诉莫斯利就地投降的结果：没有人会伤害他。韦尔奇将亲自开车把莫斯利送到警局去，不用搞出什么混乱的局面，莫斯利身上连个瘀青都不会有。过了一会儿，莫斯利提到了电视连续剧《联邦调查局》，小埃弗雷姆·津巴利斯特在剧里演一个严肃认真的特工，莫斯利觉得韦尔奇和他很像。他说韦尔奇让他回想起自己小时候曾经梦想要成为的那种人。现如今，他是在阿提卡监狱里看的这个电视剧，其他狱友都在给剧里的坏人们加油。他说："我喜欢这部剧。"

电话铃响了。但不知为什么，两个人都没有扣动扳机。韦尔奇接起电话，发现竟然是一个电视台的记者在追问最新情况：问韦尔奇，这场人质危机是否能够在晚新闻之前结束？

韦尔奇几乎觉得这个事情很好笑了。他告诉莫斯利："电视台的家伙都在外面。你能不能别说废话了？”

莫斯利长长地吸了口气，然后将那把点45放在了两人之间的桌子上。

他们是一起走出房子的。韦尔奇带着这位诡异地笑着的犯人走出了前门，穿过警察、新闻摄影记者、电视台记者组成的人墙，坐进一辆待命的车里。特工韦尔奇收获了绝大多数的关注，不过他很努力地让两位布法罗的警员也分享了这份关注。莫斯利的右手手腕和施瓦茨探员铐在一起。莫斯利的左手手腕和研读过基蒂·吉诺维斯案的加尔涅茨基探员铐在一起。

一位记者问韦尔奇，当他和像莫斯利这样的杀手面对面时是如何保持冷静的：“您是怎样和那种人交谈的？”

“非常小心地。”韦尔奇答道。

图 1　基蒂 · 吉诺维斯在皇后区霍利斯照看和管理着“伊芙的最后一刻”酒吧

图 2　吉诺维斯家和另外三户人家住在布鲁克林圣约翰广场 29 号里

图 3　圣奥古斯丁大教堂比附近公园坡的街区高出不少

图 4　1944 年，
基蒂在圣奥古斯丁大教堂
第一次领圣餐

图 5　在展望高地女子高中，
被称为“捣蛋女王”的基蒂（左下）故意做出严肃的表情

图 6　她在纪念照里露出笑容

图 7　基蒂 1953 年的正装照

For all cheese cake lovers, here is a product manufactured especially for you by ELAINE VERRELLI and MARY ROBSON The cheese taken out of F, F, & F pizza pies goes into their delicious pastries. So for a pie to end all pies, buy V & R's Charming Cheese Cake at all leading butcher shops and supermarkets. And now, back to the show

We take you to the steps of City Hall where Police Inspector EVELYN FANTI is about to present citations to patrolmen KITTY GENOVESE and PHYLISS TRIMBOLI for their many faithful years of service and for helping our fair city crack down on crime. I see that the inspector is about to begin her speech. Come in, City Hall.—

"Unaccustomed as I am to public speaking, this momentous occasion does call for a few choice words——

图 8　一份有趣的班级预言，认为基蒂未来将成为一名警察

图 9　基蒂走过照片中停着辆车的那个街角，
然后从最靠近那辆车的、放着门垫的门口走了进去并倒在那里
她自家公寓的门位于照片右下角

图 10　约瑟夫 · 芬克从莫布雷公寓的大堂中向外看

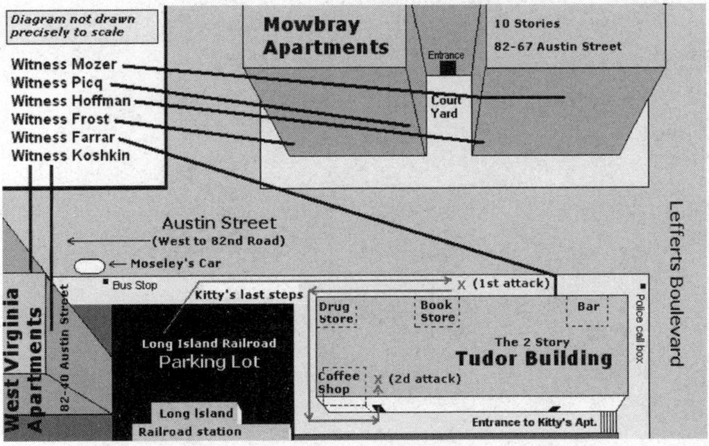

图 11　邱园的约瑟夫 · 德梅准备了一幅详细的犯罪现场示意图

图 12　基蒂在通往卡尔·罗斯房间的楼梯脚下寻求庇护

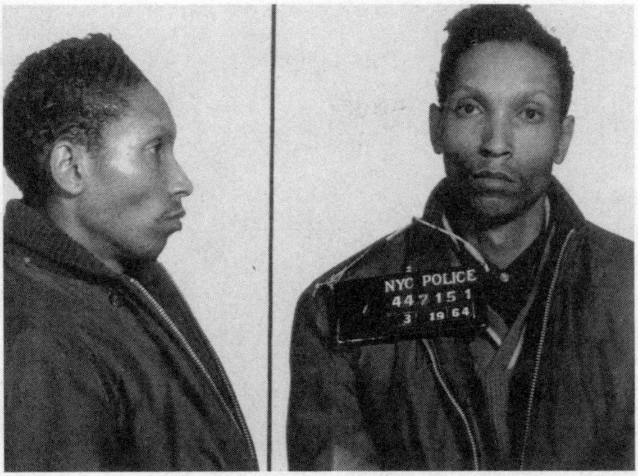

图 13　温斯顿 · 莫斯利因为入室盗窃被捕，旋即供认杀人

图 14　嫌疑人莫斯利入狱时的全身照，该照片为首次公开

图 15　1968 年，莫斯利越狱后向联邦调查局特工尼尔·韦尔奇投降，当时他仍穿着胁迫人质脱下的衣服

图 16　2013 年，当初的犯罪现场

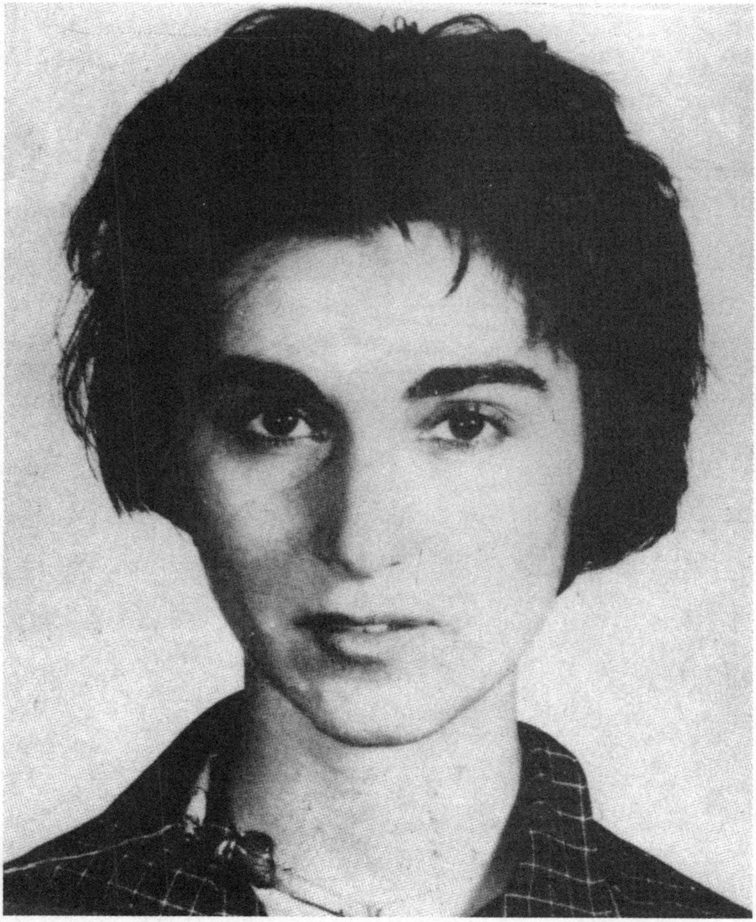

图 17　基蒂 · 吉诺维斯最广为人知的照片，
就是她 1961 年因为小额赌博被捕时拍的大头照

纪念和神话

莫斯利的逃跑促使纽约州惩教委员会以及阿提卡的典狱长变革了转运犯人的方式。自此以后，将由一队持枪警卫负责将犯人送往医院和从医院接回监狱，且运送过程中犯人必须戴着手铐。

伊利郡大陪审团谴责布法罗警方没有能够回应珍妮特·库拉戈阿的第一通报警电话，也责备可怜的泽拉·摩尔竟然为莫斯利的行踪保密，陪审员们提出"我们建议所有普通公民哪怕并不承担法律责任，也要负起道义上的责任来，向执法机构通报通缉犯的行踪和犯罪活动的信息"。珍妮特和马修·库拉戈阿起诉州政府，要求赔偿125万美元，因为监狱方面不应该让莫斯利这样的家伙逃出来。但他们输掉了官司。索赔法院的法官同意州政府的确有所疏失，但裁决政府不该为原告所受的伤害负法律责任，毕竟库拉戈阿夫妇一方同样有所疏失。法官的记录中写道："他们并非无辜的旁观者。"在已经被警告说"有些古怪"，通过收音机听到了有关逃犯的新闻，并且看见了破门而入的迹象之后，他们仍旧进入了杀手躲藏的房子，这一刻，他们便“担起了风险，是他们自己导致了不希望发生的事件”。

莫斯利又一次回到了阿提卡，继续他的牢狱生活。他为了得到更多关注而大量进行游说，不断地给典狱长办公室寄信，字迹仍是那么精致。一封有代表性的信里抱怨了监狱对于他个人邮件的处理。莫斯利坚持说自己给母亲寄了钱，但他的母亲从来没有收到，还有那些他订阅的杂志——包括娱乐杂志《乌木》和《Jet》，还有成人杂志《好色客》——他一本也没收到过。虽是抱怨，但他的语气相当恭敬。在莫斯利出逃又再次被捕之后不到一年的时候，他给典狱长写的信里宣称：“就个人角度而言，我和这个地方并无任何过节。尽管原则上我不一定赞同监狱的理念，但我绝非那种制造麻烦的人。我所做的一切都是为了有益的目的。”

1971年，阿提卡发生暴动，犯人控制了整座监狱。当时的州长洛克菲勒派出州警平息阿提卡发生的混乱。总共29位犯人和十个人质死亡。莫斯利对于这场暴动的记录是“一场火与死亡的审判，我在彼时彼刻发誓要为自己过去的罪孽做出补偿”。莫斯利对未来充满了希望，他在1975年提出了暂时离监的申请。他太天真了。暂时离监对于像莫斯利那样臭名昭著的杀人犯来说无疑白日做梦。但他没有就此知难而退，而是长年累月地为此努力着，想要证明自己应该获得假释的机会。到1984年，他终于有资格申请假释。说话轻声细气的莫斯利在打字班上成绩很突出。他是阿提卡监狱服刑犯人联络委员会的副主席，后来又担任了主席，与监狱官员定期进行会谈。他还参加了尼亚加拉大学的函授学习，所有课程都得了A等，并且在1977年获得了社会学本科学位，是纽约州历史上第一个在监狱服刑期间获得大学学位的杀人犯。同年的晚些时候，《纽约时报》在专栏版上刊登了莫斯利写的一篇社论文章，标题是《我想成为一个有价值的人》。文中，莫斯利提出自己过去的行为让大家关注起了一个重要的问题。他写道："罪行固然让人悲伤，但也对社会有所帮助，迫使社会对它那些痛苦的、陷入危险的成员施以援手。……有时候，我们有必要参与进去。"莫斯利表示，他的那些自我提升的行为协助增进了阿提卡监狱中犯人和狱警之间的关系，也让他自己成为一个崭新的人。"那个1964年在皇后区杀死基蒂·吉诺维斯的人已经不复存在了。我想成为一个对社会有价值的人。"

1979年，莫斯利为当年的凶杀案编造了一套新的说法。他说自己曾在开车时抢道，强插在基蒂的车前面，基蒂从她的菲亚特里出来，对着莫斯利大喊大叫，称呼他为"黑鬼"。为此，他才一时冲动，用一把恰好随身带着的刀结果了她。莫斯利还进一步认为，考虑到他在布法罗和格兰德岛上尽管处在狂暴的状态，却"表现出了克制"，这一点值得获得肯定。是的，他是强奸了泽拉·摩尔和珍妮特·库拉戈阿，但这也恰恰证明了他所言不虚——他说："我本来也可以杀了她们的。"

1984年1月31日，莫斯利参加了他的第一次假释听证会，地点是纽约的格林黑文。扣除越狱的四天外，48岁的莫斯利已经在牢里待了19年半，却依然身材瘦削。他进入会议室，在三位警监面前坐下。根据保密的会议记录记载，听证会从他的案底简介开始：一级谋杀，判处死刑后改判20年有期徒刑，又改为终身监禁，一次逃狱，且逃狱期间犯有"伴随严重性虐待的强奸"，此后是16年相对平静的牢狱生活。或许他还有些太爱抱怨了，竟然给监狱的长官们发去那么多的建议和意见，数量大到让人直想翻白眼。他曾有过一位女性“朋友”，她竟然愿意让莫斯利对她动手动脚，违反了探视条例。这些和其他一些违反监狱规定的行为——在牢里也叫作被开“罚单”，让莫斯利的刑期中有超过三年时间处在单独监禁的状态。尽管如此，莫斯利和很多其他服刑犯人相比仍旧属于不惹事的。警监约瑟夫·穆尔霍兰在听证会上对莫斯利说：“我不认为你是个模范犯人，不过也差不太多了。反正肯定不是让人头疼的类型。”穆尔霍兰询问犯人有什么想说的。

莫斯利的回答是：“我感到很抱歉，甚至有些惭愧。真的。”但他仍旧认为这16个风平浪静的年头应该能够为他挣回些什么。事实上，他说，这20年的监狱生活让他吃的苦头已经超过了他的犯罪受害者所承受的折磨，“因为对于被害者来说，痛苦只是一瞬间，一个小时，甚至一分钟就了结了，而对于被逮住的人来说，痛苦可是永永远远的”。

“好吧，算是个思路。”其中一位假释裁决委员会成员记下了他的话。

另一个说：“你是否和吉诺维斯小姐一样不幸这个话题仍有争议。”莫斯利继续证明自己的观点，他强调说即使是服刑的犯人也需要有重见天日的希望，假释听证会可不该就是做做样子而已。最后，委员会仍旧拒绝了莫斯利渴望恢复部分自由的请求。在1986年和1988年，他两度提出申请，两次被拒绝。此后，他每隔两年便会出现在假释裁决委员会面前，迄今已经出席过15次听证会，却仍没有丝毫将会获得假释的迹象。他的听证会上有过悔恨，有过愤怒，甚至还有滑稽戏的味道。1986年的时候，一位假释裁决委员会的成员就莫斯利在阿提卡塞进自己直肠的异物提问。“你可是故意那样做的？”

“是的。”

“什么玩意儿？”[1]

“为了能进医院。”莫斯利答道。

“我的意思是，你塞进去的那是样什么东西？”

“一个罐头。”

1994年，在第六次假释听证会上，58岁的莫斯利听起来对每两年就得失望一次极度厌倦。当一个警监问到他那杀戮的冲动时，他说：“我已经没有那些情绪了。”

“我们怎么知道你说的是不是真的？”

莫斯利反问：“你怎么知道任何人对你说的任何话是不是真的？”他继续说个不停，挖苦了这个假释裁决委员会成员关于改过自新的讲话，把自己在牢里待着的时光形容为“30个年头的惩罚，到此为止！我每两年就申请一次，到现在还没有得到假释。我觉得你们在我来这儿之前就已经决定好了”。

“你尽可以保留你的意见。”那个警监说着，提醒莫斯利他可是曾有过“异常残暴、十恶不赦的犯罪行为的，无论那是30年前还是5年前，我们有权利将你的行为考虑在内”。

“我没说你不该这么做，但你刚刚也说了，那是30年前发生的事情了。”

---

1 原句为歧义句“What was the object ?”，效果像滑稽戏抖了个包袱。

“我说的是无论那是30年前还是5年前。”

“也就是说，你们评价一个人——”

“莫斯利先生，我们不是来这儿回答问题的。你才是。”

“你问完了没？你问完了吧？”莫斯利一边说着一边站起来，昂首阔步地走出了听证室。

一年以后，莫斯利提起诉讼，要求重新开庭审理他的案子。他提出，1964年他的辩护律师西德尼·斯帕罗和他有利益冲突。《纽约法律期刊》的一个作者阅读了30年前的庭审记录，偶然发现斯帕罗曾做过一次古怪的申明，说他没法“公正地、冷静地”处理案件，因为他曾是基蒂的律师，而且是“好多年”。

巴里·罗德斯同意接手莫斯利的诉状。在几次会面之后，律师罗德斯说：“我觉得莫斯利彬彬有礼，表达清晰，是个聪明人。他能理解自己的案子在法律上有些什么变化，很少有处在他这个角色的人能搞清楚这种事情。作为一个连续杀人犯来说，他算是让人觉得愉快的那种。我们没有就原本那些案子的细节多做讨论，奸尸也好，为来月经的女人口交也好，都没谈，因为我可不想恶心得吐出来。”

罗德斯记得有一次，他和自己那个59岁、头发已经花白的诉讼委托人正一起坐在监狱的图书馆里，这时候罗德斯注意到地上有只蟑螂。他想要一脚踩上去，但蟑螂一下子就跳开了。他说：“它们有第六感，知道有人在冲着它们去了。”

莫斯利纠正了他：“不是的。它们身上长着纤毛，你的脚带动了气流，它们能感觉得到。”罗德斯后来特别去查过，他的委托人说得对。

在法庭上，罗德斯不露痕迹地暗示基蒂和黑手党有关联。基蒂的弟弟文森特，当时也将近60岁了，被叫上证人席，再一次赌咒发誓说自己的家庭和吉诺维斯犯罪家族没有一丁点儿的关系。最后，一名联邦法官驳回了莫斯利要求重新开庭审理的诉状，裁定斯帕罗的辩论没有问题。事实上，斯帕罗脱口而出曾作为基蒂的律师“很多年”是一个误会。当夏皮罗法官打断他时，斯帕罗想要说的是四年：“我四年前曾做过她的律师。”庭上的书记员错打了一个字，把四年记成了多年。斯帕罗之所以提到和基蒂的关系，是因为陪审团都同情基蒂，他想说自己也和陪审团有着一样的想法，故而希望陪审团能够发发慈悲，给莫斯利留条生路。

在布鲁克林地方法院驳回了他的上诉之后，根据自他逃亡之后建立的规定，莫斯利在回监狱的路上戴着手铐，然后，他在狱警的看护下回到自己的牢房。直至本书成书之日，他仍在克林顿监狱服刑，编号64A0102。这座有着169年历史的监狱位于纽约州风雪肆虐的东北角上，保安措施极其严密。到2013年末，莫斯利是纽约监狱体系健在的服刑犯人里头坐牢时间最长的一个。[1]

* * *

结果，对社会造成影响的并非温斯顿·莫斯利，而是基蒂。

大部分凶杀案的被害人很快就会被遗忘，只有少数家人和朋友还会怀念他们。即使轰动一时的案件也大抵如是。还有谁记得

1 莫斯利已于2016年3月过世，时年81岁。他死在纽约州的监狱里。

漂亮的艾尔玛·桑德斯吗？1800年的时候，她被杀害的消息可是用斗大的字体一连在报上登了好几个星期。还有人记得陷入性丑闻的牧师爱德华·霍尔吗？1922年的时候他神秘地被人击穿头部身亡（就葬在格林伍德墓地里，“老板”特威德的附近）。还有人记得1980年离世的《龙与地下城》玩家达拉斯·埃格伯特三世[1]吗？除了他们，还有一百多个曾经家喻户晓的名字，有人仍记得吗？但整个世界都记住了基蒂·吉诺维斯。希德曼在1974年发表的回忆录《报告探长！》中将基蒂描述为“一个小巧但身材匀称的酒吧女招待，有双深色的眼睛”。书里也公开了那个秘密：“说到基蒂·吉诺维斯，有一个敏感的事实：她是个女同性恋。”在希德曼看来，这个身份标签解释了为什么皇后区的探员们紧追着玛丽安不放，他们的举动是合乎情理的，因为同性恋人们之间的嫉妒就是特别强烈。《报告探长！》这下坐实了有些读者已经从通俗小报那些“波西米亚风”的生活方式以及“花天酒地”这样的描述中寻到的端倪，但这也是对基蒂家人的又一次公开冒犯。彼时，文森特·吉诺维斯已经随着自己的女儿葬在了新迦南的湖景公墓里。基蒂的弟妹们多年来一直尽量保护着他们的母亲，不让她看到媒体上对于这起凶案的各种报道。但蕾切尔在1993年过世之后，他们找到了一大摞关于这件案子的剪报，都塞在一个书桌的抽屉里面。

1　达拉斯·埃格伯特三世是密歇根州立大学的一名学生，1979年8月15日失踪。失踪事件被广泛报道，调查人员认为，埃格伯特的失踪和参与《龙与地下城》的游戏有关。流落在外月余后，埃格伯特重归家人监护之下。1980年8月16日，死于自残造成的枪伤。

那个时候，比尔·吉诺维斯已经在轮椅上度过了大半辈子的时间。他是基蒂的第二个弟弟，1966年加入海军，服役期间参加过越战。“我在越南时也没能忘记人情的冷漠。”比尔如是说，他一直想象着他的姐姐是如何度过人生中的最后一刻的。在战场上，“我因为敢冒险而出了名。我只是无法什么都不试一试就白白放弃”。1967年3月13日，在基蒂遇害三周年的那一天，当时20岁的比尔踩到了地雷。他失去了双腿。接下来的几十年里，他一直收集着和基蒂有关的新闻报道、研究报告和其他资料。一旦出现本可以被救下的被害者，基蒂的名字就总会被提起。在文化界也有基蒂的身影。哈伦·埃利森有一篇颇为血腥、广为流传的短篇小说《被鞭笞的狗发出悲鸣》，里面写到一群纽约市民眼看着一个杀人犯用刀子捅死了一个无辜的女孩。

埃利森回忆道："基蒂·吉诺维斯的遭遇让我感受到强烈的冲击，好像被打桩机撞到了那样。我把这个故事收录到作品集《死鸟传说》之中，这本书描写了当代美国人所崇拜的神明：老虎机之神，汽车之神，还有商品大卖之神。而基蒂就好像是个祭品，被纽约的人们用一场黑弥撒的形式献给了城市街道之神。”

1974年的圣诞节，就在俯瞰着奥斯汀大街的莫布雷公寓里，时装模特桑德拉·萨莱尔在自家公寓里被她的男友毒打。有个邻居听到了东西砸碎的声音，有个声音很生气地在说话，然后萨莱尔喊着“不要，不要！”没有人去敲她家的房门，也没有人打911，萨莱尔被活活打死。那个邻居后来告诉警方她以为大楼管理员会报警的。报纸上再一次刊载了一个讲述人情冷漠的故事，又一起吉诺维斯案。

那一年的圣诞假期里，一群资深电视人第一次将基蒂的遭遇搬上荧幕。美国广播公司的电视电影《死亡尖叫》里，一个年轻的纽约女孩被歹徒用刀捅死，她所住公寓楼的邻居们围观了整个过程，劳尔·朱利亚饰演的探员正在追踪那个杀人犯。黛汉恩·卡罗尔扮演一个慌乱不安、喝醉酒的邻居，这个角色的原型就是卡尔·罗斯。爱德华·阿斯纳、克洛瑞斯·里奇曼、凯特·杰克逊、《格里甘的岛》的主演缇娜·路易斯，还有十岁大的海伦·亨特扮演了其他的目击者们（一篇评论中将他们称为“睁眼瞎们”）。阿特·卡特尼和南希·沃克在电影中扮演了科什金夫妇，两人在电话跟前争吵。卡特尼问他剧中的太太：“你对他们说什么呢？你听到有人尖叫。他们就会问你：‘是谁在尖叫？你又是谁？’他们总要问的。他们还会跑到这里来，问更多的问题。不管怎样，尖叫声已经停了嘛。”

1984年，《纽约时报》派出32岁的记者莫琳·多德前往福德姆大学，报道为基蒂·吉诺维斯举行的纪念会，主题是“坏撒玛利亚人”。在报道中，多德称基蒂的被害“发生在一个更为纯真的年代，那时还没有越战和水门事件带来的愤世嫉俗，那时的全国犯罪统计数据还远没有升高。从基蒂之死，我们可以清晰地看到，当时人们才刚刚开始感受到城市生活给美国造成的影响：千篇一律，人与人之间缺乏联系，感觉无法控制自己周围的一切”。她在报道中引用了多位社会学家、犯罪学家、警方人士的话，还引用了美国卫生局局长C.埃弗里特·库普的一次主题演讲，“当人人都学会关心，当人人都认可去关心，意味着承担起风险，当人人都愿意去承担这样的风险时”，这必将成为一个更好的美国。

多德也采访了哈罗德·塔科申博士，这位当时还年轻的福德姆大学教授所持的看法略有不同。这起案件很“复杂”，塔科申说，“有些人大概确实是漠不关心的，也有些人真的是害怕那个杀人犯。有些人不清楚究竟发生了什么，以为那不过是情侣在吵架。还有些人原本想要插手，但不知道该做些什么”。奥斯汀书店的店主伯纳德·蒂托维斯基告诉多德，事件发生之后的第二天早上，当他开门的时候，看到门口的台阶上还留着基蒂的血迹，但他说："时间和雨水基本将它们冲走了。"

1984年晚些时候，在邱园出生的地铁治安维持会成员伯恩哈德·格茨开枪打死了四个年轻黑人，他宣称他们想要打劫他。纽约市民为他的举动拍手叫好。又一次，吉诺维斯案成为讨论内容的一部分，就好像又有一群犯罪受害者——至少是白人受害者——在呼唤着再也不要有下一次了。市长埃德·科克的说法是："时至今日，让一群人假装视而不见已经越来越不可能了。但今天我们需要警惕的是另一个极端的行为，即用私刑代替法律。"在1986年到1987年间，漫画小说《守望者》生动地描绘了另一个美国，在那里，超级英雄们先是帮助美国赢下了越战，然后又协助打击街头犯罪。在《守望者》的开头部分，反英雄主角罗夏还在纽约一家裁缝铺里工作。基蒂·吉诺维斯在过世前几天，刚刚在他那里定制了一条用一种魔法织物裁剪的、能够改变人外形的裙子，结果罗夏就将这条裙子改造成了画着墨渍脸谱的面具，戴着它去惩罚那些罪有应得的坏人们。在《守望者》的启发下，一些“真人超级英雄”零零星星地诞生在各地，他们大多戴着面具（有时候还有披肩和插着装备的腰带），在月光下出现，目标是阻止犯罪行为。有一个自称“银色捍卫者”的家伙就把自己装扮成十字军战士的样子，声称：“今晚，我将和金色女武神一起，向基蒂·吉诺维斯以及其他所有曾遭遇过这个社会冷漠的受害者致敬。”这种出风头的家伙很快就会被忘记，他们有时候甚至会被人扔小石子或者汽水瓶盖子。这些“超级英雄”的使命往往不过是给无家可归的可怜人送些三明治和水，或者扶老奶奶过马路什么的。不过他们也确实帮忙分开了一些打架的人，打击了一些想要拦路抢劫或者实行性侵的小混混。

快要到1990年的时候，犯罪率居高不下，《纽约时报》在这时候引用了百利酒吧老板的原话来纪念基蒂遇害25年：“此后发生的所有死亡都无法与之相提并论。那是一切改变的源头——一个纯真年代的终结，一个更为黑暗的年代开启了。”那段时间，被戏称为“逍遥城”的纽约好像一个为拦路抢劫的混混、强奸犯和杀人犯而开的主题乐园，日常生活就像是约翰·卡朋特的科幻电影《纽约大逃亡》的前篇，电影里，因为暴力犯罪暴涨400%，政府在纽约周围造起了15米多的高墙，将整个城市变成了监狱。事实上，《纽约大逃亡》还低估了纽约犯罪率的上升趋势。在基蒂被害的前一年，纽约共发生了548起凶杀案。到了1990年，这个数字是2245起，比之前上升了410%。纽约是全美国凶杀案最多的地方，几乎每十起凶案中就有一起发生在纽约。

在1994年，距离当时的市长候选人约翰·林赛在邱园发表他那段预防犯罪的演讲大概30年之后，时任总统比尔·克林顿亲自来到邱园的案发现场。克林顿表示，杀死了基蒂·吉诺维斯的那个犯人“给我们传达了一个关于当时社会到底发生了些什么的、令人心寒的讯息，让我们发现自己非但一直处在危险之中，而且本质上都是孤独一人的”。四年之后，在情景剧《宋飞正传》的最后一集里，杰里、伊莲娜、乔治和克雷默自娱自乐地上演了一段劫车案，结果一群人都因为违反了《好撒玛利亚人法》而被判处徒刑，剧集就在监狱内终结了。1999年的动作片《处刑人》则对吉诺维斯案做了一次更为庄重的致敬，片中一个牧师在休息日的布道中说："我回想起了基蒂·吉诺维斯那些令人悲伤的遭遇。很久之前，这个可怜的灵魂一遍又一遍地呼救。很多人看到了她，却没有人去报警。他们就这样看着基蒂在光天化日之下被刀子捅死。他们就这样看着那个行凶者扬长而去。我们警惕那些邪恶的人，现在我们还需要对另一种邪恶保持警惕，那就是良善之人也可能有一颗冷漠的心。"《处刑人》中的说教又一次强硬地再现了埃德蒙·伯克那句被广为引用的名言："邪恶之所以取得胜利，是因为善良之人无所作为。"（确切来说，伯克从未讲过这句话）和大多数与基蒂相关的故事一样，这部电影里的很多细节也是东拼西凑来的，然后提出了那个很大的问题：怎么竟能让基蒂就这样死去？她孤独的死去意味着什么？

甚至当基蒂·吉诺维斯身处的20世纪终结之后，她仍旧活在大众的印象之中。马尔科姆·格拉德韦尔在2000年发表了畅销书《引爆点》，书中重复了《纽约时报》的观点，即基蒂"三次遭遇袭击"，但已有其他的消息来源更正了《纽约时报》当年的错误。总共只发生过两次袭击，不是三次。格拉德韦尔也认同那个"事实"，即"她的邻居中有38人在窗口观望"。他还提到了被普遍接受的观点："大城市的生活带来隔阂，让人变得冷酷无情。但吉诺维斯案的真相却还要更复杂一些——也更有趣一些。”格拉德韦尔接下来用清晰的笔触向读者介绍了“旁观者效应”，但付出的代价是他又一次强化了有38个目击者这个错误的认识。

然后，在2002年，当美国开始准备对伊拉克开战的时候，时任总统乔治·W.布什麾下的国防高级官员保罗·沃尔福威茨又一次援引了吉诺维斯案来为进攻的决定提供依据。根据《纽约时报》的报道，沃尔福威茨“经常谈到基蒂·吉诺维斯，那个1964年遇害的纽约女性，几十个邻居们待在公寓窗口那儿，袖手旁观”。当一个国防部的副部长将温斯顿·莫斯利比作萨达姆·侯赛因，而将基蒂比作伊拉克的时候，对她痛苦经历的利用就实在太过分了些。

案件研究

2013年2月一个星期五的傍晚，曼哈顿上东区福德姆大学的校园里，40个学生晃晃悠悠地走进八楼的一间教室。他们随身带着背包、教科书、手提电脑和时髦的Beats耳机，还有当作零嘴的胡萝卜条和太阳牌薯片、抵御无聊夜课的星巴克咖啡以及红牛饮料。这是一节城市心理学课程。上课的是哈罗德·塔科申教授，全世界研究基蒂·吉诺维斯案最重要的学术权威。

61岁的教授腼腆但结实，头发乌黑浓密，留着一把刷子似的胡子。学生们大多穿着汗衫、连帽衫和牛仔裤，塔科申教授显然为这节课好好地打扮过，他穿着海军蓝色的轻便夹克，里面是挺括的白衬衫和红色的领结。铃声响起了——那种很老派的铃声，和温斯顿·莫斯利所在的牢房每天早上7点打铃时的声音一样——塔科申教授往讲台背后的白板上贴了一张大照片：1961年基蒂被捕时拍的大头照，照片里的她穿着深色的格子衬衫。有个男学生说她看起来还挺性感。

塔科申说："这是一节特别的课。"他将照片贴在比视线略高一点点的地方，这是他的习惯。他喜欢在谈论到基蒂的事情时让别人能够正视她的眼睛。"大家举个手——你们当中谁熟悉1964年发生的基蒂·吉诺维斯凶杀案？"他每年都会对自己的本科生抛出这个问题，而每年总有半数以上的学生会举手。这个晚上，40个学生里有23个举手了。他们都太小，不可能从新闻里得知此事。甚至有些学生的父母都是在案子发生之后才出生的。他们通过之前的心理学或者社会学课程知道了这件案子。而在塔科申看来，他所要做的就是将基蒂从教科书里拉出来，帮助学生认清这是一起发生在一个真实人物身上的事件，基蒂不仅仅是下周考试时需要记得的答案而已。塔科申非常认真地对待这件事，这不是一个任务，而是他的使命，甚至天职。

"人们谈论和思考这起案子已经很久了，但我们仍没有完全弄懂它，"塔科申说道，"虽然说得不一定确切，但我觉得这件案子从某种程度上说是神圣的。"

接下来的两个小时里，他布置学生们从不同角度了解案卷和后续资料。他抛出的第一个问题是，法律是否应该强制一般民众去帮助别人？

一个戴着尼克斯队帽子的学生嚷道："那怎么行？假设要你去帮助一个脖子折断的人呢？"

"是啊，你可能让情况变得更糟。"塔科申说。

"然后你就完蛋了——他们会上法院告你，要你赔偿几百万美元。"这样的事情菲儿·奥奇斯在1967年就想到了。在那首受基蒂遇害启发而写的歌里，奥奇斯描述了那些看见13辆车连环相撞却对其中的受害者视若无睹的目击者心理：我们得离开啦，因为他们可能会告我们。

“或许法律应该保护见义勇为的人不被官司缠上。假如你是出于好意进行干涉，那么你就不该当被告”，塔科申说道。事实上，全美的50个州都有这样或者那样的《好撒玛利亚人法》。其中纽约的很具有代表性：没有人理应将自己陷于险境。打个比方，假如一个医生决定停止救助事故中的受害者，那么只要他的行为合乎情理，他就应该免于被起诉。

一个吮着棒棒糖的年轻女孩子举起手提问：“如果是高速公路中间发生了事故怎么办？你停车去帮忙的话可能导致更多事故的发生。”

“问得好。但假如什么都不做不是更糟糕？如果看见一个强奸犯举着刀胁迫一个女人，但我只在旁边笑呢？”

“那么你是个混蛋，但你没犯法。”

“至少应该打电话报警。”有人说。

大多数纽约市民同意这一点。近期的民意调查显示，有82%的参与者认为如果遭遇了塔科申形容为“类似吉诺维斯案”的情况，法律应该强制市民做些什么——至少也要拨打911。“而且现如今报警很容易。四五十年前，你还得去找电话亭呢。”这句话引得学生们都笑了。他或许还可以说说“点火为号”什么的。当然了，塔科申接着说，911报警系统也不是万能的，尤其在纽约更是如此。这个全美最大、最繁忙的紧急应答系统或许也是最不稳定的，经常出现通话中断和延迟（纽约的911系统在2013年曾整个瘫痪了，上了头条新闻）。学生们对于警方工作效率的了解大多来自电视，塔科申很乐意指出其中的漏洞。“如果现实生活中有个警察一枪打掉门上的锁，接下来会怎样？他还不如直接把自己阉了算了。”现实生活中的警察工作是单调乏味的。现实生活中的警察工作大多也并无结果。“街头犯罪的逮捕率有多少呢？2%。”有心的市民都能干得更好，他说，只要他们真的去干。

塔科申确实身体力行。他大概是福德姆大学唯一一个曾经真正协助过逮捕的教授了。1981年，他和两个朋友遇到有人砸车窗抢劫，他与一个挥舞着撬棍的强盗搏斗之后将其压制在地上，直到警察赶来接手为止。塔科申经历过电影《猛龙怪客》中街头犯罪猖獗的纽约。一天晚上当他正要骑上摩托车时，两个街头混混突然朝他冲来。一个上来就扼住他的脖子，另一个手里拿着刀。他一边挣扎，一边听到扼住他的那个混混说：“把刀子给我，我要捅他两下！”当时仍年轻的教授举目望去，看见好几个衣冠楚楚的路人正在围观，他们似乎只觉得他绝望的挣扎怪有趣的。这让他心里生出对这些旁观者的强烈愤怒，他用力挣脱，当小混混们逃跑的时候，他对着周围围观的人群大喊：“你们就是想看我被刀子捅，是不是？”

30年过去了，他对学生们说：“我在1984年就开了这堂课，当时路上还有流氓会砸开学生的车抢东西。今天的纽约相比当时已经安全多了。”在塔科申看来，这座城市变得更安全，在一些细小但重要的地方和吉诺维斯案是分不开的。

他还回顾了自己和学生们在不必承担太多责任的社科研究黄金年代进行的实验。他们找了个女演员把一大叠毛皮大衣放进车里，然后便来了个“恶棍”，用撬棍砸车偷衣服。他们一共“犯案”300起，只有18个目击者采取了行动——任何方式都算。他的学生们甚至导演了一场绑架。“我们真的在街上绑了个人。但大部分人并不为所动。他们都不想被牵扯进去。”不过这些都发生在1980年代。2013年，没有一个社会心理学教授胆敢再进行这样的街头实验了。如果塔科申想要继续探究基蒂之死的意义，那么他需要找到一个新的方法才行。

即使50年过去了，这起案件仍有未解之谜。基蒂的照片还贴在他背后的白板上，塔科申用提问作为当晚课程的总结：为什么仍有那么多人记得她？基蒂之死留下的讨论中，有多少是因为邻居们的冷漠？又有多少是因为这张白板上的照片？假如基蒂并不是那么美貌，假如她并没有那种从照片里也能透露出的魅力呢？假如她是黑人，假如她是个又老又肥的女人，我们还会如今天这般哀悼她的逝去吗？还会有人记得她的名字吗？

塔科申教授研究基蒂·吉诺维斯案已经有30年了，此间他不仅在福德姆大学将之作为授课材料，更组织以此为题的会议。他希望能够发掘更多有关这起凶案的未知事实，来说明基蒂在死前的半个小时里所经历的并不只有孤独和折磨。任何慈悲，哪怕只有一瞬，也将是对她的告慰。至此，他再次对学生们重申，基蒂所经受的苦难并非毫无意义。尽管那些发生在她身后的改革对基蒂而言或许算不得安慰，但它们确实拯救了其他人。他此前说过这起案子颇为神圣，这也是部分原因。塔科申表示：“基蒂之死被刑事侦查员们、记者们和心理学家们放在显微镜下详详细细地分析。尽管这不是基蒂自愿选择的，她确实是突然地陷入了难以言状的孤独和痛苦之中。她的呼喊或许在当时被那些邻居刻意无视了，但她的声音全世界都听到了，而且自此以后打动了数以百万计的人。”

* * *

距离1984年莫琳·多德报道凯瑟琳·吉诺维斯纪念会20年之后，塔科申又主持了一次纪念会，这次是吉诺维斯案发生40周年纪念。他在开场白中提到整个社会都欠基蒂一笔债。她的被害“让我们注意到了一个问题，就是如今被称为吉诺维斯综合征的问题”。他还提到了一个古怪的事实：虽然基蒂的遭遇是悲剧的、不情愿的，但她所留下的却是与众不同的回忆：“还有谁是因为人生中的最后30分钟而出名的？”塔科申还称赞了亚伯拉罕·罗森塔尔，因为是他那本《38个证人》激发了公众对于这起案件的兴趣。“在行为科学领域，很难想象还有比这本书更有影响力的非学术著作了。罗森塔尔的大胆挑战在心理学领域中催生出了新的专业。”

柯蒂斯·斯利瓦一边整了整他那顶红色的贝雷帽，一边随着塔科申走上了讲坛。斯利瓦回忆了自己在报上读到基蒂的名字——“当时我九岁”——然后正是这起凶杀启发他创建了“守护天使”，如今，这个志愿者组织共有4000多名反犯罪斗士巡逻在144座城市的街头。斯利瓦回忆说：“凶案发生之后，整个城市陷入一种病态的无力之中。很多人都准备好了随时举手投降。”他提出是市民们，而非警察，理应组成对抗犯罪的第一道防线，并呼吁每一个市民通过帮助他人来缅怀基蒂。他说："假如我们能够去关爱别人，那么人们不会蒙住双眼、堵住双耳、紧闭双唇，这些悲剧也就不必上演了。"

记者吉姆·拉森贝格讲述了《纽约时报》著名的头版报道和后来浮出水面的事实之间的矛盾之处。和《每日新闻》那个在1984年的专栏里质疑《纽约时报》报道的约翰·米利亚一样，拉森贝格对吉诺维斯案持怀疑的态度。他认为《纽约时报》对于事件的报道和大众由此对于案件的看法使得邱园的居民们处在很难堪的位置，所谓"这代表了整个城市从此进入一个更黑暗的年代"更是一面之词——这个观点已经在《引爆点》以及无数心理学教材中被引述过。但拉森贝格也无比遗憾地对当晚聚集在福德姆大学的学生、教授和其他观众说了下面的话："讽刺的是，假如《纽约时报》没有夸大其词，那么这不过是个三天，最多五天就会被忘记的悲剧，今天我们就不会聚在这里讨论这个案子了。"

后来，塔科申邀请观众上台发言。一如既往地，他先听到了一阵略显尴尬的轻轻咳嗽。然后，一位身材魁梧的老人走上前来。他衣着整洁，穿着灰色的西服，戴着围巾，里面是雪白的衬衣和紫色的领结，透过超大的眼镜眯起眼睛往外看——亚伯拉罕·罗森塔尔走上台来，好像这个讲台就是为他准备的。他已经81岁了，早就从《纽约时报》退休了，这位得过普利策奖的记者和主编这次到福德姆大学来是为了澄清问题。

罗森塔尔对全神贯注聆听的观众讲述了多年前他与警察局长墨菲的那次午餐。"他问我，'你听说过皇后区那件事吗？你们就写了一个段落'。"他边说，边回忆着《纽约时报》在凶杀案发生次日的简短报道，甘斯博格的头版新闻要两个星期之后才发表。“他说得对，只有一个段落。我当然不能任一个段落就了结了这桩公案。”

其实，事件发生第二天的报道有四个段落那么长。不过在这个雨夜，罗森塔尔跑到吉诺维斯纪念会上可不是来数数的。正是罗森塔尔对这起案子的关注和热情使得基蒂出了名，使之多年后仍活在人们心里。他的意图是好的，尽管有些细节出入，他报道的仍是个好故事。罗森塔尔是来为他的报纸和报道辩护的，即便是确切的证人数量其实也没写错啊。

“38个，”他边说着还特意扭过头看了一眼拉森贝格，“是的，就是38个！我从没说过，《纽约时报》的任何人也从没说过这38个人都从窗户里往外看了。就是一个总数，38个证人，我们指望读者自己去分辨和理解的。”听众们显得很困惑，但罗森塔尔毫不在意。他还有话要说，他想要讲讲自己的一段经历。

“我有五个姐姐，其中有一位是被杀害的。我最大的姐姐，贝斯。她是个可人的姑娘，真的，非常可爱。”一天傍晚，贝斯独自走在回家路上，她经过了城里一处荒无人烟的地方，这时突然跳出来一个男人，把贝斯吓坏了。“一个男人，一个变态，突然从路边的树丛里跳出来，就是他杀了贝斯！”罗森塔尔已经是在喊了。“贝斯就是凯瑟琳·吉诺维斯。她就是我的姐姐。这是我这辈子第一次说这个。”

罗森塔尔吸了口气，努力不让眼泪流出来。那个变态“一丝不挂地对着贝斯”，他说，“她跑啊，跑啊，跑啊！她跑了大概有1600多米路，回到家的时候浑身都是汗。就这样，她感冒了。那个时候是没有什么药物的，两天之后，她死了。我认为那个男人就是杀人犯。我不在乎严格来说他并没有亲手杀死贝斯——这个男人确实夺走了她的生命！就如同害死了凯瑟琳·吉诺维斯的魔鬼一样，他杀了她。”

罗森塔尔站着，双手紧紧握着拳，像要准备打架似的。但迎接他的只有掌声。

勘误

然后上台的是约瑟夫·德梅，他是来为邱园说话的。

他表示："即使是凌晨3点，基蒂并没有不安，为什么呢？事实上，邱园几乎没发生过犯罪行为。"

德梅在搬到邱园之后对这起案件着了迷。他是个出庭律师，每天从长岛火车站搭火车前往曼哈顿的办公室，因而每天都经过案发地点。如今的邱园街区和基蒂被害那晚相比没发生过多大的变化——残缺不全的人行道，路边一方一方的泥土里拔地而起的针栎和悬铃木，奥斯汀大街上莫布雷公寓对面的有些小店甚至还留着当年的门面。街角上原先的药店现在是家叫作"逐日"的水疗店，还有一些基蒂曾经去过的店铺仍旧留在那里。"中场咖啡馆"现在成了一家网吧。

德梅说："莫布雷公寓是在20年代建起来的，而这些树在1910年代就种下了。"走过了有18个停车位的火车站停车场，他指着基蒂看到莫斯利以后跑向的人行道："就是这儿，她被袭击了，然后大喊着杀人啦。”46岁的德梅额头很高，头发稀疏，鹰钩鼻子略略有一点儿歪，倒是符合他那种到处打听想要了解遗失细节的喜好。他是个海商法律师，和运价、打捞权、尾流损失，甚至海盗保险之类的打了40年的交道。业余时间里，他钻研这起让自己所住的街区臭名昭著的案子。“我在这上边花的时间越多，我的疑问就越多。”

他研究了《纽约时报》1964年3月27日的头版文章，把它当作案件简报一样翻来覆去地读了几十遍。然后他将这篇报道和警方的报告、庭审的记录以及其他新的资料进行比对，“在第一段里我就找到了六处事实上的出入”。以下是德梅对那个段落所作的注释：

> 皇后区邱园有38位可敬的守法市民【其中最多只有两个人真正明白发生了什么】在半个多小时的时间里【没有一个目击者真的看了那么久】围观了一起凶手尾随并分三次【两次】用刀攻击一名女性致死的案件。这些市民发出的声音以及卧室亮起的灯光两次【一次】吓退了凶手。但他稍后又两次返回并继续对被害女性行凶。没有一个人在此过程中拨打报警电话【可能并非事实】，只有一位证人在该女性已经身亡后【基蒂当时还活着】报警。

德梅倾向于认为责编罗森塔尔在甘斯博格的原稿上添油加醋过。“人们自然而然地记住的就是这段话。”

1974年，他搬到了邱园，不久后就加入了邱园公民协会和本地的历史学会。在对比了很多老住户的记录之后，他发现很多人都回忆说本地的居民大多夜不闭户。很多本地居民和德梅一样，都是见过世面的人，他们都为这片人口数在15000左右的街区自豪，甚至将跨过长岛火车站轨道的莱弗茨大道拱桥比作佛罗伦萨的维琪奥桥。对于外界只知道邱园是基蒂被害的现场、那个“许多人围观那个女孩被人杀死”的地方，很多老住户是非常生气的。德梅开始了他自己的调查，他追踪基蒂的步伐，敲响邻居们的房门一一进行询问。有些邻居回答了他的提问，而且确认他们在很多年前也曾对马丁·甘斯博格说过相同的话。有些多想起了一两个细节。还有些在公民协会的网站“邱园历史”（kewgardenshistory.com）上留言，这里的话题大半都是关于吉诺维斯案的。有一个以前曾在邱园住过的人说，在基蒂过世后的起初几个忌日里，曾听到人行道上传来的尖叫声。那个发出尖叫的人或许是在纪念这起案件，或许是想指责他们这些邻居们，或者兼而有之。过了一些年，3月13日不再有人跑来尖叫了。还有一个网站的访客回忆说，他和家人曾在1960年代末搬进了卡尔·罗斯住过的公寓。这间楼顶的公寓已经空关了很久，直到房东将房价降到每个月100美元才租了出去。“其他的孩子因为基蒂的事情嘲讽我，我忍了。走下那段窄窄的楼梯时，我有时候会想到她，想到她生命中的最后一刻，想到她接下来的人生就这样一点儿一点儿地离她而去。”

另一个“邱园历史”网站的访客告诉德梅，他很确定《纽约时报》的报道是错误的。他知道至少有一个邻居——他的父亲——在那天晚上给警察打过电话。德梅找到了这位马丁·甘斯博格、警方和其他所有人都遗漏的证人。1964年3月，迈克尔·霍夫曼14岁。他的卧室在莫布雷公寓的二楼，刚好俯瞰奥斯汀大街。3月13日凌晨大约3点，他被街上的喊叫声吵醒了。他走到窗户边上。照着人行道的街灯发出昏暗的黄色灯光，当时尚年幼的迈克尔仍能清楚地看见有个男人朝着一位女士俯下身去。“我觉得我听到的是哭声或者呜咽的声音，是女人的声音。就在这个时候，我爸爸到我的房间来了。”

2003年，44岁的迈克尔·霍夫曼住在佛罗里达州，他对当年记忆中的袭击细节写了一份经过公证的书面陈述。“我父亲问我发生了什么事，我说，‘有个男人刚才打了一位女士，然后逃跑了！’”他和他父亲一起往卧室的窗外看去，他们看见基蒂蹒跚走过路口的药店，然后就看不见了。“她走路的样子让我们以为她要么是喝醉了，要么就是被打伤了，说不定伤得挺重，所以父亲决定要打电话报警。”塞缪尔·霍夫曼拨了“0”，要接线员帮他接通警局。接线员让他等着，别挂机，大概三四分钟之后，有一位警方的调度员接通了电话。塞缪尔·霍夫曼告诉他：“有位女士被殴打了，走得很勉强，就在长岛火车站边的药店附近。”他也把自己的名字、电话号码和地址告诉了那位接电话的警员。

然后就没有了。人行道上空空如也。塞缪尔·霍夫曼说：“我累啦。”然后他回自己的卧室去了。迈克尔还站在窗户边上，等着看看还会发生什么。但什么也没有发生。基蒂这会儿已经走到了公寓楼的后面，从奥斯汀大街上是看不到的。迈克尔爬回床上。“我把枕头叠起来，这样我靠着也能看到窗户外面。这就是我记得的最后一件事了，直到父亲在那天早上晚些时候把我叫醒。”

到了早上，整个街区到处都是警察。探员们在询问证人——科什金夫妇，法勒夫妇，罗伯特·莫泽尔，安德烈·皮克，卡尔·罗斯，还有其他人，年纪还小的比利·科拉多和麦克·法勒则对着人行道上的点点血迹目瞪口呆。警方也让霍夫曼父子做了口供，但告诉他们恐怕不会再需要询问他们什么了，因为他们没看见多少。在这份2003年的书面陈述中，霍夫曼回忆道："我记得爸爸还对警察说，要是他们在我们打电话的时候就过来，恐怕她就不会死了。为此，那个探员还恶狠狠地盯了我父亲一眼。”为了不让别人误会他对警方有看法，他提到了自己的职业："我是个退休了的纽约警督。”

霍夫曼的书面陈述对于“有38个沉默的证人”这一错误观点无疑是一记重拳。再加上《每日新闻》的米利亚、《纽约时报》的拉森贝格、德梅和他的网站，还有一些博客和其他网站对这起事件的重估，当年《纽约时报》那篇标志性报道的光环一点点地被剥落了。线上学术期刊《空间与文化》发表了一篇“城市地貌学”研究，从空间观点剖析这起案件，证明了没有人——或许唯一可能的例外就是罗斯——能够两次看见莫斯利对基蒂进行袭击。当2004年德梅在凯瑟琳·吉诺维斯逝世40周年纪念会上讲话时，任何人只要稍微搜索一下网络，就会发现那个“38个证人”的说法带着几分都市传说的味道。不过，这个说法就跟纽约下水道里住着鳄鱼的离奇故事一样，仍旧得以流传。2005年最畅销的十本社会心理学教材中全都提到了吉诺维斯案，而且十本书都提到了有38个证人眼睁睁地看着基蒂死去，连动一动小指头都不愿意。

* * *

2007年，戴着鼻环、眼神犀利的英国心理学教授蕾切尔·曼宁在《美国心理学家》上发表文章攻击这一都市传说。曼宁和同事马克·莱文、艾伦·柯林斯一起，将吉诺维斯案描述为“社会心理学历史上最动人和最有影响力的时刻之一”。在她笔下，对于这起案件最广为流传的看法不只是在1960年代把人们都吓坏了，还由此启发了邻里互助队伍的建立，推动了紧急呼叫系统的建设，甚至让这件事在书籍、电影和网络上取得了如流行文化般的地位。“在我们看来，从一开始，‘38个证人’就成了一个现代寓言故事，刚好诠释了‘好撒玛利亚人’的对立面。”

至于这个寓言故事为什么那么广为流传，曼宁和她的共同作者们认为这代表了学界的冷漠。现实是混乱的，与其让人面对一堆现实的碎片头疼，不如推销罗森塔尔，不仅简单，而且对于罪案的那些生动描述抓住了媒体、警方、公众和一代又一代大学生的心。曼宁引用了一本教科书的典型叙述：“几年前，一个名叫基蒂·吉诺维斯的年轻女子在纽约被人用刀捅死……她的邻居中至少有38人在凌晨3点听到了她恐惧的尖叫声而来到窗前——然后待在窗前围观了30分钟，使得袭击她的凶手得以完成恐怖的罪行。”曼宁单独摘出了这段描述，信息并不完整，但给出了基蒂的名字和纽约这个地名。她的分析也并非完美。她提到了庭审证人罗伯特·莫泽尔，就是那个大叫了一声“放开那个女孩儿”的人，是为了佐证她的观点，即检方传唤了“有着最佳、最完整视角的目击证人”。事实上，检方的卡恰托里团队是特意不让卡尔·罗斯和约瑟夫·芬克上证人席的。卡恰托里不需要他们。他选择让陪审团将注意力全部集中在莫斯利一人身上，陪审团最终做出了死刑的裁决也证明他选对了，尽管这样做最终使得陪审团，乃至全世界都无法将罗斯还有芬克与其他38个没有留下姓名的证人们区分开来。

又是什么才让一个错误观念长盛不衰呢？这一谬误的吸引力之一就在于它颠覆了社会心理学的一个方面。大家都知道，哪怕是乌合之众有时也会变得暴力起来。对“疯狂的群众”进行的研究可以追溯至19世纪。如今，似乎围观群众更多地代表了负面的威胁，而非积极的力量。一群疯狂的暴徒可能会把一个人活活撕成碎片，而一帮互不相关的群众则会眼睁睁地看着一个无辜的人死去。曼宁还提到了很多教材作者“有意识地降低复杂度，保持故事简单明了，以适应本科生的程度”。他们经常仰赖二手素材——最常见的情况是另一本教材——而并不核对事实的真伪。曼宁和共同作者们引用了弗兰茨·塞姆尔森，认为像吉诺维斯案这样的“原创型错误观念”属于“教学法的副产品”，产生目的就是为了解释基本概念和吸引学生注意。但对于社会心理学和亲社会行为领域而言，基蒂·吉诺维斯案就好比那个其实从未真正落到艾萨克·牛顿头顶上的苹果。

曼宁、莱文和柯林斯认同吉诺维斯案所扮演的“历史性的角色”。旁观者效应真的存在，他们不否认这一点。但让他们不安的是，半个世纪以来的研究竟然都是围绕着“一个难以扭转的错误观念”来进行的。

* * *

德梅协助曼宁和她的同事为这篇发表在《美国心理学家》上的文章进行过调研。曼宁他们希望能够揭穿所在领域内一个长久的谎言，而德梅则想要为自己居住的地方正名。

“我能理解为什么人们会相信‘38个证人’的故事”，德梅边说着，边走过犯罪现场所在的人行道。他指出了菲尔柴尔德高级家具店，如今这家店的老板就是头发已经花白的比利·科拉多，当年的他一边想着基蒂怎么那么好看，一边和父亲一起帮基蒂将她的沙发床搬上楼去。走过几个门面就是百利酒吧，看起来还是老样子，但如今的招牌上写着“奥斯汀酒屋”。大多数日子里，酒吧仍要到凌晨4点才打烊。以前卖50美分一杯的瑞金没有了，现在只有卖5美元的吉尼斯。马路对面，30多米高的莫布雷公寓仍会投下长长的影子，算起来，距离它鼎盛时期那些社交舞会和用上新式“无霜冰箱”已经过去了差不多一个世纪。

奥斯汀大街和莱弗茨大道的路口开了家理发店。对面那个很容易被错过的报警电话还在那里。有个铺子在卖报纸、香烟和彩票。路边还有一家二线电影院、两家比萨店和一家鱼店，鱼店里有挺不错的寿司，只卖曼哈顿一半的价钱。德梅带路走进了“居民村小吃店”，那里的皮塔馅饼和比利时华夫都挺出名。德梅是个土生土长的纽约客，他说自己是“喝着蛋蜜乳长大的”。但他小时候喝的那种混合了牛奶、苏打水和巧克力糖浆——是的，没有蛋，也没有蜜——会嘶嘶作响的饮料已经比寿司还少见了。他点了杯咖啡。

德梅花了40年的时间想要弄明白吉诺维斯案。他同情所有牵涉其中的人，基蒂，玛丽安，行色匆匆地侦讯杀人犯的探员们，《纽约时报》的甘斯博格和罗森塔尔，还有那些1960年代的民众们，他们当时一定还在为肯尼迪被暗杀而震惊呢。德梅认为约翰 · 肯尼迪的遇刺和基蒂 · 吉诺维斯的被害是有联系的。他说："暗杀对于整个美国都是沉重的一击。甚至有种说法是我们所有人一起杀死了肯尼迪总统。我们这是怎么了？然后，就过了四个月，基蒂 · 吉诺维斯在邻居们的围观下遇害。为什么？"在他看来，这个为什么是很复杂的。

"我并不是说当晚邱园有哪个居民的表现可圈可点。我只是说，我觉得大家公认的吉诺维斯案情对邱园有失偏颇。发生在基蒂身上的事情确实很悲惨，但这可能会发生在任何地方。"真正值得感到悲伤的不是她死在了邱园，而是她死去的时候是惊恐的、无助的、孤独的。"大多数认为自己知道发生了什么的人其实并不了解真相。"

还有一件他们不知道的事，他们不知道基蒂是怎样告别人世的。他们不知道，她死去的时候并不是一个人。

33分钟

1964年3月12日，星期四。晚上，基蒂在“伊芙的最后一刻”酒吧的吧台后帮着维克多·霍兰一起给客人们斟上烈酒和啤酒。常客们会先来一杯杰克丹尼的威士忌，然后来杯瑞金。皱巴巴的报纸上登着本周新电影的广告，是理查德·伯顿和彼得·奥图尔的《雄霸天下》，还有已经上映了一段时间的《奇爱博士》和《纽曼军医》。体育版上预告了卫冕冠军洋基队和斯坦格尔麾下注定没有希望的大都会队即将在新建成的谢亚体育场开始第三个赛季的比赛。不过这会儿，球场还没上漆呢。

酒吧里的人群渐渐散去。基蒂和一个常客外出喝一杯，那是个经常光顾“伊芙”的码头工人。霍兰回忆说：“他叫杰克·蒂明斯。他们就是一起出去吃点儿东西、喝杯饮料而已，完全不是你想的约会那样，基蒂就是好交际。”确实，大腹便便、头顶光光的蒂明斯怎么看也不像是穿着整洁的灰色法兰绒裙子和青绿色衬衫的基蒂会约来一起吃晚餐的对象，不过基蒂本人倒是不介意。

她和大家都处得好。蒂明斯说，那天晚上基蒂“大概喝了三杯”。

当她再回到“伊芙”的时候已经几乎没有客人了。她告诉霍兰早些打烊。大概凌晨3点的时候，她穿起自己的麂皮夹克离开了酒吧。

“晚安，维克。”

“晚安，基蒂。”

屋外，哈口气就能看见一团白雾。宽阔的牙买加大道两边都是一堆一堆被踩脏了的雪。基蒂发动了那部樱桃红色的菲亚特，车子颤动着。假如她早半小时关门，或者再晚个十分钟，甚至一分钟，那么一切都会不一样。假如一个街区之外的交通灯不是绿色而是红色，那么朝向牙买加大道驶来的白色科威尔还要晚一分钟经过，基蒂就已经开车离开了。但事实是，科威尔掉了个头，跟在了菲亚特的后面。

路上几乎没有车。基蒂开上大中央公园大道的入口坡道朝西走，一路加速到了四挡。从牙买加大道走希尔赛德大道转邱园的话，路可能会近一些，但基蒂喜欢开快车。科威尔需要加速才能跟得上。基蒂走了通往邱园的联合大道收费口。再转三个弯就到奥斯汀大街了。

奥斯汀大街上没有泊车位，于是她把车停在长岛火车站的空地上。当时是3：15。科威尔在离那不到30米的公交车站旁边停了下来。基蒂走出菲亚特，花了些时间锁上驾驶座这边的车门。她很喜欢自己这部漂亮的小车。

她朝着和玛丽安同居的都铎公寓望去，只看到在火车站和莱弗茨大道之间的奥斯汀大街如废墟般黑暗。法勒夫妇睡了。玛丽安也睡了。送奶的工人和送报纸的卡车还要至少一个小时之后才会出来活动。林赛还没出现，昏暗的街灯在人行道上投下一丝了无生气的光，斑驳的树影仿佛这些昏黄小池塘里的点点泥星。两层楼高的都铎公寓对面是庞然大物般的莫布雷公寓，一排排黑洞洞的窗口朝向空旷的奥斯汀大街的另一边。

基蒂从长岛火车站的空地走到弗兰肯药店前。这时候她听到有声音。是脚步声。她离通向自家公寓的大门还有大约100步，但她走向了另一个方向，走过了药店和科拉多的家具店，朝着莱弗茨大道去了。在奥斯汀大街和莱弗茨大道的街角有个报警电话，但基蒂想着的恐怕是同样坐落在街角的百利酒吧。那里可能还有人。但运气并不在基蒂这边。百利酒吧换了酒保，是个新手，因为有人打架，他吓得12点不到就关店了。三个半小时之后，街角上静悄悄的，店面全都暗了。她听到脚步声愈加近了。

基蒂开始跑起来，但那个男人比她快。他突然冲上前，把她逼到人行道上，用刀朝她的后背捅去，穿透了她的外套。一下，两下。基蒂尖叫起来。莫斯利那把带锯齿的猎刀至少有一次捅得深到刺穿了基蒂的肺部。但她的声音仍旧响到足以惊醒了一些邻居。她又叫了起来，这一次她终于寻回了些许理智，喊出了话。她在叫："天啊，他捅了我。"

有些临街的窗户里亮起了灯光。这时候是3:20。这个晚上发生的其他事可能都有一两分钟的时间差，但有一个证人就在基蒂被刺大约一分钟之后，看过放在床边的时钟——3:20。街道两边的住户都听到了基蒂的求救声。她在大声叫喊："天啊，他捅了我。救救我！"她也可能叫过"救救我，我要死了"。但大多数证人都只听到了模糊的尖叫。已经很晚了，他们又都睡得昏昏沉沉的。当他们走到窗户边上时，基蒂跪着，努力想要站起来。莫斯利看着她，手里拿着刀。

在莫布雷公寓七楼的罗伯特·莫泽尔抬起窗户，从离开跪着的基蒂33米远的地方喊道："放开那个女孩儿！"

莫斯利抬头往上看。

空中小姐安德烈·皮克正在莫布雷公寓的四楼，她听到了莫泽尔的叫声，跑到窗户边上。山姆和玛乔丽·科什金夫妇也跑到他们位于西弗吉尼亚公寓的窗口去了。在莫布雷公寓二楼，艾琳·弗罗斯特听到了尖叫声。从弗罗斯特家再过去一些，14岁的麦克·霍夫曼被吵醒了。莫布雷公寓的另一个住户玛德琳·哈特曼也听到了叫喊声。他们之中没有人看到行凶的瞬间。只有约瑟夫·芬克，莫布雷大楼的助理管理员可以一览无余。芬克站在大堂里那部黄铜装饰的电梯前，一直看了好几分钟，然后坐电梯到他的地下室里去打盹了。

卡尔·罗斯坐在都铎公寓里，听到窗外传来嘈杂的声响。罗斯喝醉了，他无视了那些声音。索菲和乔·法勒夫妇的卧室比罗斯的要远一些，基蒂的尖叫声吵醒了索菲，但当她跑到窗口去看的时候，街上已经重归安静。索菲就回去睡觉了。

莫斯利想起他的科威尔就停在所有人都看得见的地方。他赶快跑去挪车，剩下基蒂独自跪在奥斯汀书店的门口。艾琳·弗罗斯特望向窗外的时候，看见了莫斯利急急忙忙朝公交车站跑去。山姆·科什金从侧边的一扇窗户里看见莫斯利把车倒进一片阴影里。

基蒂正在努力站起来。她受的伤还不致命。如果这时候有人能帮她一把，她是能活下去的。她整个人靠在都铎公寓的墙上，朝着弗兰肯药店走去。她用一只手撑着药店的窗户，走路的样子仿佛梦游。她绕过药店，经过了之前停车的地方。芬克、弗罗斯特、麦克·霍夫曼和他的父亲、科什金夫妇以及其他一些人都看到了她。如果基蒂在这时候呼救的话——谁知道呢——他们或许会跑下楼去的。如果她倒在药店门口，他们可能会打电话报警的。但她只是沉默地走着。她一定是吓坏了。她肺部的伤就快要撑不住了。玛乔丽·科什金说她摇摇晃晃的，每走一步都仿佛要花上"永远那么久"。如果基蒂挣扎着站起来朝另一个方向走，朝着百利酒吧的方向，那么所有人都能看见她了。或许有人会上前帮忙。但是她却绕过药店往左拐去，离开了奥斯汀大街，朝着铁路和都铎公寓阴暗的背面走去。朝着她的家走去。她努力想要走到通往自己公寓的那扇门口，玛丽安正在那里熟睡。当她走过街角的药店时，所有在朝向奥斯汀大街的窗口观望的人都再也看不见她了。原本想着要报警的人这下有理由犹豫了。向警察报告什么呢？有个女人喊了几声，现在街上什么都没有了。安德烈·皮克拨通了电话，突然害怕起来，又把电话挂上了。山姆·科什金想去打电话，但他妻子玛乔丽说别。"这会儿大概已经有30个报警电话了。"14岁的麦克·霍夫曼站在卧室的窗边，听到自己的父亲在对一个警察调度员说"有位女士被打了……"。

基蒂拖着脚步走过了上着锁、黑洞洞的"中场咖啡馆"。在离朝向路边、通往自己公寓的楼道还有20步的地方，她一定意识到自己没有力气再走那么远了。标着82-62号的门更近一些。从这扇门里的楼梯上去就是卡尔·罗斯的公寓。她推开了门，挪进了门廊里，然后倒在了楼梯脚边。能进到房子里面，她一定很欣慰。里面要暖和些。不管是谁用刀子捅了她，他现在已经走了。她可以歇一下了。等一下会有人来帮她的。当基蒂躺在82-62号的门廊里时，不知她是否觉得那逼仄的楼梯和上边照亮用的一个灯泡有些眼熟？这楼梯和她小时候在布鲁克林住过的那幢褐色石头房子里的如出一辙。

莫斯利摸黑坐在车里，车停在大约30米开外。他正在自问是不是就开车回家？放弃原本的计划？如果那个叫唤的家伙报警了怎么办？如果其他人报警了呢？这时候再回去干那个白人女孩儿是不是有点儿疯狂？如果真的发回疯呢？他并没有听见警笛声。刚才那个叫唤的人也没带着联防队跑下楼来。没有人会去帮那个白人女孩儿的。莫斯利脱下绒线帽，换上一顶侧边插着羽毛的软呢帽。他从容地朝着火车站的候车室走去，得意扬扬的样子仿佛自己正要去爬山远足。她会躲在那儿吗？并没有。他推了推咖啡馆的门，锁着。再走十步路有扇门，门牌号是82-62。门没锁。在门里，他看见了基蒂。

如今我们只能想象，当基蒂又一次看见那个魔鬼的时候该是怎样的恐惧。尽管肺部被刺穿，她仍旧喊了起来，这声音把卡尔·罗斯从恍惚中唤醒了。罗斯惊慌失措，因为这下声音是从另一个方向传来的！他刚才听见的窗外的嘈杂声如今变作从他门外的楼梯下边发出的了。

基蒂用尽最后的力气又一次呼救。这让莫斯利狂暴不已。他必须得做完已经开了头的事。他一边努力控制她，一边用刀子捅她，想先杀死她，然后就可以强奸她。但基蒂不断地扭动着、反击着，不停地发出声响来。他用刀割了她的喉咙。基蒂这下只能发出呜咽声了。莫斯利捅了她的腹部。他还捅了她的胸部，刀没得很深，一直刺进两根肋骨之间。但她还在抗争。她一度握住了刀锋。她一直在扭来扭去。莫斯利已经数不清自己究竟捅了多少下她才消停下来。一片安静中，莫斯利听到楼上的房门发出的嘎吱声。

罗斯躲在门后朝外偷看。他看见莫斯利伏在基蒂·吉诺维斯身上，手里有把沾血的刀。莫斯利也在朝上看。罗斯砰地关上了门。他害怕了。酩酊大醉，仍旧害怕。他又一次偷偷往外看。暴行还在继续。

这时应该是3:40到3:45之间，莫斯利举起了刀。基蒂还在努力想要挣脱他。接下来几分钟发生的细节——莫斯利的性侵——后来出现在验尸官的报告上、探员们和律师们的笔记还有庭审记录里。这些让人毛骨悚然的细节也将隐晦地出现在电影里、电视剧里、真实案件改编的故事里、小说里以及和这起案子相关的博客文章里，这一切都让人们很难将基蒂看作一个受害者以外的角色。但基蒂曾是一个活生生的年轻姑娘，对自己的未来充满希望，她也该有尊严，也该有漫长的人生。记得她这个人，忘记那些细节吧。

* * *

最终，罗斯给一个朋友打了电话。那个朋友对他说："别牵扯进去。”犬类美容师头痛欲裂，想来想去也想不明白。他又打电话给一个邻居，卡萝尔·塔兰蒂诺。她对他说：“上我这儿来。”

但罗斯不能走出房门，凶手还在，他不能往那儿走。他爬了窗户，然后贴着屋顶爬了过去。

莫斯利已经干完了他想干的。他把刀子塞进口袋，搜着基蒂被血和精液弄脏的衣服。他拿走了那个里面有49美元的皮夹。讲求实际嘛。他站起来，把自己收拾干净。这时候基蒂仍有呼吸。

卡萝尔·塔兰蒂诺又打给另一个邻居，格蕾塔·施瓦茨。有人在用刀子捅基蒂·吉诺维斯！在哪儿？就在楼梯那儿——卡尔·罗斯家门外！他们该怎么办？

施瓦茨打电话到了法勒家。索菲·法勒喊：“快报警！”她抓起一件外套，朝房门跑去。

罗斯最后打电话报了警。一个接线警的记录说来电时间是3：55，但这个警员一定没怎么用心，因为第102号警署的巡警克拉伦斯·克朗在3：50的时候就接到了电台指令：奥斯汀大街82-62号，需要救护车。

13岁的麦克·法勒穿着睡衣跑到厨房里问：“发生什么事了？”他看见自己父亲单脚跳着，正在努力穿上裤子好跟着太太下楼去。乔·法勒对他说：“没事，回床上去。”

麦克的妈妈，身高1米5都不到的索菲，已经出了房门。她下了楼，朝着正对铁轨的大门跑去。外面很黑。很黑，而且很冷，只有1℃。从法勒家的公寓跑到标着82-62号的门口只有50步，那扇门通往罗斯的家。

索菲以为她正在跑向一桩进行中的凶杀案。她只知道有人正在袭击基蒂·吉诺维斯。管他是谁，管他是不是也会对自己下手。索菲原本可以等着警察过来。至少可以等她的丈夫一起去。但她只是跑，朝着楼下跑。

外面真冷。索菲朝标着82-62号的门跑去。在门里，基蒂躺在地上，好像一个破烂的洋娃娃，头顶上是一个光秃秃的灯泡。她的外衣被撕开了，看得到皮肤和内衣。索菲跪下来抱住她。基蒂还有反应。她胡乱地摆动着，好像想要挡开刺来的刀子。索菲去握她的手，这时候她才注意到血迹。基蒂的鞋子上、墙上都是血。索菲记得："她还在发出'呃呃呃'那样的呜咽声。"索菲环抱着她，对她说话。

"基蒂，是索菲。嘘，没事了。是索菲，没事了，是我，我来了……"

索菲往上看，卡尔·罗斯站在楼梯的顶端。他一定是从窗户回去的。她说："给我块毛巾，她在出血。"罗斯钻回公寓里去，拿出了一块手巾，但没胆子走到满是血的楼梯下端。索菲尽可能温柔地将基蒂的头枕在楼梯上，赶快跑上楼去拿了手巾，然后回到基蒂的身边。

3:52，距离第一次袭击已经过去了33分钟，巡警克伦来到弗兰肯的药店门外，他把警车停在基蒂的菲亚特附近。有人从二楼的窗户朝他喊道："绕到背后去，绕到背后去！"克伦后来汇报说他赶忙跑过了药店和"中场咖啡馆"，再往前，在第一扇门里看到一个年纪稍长的女性抱着一个年轻的女孩子，"年轻女孩子的下半身到处都是血"。

索菲一直在说话，不断地告诉基蒂："没事了，他们就来。不会等很久的。”她知道基蒂能听得到，因为她不再挣扎了。基蒂仍旧呼吸困难，但她看起来不那么紧张了。索菲说：“基蒂，嘘，你会没事的。他们来了。他们就来了。有人来帮忙了。”

谢 辞

若是没有得到这三位对于基蒂 · 吉诺维斯本人和她的遭遇无比关心的人的无私帮助，那么这本书将会比现在短得多，也简单得多。

看重自己隐私的玛丽安 · 杰隆科迄今仍在为半个世纪前失去的伴侣而悲恸。她与我通了几个小时的电话，更在新英格兰的一家咖啡馆与我见面，分享了她自1964年后就不曾吐露的诸多回忆。我谨在此向玛丽安表达我深深的谢意，并将终身订阅《村声》周刊作为回报。

皇后区地检办公室的雅妮娜 · 埃布尔曾向基蒂 · 吉诺维斯墓扫墓致敬，也曾为了让温斯顿 · 莫斯利能继续待在牢里而奔走。她与我分享了一个关键的发现：一些遗失多年的珍贵文件。如果没有她的协助，那么本书就不会如此详尽完备、包罗甚广。所有认为本书仍有可读之处的读者都应该要感谢勤奋努力、坚持不懈的埃布尔女士。

福德姆大学的哈罗德·塔科申教授研究基蒂案件已经有30年了。我在学术层面研究这一案件超过一年，在此过程中，是他给我答疑解惑，教授展现出来的专注和深刻见解使我非常自豪能够成为他的弟子之一。

此外，还有很多人帮助将这一案件散落的拼图一片片地收集起来。迈克尔·法勒在基蒂和玛丽安家对面的公寓长大，他和家人们珍藏着事件中不为人知的内情。他的母亲索菲是基蒂的朋友。罗伯特·斯帕罗回忆了他和他的父亲在50年前为之辩护的凶手，并帮助我描绘了莫斯利在这起案件中扮演的角色。巴里·罗德斯在多年后曾担任莫斯利的辩护律师，他是一个关键的信息来源，我们的对话卓有成效。默里和卡萝尔·伯杰让我参观了他们的家，并与我分享了他们记忆犹新的感觉，讲述了在案件发生之后住在邱园是种怎样的体验。

我的新朋友们，包括安吉洛·兰佐内和维克多·霍兰，与我分享了他们对于1960年代的皇后区的回忆。约瑟夫·德梅提供的见解和文件对于我起初开始研究有很大的帮助。莫娜·斯科勒向我提供了她丈夫查尔斯·斯科勒曾就本案所做的背景研究和他关于本案的著作。区助理检察官查尔斯·特斯塔格罗萨、安德鲁·卡曼教授、弗雷德里克·纳托林博士、茱蒂丝和阿兰·甘斯博格、比利·克拉多都曾费心费力为我提供协助。在布鲁克林区，展望高地女子高中、圣奥古斯丁大教堂教区以及女同性恋历史档案馆都为我提供了宝贵的协助。了不起的作家哈兰·埃利森亦为本书提出了想法和观点。此外，我还要感谢穆雷·威斯、柯蒂斯·斯利瓦、波比·格拉维斯、安东尼·安那奇、比尔·吉诺维斯以及阿尔·加图洛。

能够与全世界最好的编辑汤姆·梅耶合作，我实在是非常幸运的。还要感谢汤姆在诺顿出版社的同事们：无与伦比的瑞恩·拉林顿、项目编辑唐·里金、设计师爱伦·齐普里亚诺，以及诺顿出版社的更多同仁们：德芬·扎恩、艾琳·张、英素·刘、洛瑞艾尔·奥利维埃和史蒂夫·科尔卡。玛丽·巴博库克的火眼金睛让本书手稿质量更上一层楼。还有约翰·古斯曼和比尔·鲁辛，我也要向他们的协助道谢。

感谢出版代理公司维基利亚诺事务所的安东尼·马特罗和马修·卡利尼与我合作，也感谢大卫·维基利亚诺本人代理我的书。

我还要向草根草皮有限公司的肯·库比克以及我们共同的朋友克里斯·卡森以及道格·伏格尔致敬，我所有的书都得到了他们的协助。还要感谢的有克里斯蒂娜·布鲁姆、路易斯·费尔南多·洛萨、埃利森·布尔奈特、丽兹·霍斯特德、大卫·巴恩斯、帕特里夏·库克博士、亚瑟·克莱彻默、史蒂夫·兰道和吉姆·克鲁泽。

此外，我无法想象没有帕梅拉·马林的生活，她出版过绝妙的作品《祖国》，她是我在家的编辑、伴侣和缪斯。我也要感谢莉莉·库克和卡尔·库克。

最后，我要向亚伯拉罕·罗森塔尔致敬。若不是他不遗余力地让世界记住了发生在基蒂·吉诺维斯身上的一切，我们或许早已不记得她的姓名。

资料来源说明

与大部分非虚构作品一样，本书综合了一手和二手资料。我曾参阅了上千页的文献，其中大部分都是在被忽视了好几十年后重新被发现的，还有140页来自警方的记录，这些是通过纽约的《信息自由法案》获取的。当我使用庭审记录、书籍、报纸和其他二手资料时，我使用了过去式进行讲述（如，“甘斯博格曾写道”或“斯帕罗曾说”）。如果某个信息为引用或者用现在式进行讲述（如，“兰佐内说”或“塔科申认为”），那么这些信息来自我为本书进行调研的两年内，由他或她亲口对我讲述。

参考书目

Barry, Dan. *City Lights*. New York: St. Martin's Press, 2007.

Chernetsky, Michael. *Sergeant: My 34 Years behind the Badge*. Frederick, MD: PublishAmerica, 2008.

Ellison, Harlon. *Deathbird Stories*. New York: Harper & Row, 1975.

Fletcher, Tony. *All Hopped Up and Ready To Go*. New York: W. W. Norton, 2009.

Frommer, Myra Katz, and Harvey Frommer. *It Happened in Manhattan*. New York: Berkley Books, 2001.

Halberstam, David. *The Powers That Be*. New York: Alfred A. Knopf, 1979.

Hurewitz, Daniel. *Stepping Out*. New York: Henry Holt, 1997.

James, Bill. *Popular Crime*. New York: Simon & Schuster, 2011.

Kaiser, Charles. *The Gay Metropolis: 1940–1996*. New York: Houghton Mifflin, 1997.

Karmen, Andrew. *Crime Victims: An Introduction to Victimology*. Pacific Grove, CA: Brooks/Cole, 1990.

Lewis, Barry. *Kew Gardens: Urban Village in the Big City*. Kew Gardens, NY: Kew Gardens Council for Recreation and the Arts, 1999.

Prince, Carl E. *Brooklyn's Dodgers: The Bums, the Borough, and the Best of Baseball*. New York: Oxford University Press, 1996.

Rosenthal, A. M. *Thirty-Eight Witnesses: The Kitty Genovese Case*. New York: McGraw-Hill, 1964.

Ross, Norman, ed. *Official World's Fair Souvenir Book*. New York: Time-Life Books, 1964.

Rotolo, Suze. *A Freewheelin' Time*. New York: Broadway Books, 2008.

Samuel, Lawrence. *The End of the Innocence: The 1964–1965 New York World's Fair*. Syracuse, NY: Syracuse University Press, 2007.

Seedman, Albert A., and Peter Hellman. *Chief!* New York: Arthur Fields Books, 1974.

Skoller, Charles. *Twisted Confessions*. Austin, TX: Bridgeway Books, 2008.

Talese, Gay. *The Kingdom and the Power*. New York: New American Library, 1966.

Van Ronk, Dave, with Elijah Wald. *The Mayor of MacDougal Street*. New York: Da Capo Press, 2005.

译名对照表

A

阿尔切，安吉尔　Arce, Angel

阿方索十三世，西班牙皇帝　Alfonso XIII, king of Spain

阿劳约，谢丽尔　Araujo, Cheryl

埃贝茨，菲尔德　Ebbets Field

埃格伯特，达拉斯，三世　Egbert, Dallas, III

埃利森，哈伦　Ellison, Harlan

艾吉，詹姆斯　Agee, James

艾略特，T. S.　Eliot, T. S.

艾伦，伍迪　Allen, Woody

艾森豪威尔，德怀特 · D.　Eisenhower, Dwight D.

爱迪生，汤姆斯　Edison, Thomas

奥尔科特，尚塞洛尔　Olcott, Chancellor

奥克斯，菲尔　Ochs, Phil

奥米尼克，格洛丽亚　Hominik, Gloria

奥斯瓦尔德，李 · 哈维　Oswald, Lee Harvey

奥图尔，彼得　O'Toole, Peter

B

巴顿，迪克　Button, Dick

巴哈拉克，伯特　Bacharach, Burt

巴克利，威廉 · F.　Buckley, William F.

班克黑德，塔卢拉 Bankhead, Tallulah
班农，安 Bannon, Ann
鲍德温，詹姆斯 Baldwin, James
鲍威尔，詹姆斯 Powell, James
贝茨，琼 Baez, Joan
贝尔，亚历山大·格莱厄姆 Bell, Alexander Graham
本南森，威廉 Benenson, William
比默，托德 Beamer, Todd
比姆，阿贝 Beame, Abe
比维尔，汤姆 Bevill, Tom
宾厄姆，马克 Bingham, Mark
波尔科，麦克 Porco, Mike
伯顿，理查德 Burton, Richard
伯恩斯，杰里 Burns, Jerry
伯恩斯坦，希德 Bernstein, Sid
伯克，埃德蒙 Burke, Edmund
伯内特，汤姆 Burnett, Tom
布拉泽斯，乔伊斯 Brothers, Joyce
布朗，海伦·格利 Brown, Helen Gurley
布雷斯林，吉米 Breslin, Jimmy
布鲁斯，伦尼 Bruce, Lenny
布伦森，以赛亚 Brunson, Isaiah
布什，乔治·W. Bush, George W.

C

蔡德曼，亚伯拉罕 Zeidman, Abraham
查尔斯，杰斯 Charles, Jess

D

达利，约翰 Darley, John
戴蒙德，奥斯卡 Diamond, Oscar
丹杰菲尔德，罗德尼（雅各布·科恩） Dangerfield, Rodney（Jacob Cohen）
德梅，约瑟夫 De May, Joseph
邓恩，丹尼尔 Dunn, Daniel
狄龙，法兰西斯 Dillon, Francis
迪宾，伯纳德 Dubin, Bernard
迪伦，鲍勃 Dylan, Bob
迪斯尼，沃尔特 Disney, Walt
蒂弗尼，刘易斯·康福特 Tiffany, Louis Comfort
蒂明斯，杰克 Timmins, Jack
蒂托维斯基，伯纳德 Titowsky, Bernard
东条英机 Tojo, Hideki

杜鲁门，哈利　Truman, Harry
多德，莫琳　Dowd, Maureen

F

法勒，麦克　Farrar, Mike
法勒，乔　Farrar, Joe
法勒，索菲　Farrar, Sophie
范洛克，戴夫　Van Ronk, Dave
菲茨杰拉德，F. 司各特　Fitzgerald, F. Scott
菲茨杰拉德，罗伯特　Fitzgerald, Robert
菲特，兰金　Fite, Rankin
芬克，约瑟夫　Fink, Joseph
弗里丹，贝蒂　Friedan, Betty
弗林，埃罗尔　Flynn, Erroll
弗罗斯特，艾琳　Frost, Irene
福斯特，乔迪　Foster, Jodie
福特，惠特尼　Ford, Whitey

G

甘地，英迪拉　Gandhi, Indira
甘斯博格，阿兰　Gansberg, Alan
甘斯博格，马丁　Gansberg, Martin
格茨，伯恩哈德　Goetz, Bernhard
格拉德维尔，马尔科姆　Gladwell, Malcolm
格里克，卢乌　Gehrig, Lou
格利克，杰里米　Glick, Jeremy
格林，埃斯敏　Green, Esmin
格伦，约翰　Glenn, John
格什温，乔治　Gershwin, George
格斯里，伍迪　Guthrie, Woody
古德曼，安德鲁　Goodman, Andrew
瓜尔涅里，多洛蕾丝·"迪伊"　Guarnieri, Dolores "Dee"

H

哈里森，乔治　Harrison, George
哈特曼，玛德琳　Hartmann, Madeline
海史密斯，帕特里夏（克莱尔·摩根）　Highsmith, Patricia（Claire Morgan）
海沃德，苏珊　Hayward, Susan
豪，伊莱亚斯　Howe, Elias
赫本，奥黛丽　Hepburn, Audrey
赫茨，亨利·博蒙特　Herts, Henry Beaumont
赫尔夫曼，欧文　Helfman, Irving

赫鲁晓夫　Khrushchev, Nikita
侯赛因，萨达姆　Hussein, Saddam
胡佛，J. 埃德加　Hoover, J. Edgar
胡克，约翰·李　Hooker, John Lee
华莱士，麦克　Wallace, Mike
惠特曼，瓦尔特　Whitman, Walt
霍尔，爱德华　Hall, Edward
霍法，吉米　Hoffa, Jimmy
霍夫曼，迈克尔　Hoffman, Michael
霍夫曼，山姆　Hoffman, Sam
霍兰，维克多　Horan, Victor
霍奇斯，吉尔　Hodges, Gil

J

吉诺维斯，弗兰斯西·“弗兰克” Genovese, Francis “Frank”
吉诺维斯，凯瑟琳·苏珊·“基蒂” Genovese, Catherine Susan “Kitty”
吉诺维斯，蕾切尔·彼得罗利 Genovese, Rachel Petrolli
吉诺维斯，威廉·“比尔” Genovese, William “Bill”
吉诺维斯，维托　Genovese, Vito
吉诺维斯，文森特·安德罗内勒（基蒂的父亲） Genovese, Vincent Andronelle（Kitty’s father）
吉诺维斯，文森特（基蒂的弟弟） Genovese, Vincent（Kitty’s brother）
加芬克尔，阿特　Garfunkel, Art
加拉格尔，B. W.　Gallagher, B. W.
嘉兰，朱迪　Garland, Judy
杰克逊，安德鲁　Jackson, Andrew
杰克逊，马哈利亚　Jackson, Mahalia
杰隆科，玛丽安　Zielonko, Mary Ann
金，柯丽塔·司各特　King, Coretta Scott
金，小马丁·路德　King, Martin Luther, Jr.
津巴利斯特，小埃弗雷姆　Zimbalist, Efrem, Jr.

K

卡鲁索，恩里科　Caruso, Enrico
卡罗尔，狄亚安　Carroll, Diahann
卡罗尔，约翰　Carroll, John
卡朋特，约翰　Carpenter, John
卡恰托里，弗兰克　Cacciatore, Frank
卡森，蕾切尔　Carson, Rachel
卡森，约翰尼　Carson, Johnny

卡西安，阿克塞尔　Casian, Axel
卡西诺，弗兰克　Cassino, Frank
凯塔，菲尔　Chetta, Phil
凯泽，查尔斯　Kaiser, Charles
坎帕内拉，罗伊　Campanella, Roy
康纳，西奥菲勒斯·尤金，绰号“公牛　Connor, Theophilus Eugene, “Bull”
考夫曼，赫伯特　Kaufman, Herbert
柯林斯，艾伦　Collins, Alan
科恩，雅各布（罗德尼·丹杰菲尔德）Cohen, Jacob（Rodney Dangerfield）
科克，埃德　Koch, Ed
科拉多，比利　Corrado, Billy
科拉多，托尼　Corrado, Tony
科什金，玛乔丽　Koshkin, Marjorie
科什金，山姆　Koshkin, Sam
科斯坦佐，格拉迪斯　Costanzo, Gladys
克拉利克，芭芭拉　Kralik, Barbara
克兰，哈特　Crane, Hart
克朗，克拉伦斯　Kron, Clarence
克利里，拉乌尔　Cleary, Raoul
克林顿，比尔　Clinton, Bill
肯尼迪，杰奎琳　Kennedy, Jacqueline
肯尼迪，卡萝琳　Kennedy, Caroline
肯尼迪，罗伯特　Kennedy, Robert
肯尼迪，约翰·F.　Kennedy, John F.
库布里克，斯坦利　Kubrick, Stanley
库拉戈阿，马修　Kulaga, Mathew
库拉戈阿，珍妮特　Kulaga, Janet
库珀，阿尔　Kooper, Al
库普，C.埃弗里特　Koop, C. Everett

L

拉尼纳加，琼　Larrinaga, Joan
拉森贝格，吉姆　Rasenberger, Jim
拉塔内，比布　Latané, Bibb
莱维特，威廉　Levitt, William
莱文，马克　Levine, Mark
兰佐内，安吉洛　Lanzone, Angelo
劳申贝格，罗伯特　Rauschenberg, Robert
勒纳，马克思　Lerner, Max
利皮茨，尤利乌斯　Lipitz, Julius
列侬，约翰　Lennon, John
林赛，约翰　Lindsay, John
刘易斯，巴里　Lewis, Barry
刘易斯，约翰　Lewis, John

鲁斯，巴布　Ruth, Babe
吕森，弗雷德里克·M.　Lussen, Frederick M.
伦道夫，伊芙琳　Randolph, Evelyn
罗宾森，杰基　Robinson, Jackie
罗德斯，巴里　Rhodes, Barry
罗森塔尔，贝斯　Rosenthal, Bess
罗森塔尔，哈利　Rosenthal, Harry
罗森塔尔，亚伯拉罕·迈克尔　Rosenthal, Abraham Michael
罗斯福，富兰克林·D.　Roosevelt, Franklin D.
罗斯福，西奥多　Roosevelt, Theodore
罗斯，卡尔　Ross, Karl
罗托洛，苏泽　Rotolo, Suze
洛德，奥德莱　Lord, Audre
洛克菲勒，尼尔森　Rockefeller, Nelson

M

马尔霍兰，约瑟夫　Mulholland, Joseph
马尔科姆·X　Malcolm X
马戈利斯，乔恩　Margolis, Jon
马里斯，罗杰　Maris, Roger
麦卡特尼，保罗　McCartney, Paul
麦克那顿，丹尼尔　M'Naghten, Daniel
曼宁，蕾切尔　Manning, Rachel
曼特尔，米基　Mantle, Mickey
梅尔齐纳，乔　Mielziner, Jo
梅耶，诺曼　Mailer, Norman
门罗，罗伯特　Monroe, Robert
梦露，玛丽莲　Monroe, Marilyn
米德，泰勒　Mead, Taylor
米德，沃恩　Meader, Vaughn
米尔格拉姆，斯坦利　Milgram, Stanley
米利亚，约翰　Melia, John
米奇（酒保）　Mitch（bartender）
米切尔，阿尔文，绰号“怪兽”　Mitchell, Alvin, “the Monster”
明内利，莉莎　Minnelli, Liza
摩尔，泽拉　Moore, Zella
摩根，克莱尔（帕特里夏·海史密斯）　Morgan, Claire（Patricia Highsmith）
摩西，罗伯特　Moses, Robert
莫雷尔，阿特拉　Morrell, Atla
莫斯利，阿方索　Moseley, Alphonso
莫斯利，保利娜　Moseley, Pauline

莫斯利，贝蒂·格兰特　Moseley, Betty Grant
莫斯利，范妮　Moseley, Fannie
莫斯利，克里　Moseley, Kerry
莫斯利，马克　Moseley, Mark
莫斯利，温斯顿　Moseley, Winston
莫斯，塞缪尔·F. B.　Morse, Samuel F. B.
莫斯特尔，泽罗　Mostel, Zero
莫泽尔，罗伯特　Mozer, Robert
墨菲，迈克尔，绰号“大个子”　Murphy, Michael, “Bull”

N

宁，阿娜伊斯　Nin, Anaïs
纽曼，沃尔特　Newman, Walter

P

帕雷拉，罗伯特　Parrella, Robert
帕特莫斯，玛丽凯　Patmos, Mary Kay
派克，多萝西　Parker, Dorothy
皮克，安德烈　Picq, Andrée
皮帕，乔治　Pipgras, George
普莱斯利，埃尔维斯　Presley, Elvis

Q

钱尼，詹姆斯　Chaney, James
乔治六世，英国国王　George Ⅵ, King of England
切尔涅茨基，米基　Chernetsky, Mickey

S

萨莱尔，桑德拉　Zahler, Sandra
萨伦伯格，切斯利，绰号“萨利”　Sullenberger, Chesley, “Sully”
萨特斯库，尤阿娜　Satescu, Ioana
塞缪尔，劳伦斯　Samuel, Lawrence
塞姆尔逊，弗兰茨　Samelson, Franz
桑德斯，艾尔玛　Sands, Emma
桑，米切尔　Sang, Mitchell
绍特兰德，R.兰斯　Shotland, R. Lance
舍曼，阿兰　Sherman, Allan
施滕格尔，凯西　Stengel, Casey
施瓦茨，F. A. O.　Schwarz, F. A. O.
施瓦茨，格蕾塔　Schwartz, Greta
施瓦茨，乔　Schwartz, Joe

施韦尔纳，米奇　Schwerner, Mickey
史翠珊，芭芭拉　Streisand, Barbra
司各特，乔治 · C.　Scott, George C.
斯大林，约瑟夫　Stalin, Joseph
斯科勒，查尔斯　Skoller, Charles
斯科勒，莫娜　Skoller, Myrna
斯利瓦，柯蒂斯　Sliwa, Curtis
斯奈德，杜克　Snider, Duke
斯帕罗，鲍勃　Sparrow, Bob
斯帕罗，西德尼，绰号“老爷” Sparrow, Sidney “El Sid”
斯潘塞，赫曼，绰号“赫”　Spencer, Herman, “Hy”
斯普林格，杰里　Springer, Jerry
斯塔尔，林戈　Starr, Ringo
斯坦能，葛罗莉亚　Steinem, Gloria
斯坦贝克，约翰　Steinbeck, John
索托马约尔，桑妮亚　Sotomayor, Sonia

T

塔尔塔利亚，约翰　Tartaglia, John
塔科申，哈罗德　Takooshian, Harold
塔莱-亚克斯，雨果　Tale-Yax, Hugo
塔兰蒂诺，卡萝尔　Tarantino, Carol
塔兰特，休　Tallant, Hugh
塔利斯，盖伊　Talese, Gay
泰勒，伊丽莎白　Taylor, Elizabeth
汤姆森，波比　Thomson, Bobby
特拉弗斯，玛丽　Travers, Mary
特朗普，弗雷德里克 · 克赖斯 Trump, Frederick Christ
特朗普，唐纳德　Trump, Donald
特威德，威廉，绰号“老板” Tweed, William, “Boss”

W

威廉姆逊，皮特　Williamson, Pete
威廉斯，安迪　Williams, Andy
威廉斯，塞尔登　Williams, Selden
威廉斯，泰德　Williams, Ted
威廉斯，田纳西　Williams, Tennessee
韦尔奇，尼尔，绰号“大白鲨” Welch, Neil, “Jaws”
韦斯特，梅　West, Mae
温克勒，埃米尔　Winkler, Emil
温赖特，劳登　Wainwright, Loudon
温赖特，劳登三世　Wainwright, Loudon, Ⅲ
温赖特，鲁弗斯　Wainwright, Rufus

文顿，波比　Vinton, Bobby
沃尔福威茨，保罗　Wolfowitz, Paul
沃霍尔，安迪　Warhol, Andy

X

西格，皮特　Seeger, Pete
西蒙，保罗　Simon, Paul
西斯科，保利娜　Sisco, Pauline
希德曼，阿尔伯特　Seedman, Albert
希区柯克，阿尔弗雷德　Hitchcock, Alfred
希特勒，阿道夫　Hitler, Adolf
夏皮罗，J. 欧文　Shapiro, J. Irwin

Y

雅各布，伯纳德　Jacobs, Bernard
亚罗，彼得　Yarrow, Peter
伊丽莎白二世，英国女王　Elizabeth Ⅱ, Queen of England
约翰逊，安妮·梅　Johnson, Annie Mae
约翰逊，菲利普　Johnson, Philip
约翰逊，林登　Johnson, Lyndon

Z

泽尔曼，玛莎　Zelman, Martha
朱利亚，劳尔　Julia, Raul
卓别林，查理　Chaplin, Charlie

文
景

Horizon

社科新知　文艺新潮

旁观者

——一桩美国凶杀案的现代启示

［美］凯文·库克　著　汪洋　周长天　译

出 品 人：姚映然
责任编辑：章颖莹
营销编辑：雷静宜
装帧设计：肖晋兴

出　　品：北京世纪文景文化传播有限责任公司
（北京朝阳区东土城路8号林达大厦A座4A　100013）
出版发行：上海人民出版社
印　　刷：山东临沂新华印刷物流集团有限责任公司
制　　版：南京展望文化发展有限公司

开 本：850mm × 1168mm　1/32
印 张：9　字 数：180,000　插 页：2
2019年1月第1版　2019年1月第1次印刷
定 价：59.00元
ISBN：978-7-208-15348-6 / K · 2770

图书在版编目（CIP）数据

旁观者：一桩美国凶杀案的现代启示 /（美）凯文·库克（Kevin Cook）著；汪洋，周长天译．—上海：上海人民出版社，2018

书名原文：Kitty Genovese: The Murder, the Bystanders, the Crime that Changed America

ISBN 978-7-208-15348-6

Ⅰ. ①旁…　Ⅱ. ①凯…　②汪…　③周…　Ⅲ. ①纪实文学－美国－现代　Ⅳ. ①I712.55

中国版本图书馆 CIP 数据核字（2018）第 165789 号

本书如有印装错误，请致电本社更换　010-52187586

图片来源

图 1：Photo by NY Daily News Archive via Getty Images, copyright © 视觉中国；
图 5：Photo from 1953 Prospect Heights *Cardinal*;
图 6：Photo from 1953 Prospect Heights *Cardinal*;
图 7：Photo from 1953 Prospect Heights *Cardinal*;
图 8：Photo from 1953 Prospect Heights *Cardinal*;
图 9、图 17：copyright © 纽约时报 / 东方 IC;
图 11：Image from Oldkewgardens.com;
图 13：Courtesy of Janines Abel